Marcus Hünnebeck

Nesthäkchens Schrei

Thriller

Über den Autor:

Marcus Hünnebeck wurde 1971 in Bochum geboren und lebt inzwischen als freier Autor in Leipzig. Er studierte an der Ruhr-Universität Bochum Wirtschaftswissenschaften.

Im März 2001 erschien mit *Verräterisches Profil* sein erster Thriller, 2003 und 2004 folgten *Wenn jede Minute zählt* und *Im Visier des Stalkers*.

Dank der Möglichkeiten, die das E-Book-Publishing bietet, veröffentlichte er im Jahr 2013 seine alten Thriller als überarbeitete E-Books. *Im Visier des Stalkers* erhielt aus rechtlichen Gründen den Namen *Die Rache des Stalkers* und schaffte im Juli 2013 den Sprung in die Top 10 der Amazon-Bestseller-Charts. Dem Roman *Verräterisches Profil* gelang dies im Dezember 2013. *Wenn jede Minute zählt* erreichte im Juni 2014 die Spitzenposition der Kindle-Charts und gehörte 2014 zu den zehn meist verkauften E-Books bei Amazon. Die Fortsetzung um den Kommissar Peter Stenzel erschien im Juni 2015 (*Stumme Vergeltung*).

Als Erstausgabe erschien im Juni 2014 *Kainsmal* bei Amazon Publishing. Mit *Die Drahtzieherin* führte er die Serie um Oberkommissarin Katharina Rosenberg fort. Die Trilogie schloss der Roman *Tödlicher Komplize* ab.

Im September 2015 veröffentlichte Egmont-Lyx den ersten Band einer neuen Reihe, der den Titel *Im Auge des Mörders* trägt. Im Mittelpunkt dieser Serie stehen die Journalistin Eva Haller und der Leibwächter Stefan Trapp.

Der zweite Band folgte im September 2016 und heißt *Abschaum*.

In *Sommers Tod* taucht zum ersten Mal Oberkommissar Lukas Sommer auf. *Sommers Schuld* ist sein zweiter Solo-Fall.

Die Namen des Todes bildet den Auftakt einer neuen Serie um den BKA-Kriminalkommissar Robert Drosten und sein Team. *Schuld vergibt man nie* ist der Folgeband. Die Romane sind genau wie der dritte Teil *Rudelfänger* und der vierte Teil *Rudeljagd* unabhängig voneinander zu lesen.

In *Die Todestherapie* ermitteln Lukas Sommer und Robet Drosten zum ersten Mal für eine neue Polizeibehörde namens KEG (Kriminalermittlungstaktische Einsatzgruppe). *Der Wundennäher, Der Schädelbrecher, Blut und Zorn, Die TodesApp,* Muttertränen und *Todesschimmer* setzen diese Zusammenarbeit

fort. In Vaters Rache stößt die Oberkommissarin Verena Kraft zum Team hinzu. *Rachekrieger, Der Geisterfahrer und Nesthäkchens Schrei* setzen die Reihe fort. Der Thriller *Der Wundennäher* war 2018 Finalist beim *Kindle Storyteller Award.*
Außerdem ist Hünnebeck noch als Autor mit dem ersten Band *Rampensau* an der ersten Staffel der vierteiligen Serie *Mordkommission Leipzig* beteiligt und ebenso mit dem ersten Band *Blender* an der zweiten Staffel.
Mit Chris Karlden zusammen hat er den Thriller *Im Namen der Vergeltung* veröffentlicht.

Über das Buch:

Ein unerwarteter Besuch vor Lukas Sommers Haustür wühlt den Hauptkommissar und seine Familie auf. Carla Holtzmann, die ihn vor einigen Jahren beinahe getötet hat, steht vor ihm und hegt einen schrecklichen Verdacht: Ein skrupelloser Täter verschleppt alleinerziehende Mütter und deren kleine Kinder, um die Frauen zu versklaven. Die Unversehrtheit der Kinder dient ihm dabei als Druckmittel.

Obwohl die Vermisstenfälle bislang wegen mangelnder Beweise für ein Verbrechen ohne Priorität behandelt werden, vertraut Sommer dem Instinkt der jungen Frau, die als Teenager ein ähnliches Schicksal erlitten hat.
Sommer und seine Kollegen nehmen die Fährte des Entführers auf. Als der Täter in den Fokus der Fahndung gerät, werden die in seiner Gewalt befindlichen Opfer zum Ballast. Die Zeit arbeitet erbarmungslos gegen die Polizisten. Gelingt es ihnen, das Schlimmste zu verhindern, oder müssen die Entführten sterben?

Marcus Hünnebeck

Nesthäkchens Schrei

Thriller

Impressum

Nesthäkchens Schrei: Thriller

1. Auflage, Dezember 2019

Covergestaltung: © Artwize
Im Cover Design werden 4 Stock Images verwendet. Zwei sind von pexels.com und pixabay.com, die 2 anderen von depositphotos.com
"blue delicious easter" von Alizee Marchand - cc-zero Lizenz
url: https://www.pexels.com/photo/white-eggs-in-brown-nest-947457
"motion" von JakeWilliamHeckey - cc-zero Lizenz
url: https://pixabay.com/de/photos/bewegung-horror-angst-emotionen-1303885/
CC 0 Lizenz :
https://creativecommons.org/publicdomain/zero/1.0/
Kind Gesicht - Depositphotos - Standard License
url: https://de.depositphotos.com/52751691/stock-photo-child-abuse.html
Kind Augen - Depositphotos - Standard License
url: https://de.depositphotos.com/226638406/stock-photo-missing-kidnapped-abused-hostagevictim.html

Lektorat: Ruggero Leò
Korrektorat: Kirsten Wendt

Herausgeber:
Marcus Hünnebeck
Hainstr. 26, 04109 Leipzig

ISBN: 978-1671428515

1

»Gute Nacht, mein Liebling«, flüsterte Sylvana leise.

»Gute Nacht, Mama«, antwortete Merle schläfrig.

Es würde nicht lange dauern, bis ihre fünfjährige Tochter einschliefe. Danach könnte nichts mehr die Kleine wecken. Merle war im Gegensatz zu ihr mit einem tiefen Schlaf gesegnet.

Sylvana ging ins Wohnzimmer und schloss die Tür. Aus dem Babyphone drang die Melodie der Spieluhr, die im Bett direkt neben Merles Kopf lag. Sylvana lauschte für ein paar Sekunden den beruhigenden Tönen. Ihre süße Tochter würde ihr auch heute keinen Strich durch die Rechnung machen.

Seit Stunden fieberte sie diesem Teil des Abends entgegen – dem Höhepunkt ihres Tages, der ihr ansonsten nicht viel geboten hatte. Der Ärger mit dem Amt wegen des defekten Trockners, für den sie keinen

Reparaturzuschuss bekam, war der Tiefpunkt gewesen. Oder doch eher, dass die Krankenkasse ihre Mutter-Kind-Kur abgelehnt hatte? Wie immer hatten sich alle Instanzen gegen sie verschworen.

Vielleicht hatte ihr Chatpartner ein paar Tipps für sie. Der Erzieher kannte sich in solchen Dingen aus. Sie schaltete den Laptop ein. Da der Prozess des Hochfahrens ziemlich lange dauerte, nutzte sie die Zeit, um sich in der Küche ein Glas Leitungswasser zu holen.

Zurück am Computer startete sie den Browser und rief das Forum auf, in dem sich vor allem Alleinerziehende austauschten. Sie hätte es niemals für möglich gehalten, ausgerechnet im Internet einem Engel zu begegnen.

Sylvana loggte sich ein. Ob der Erzieher bereits auf sie wartete? Ihre Hoffnung erfüllte sich nicht. Neben seinem Namen wurde ein roter Punkt angezeigt. Sein letzter Login lag fast zweiundzwanzig Stunden zurück.

Sylvana öffnete das Chatfenster. Lächelnd las sie ihre gestrige Kommunikation durch. Er schaffte es, sie abwechselnd zum Schmunzeln oder lautem Lachen zu bringen. Er nutzte so witzige Formulierungen! Gegen Ende des Abends hatte der Chat einen erotischen Unterton angenommen, den sie im Nachhinein noch immer wahnsinnig spannend fand. Ob sie heute daran anknüpften?

Ungeduldig wartete sie. Wo blieb er bloß? Sylvana klickte auf sein Profilbild. Ein attraktiver Mann. Gutes Aussehen war ihr bei Männern nicht wichtig, manchmal erschien es sogar hinderlich. Sie erinnerte sich an eine alte Lebensweisheit. *Schöne Männer hat man nie für sich allein.* Da sie selbst recht attraktiv war, hatte sie in ihrem Leben schon einige Beziehungen mit hübschen Partnern geführt. Leider hatten sich dabei sämtliche Vorurteile bestätigt. Nie zuvor hatte sie einen Kerl kennengelernt, der einen sozialen Beruf ausübte. Die anderen waren Investmentbanker, Personal Trainer oder DJs gewesen. Bestimmt legte ein Erzieher mehr Wert auf Tiefgründigkeit.

Dass er nur dreißig Kilometer entfernt lebte, war ein Wink des Schicksals. Immerhin hätte er auch ganz woanders wohnen können. Eine Distanz, die sie locker in unter einer Stunde bewältigen konnte, war kein Hindernis.

Endlich wechselte der Punkt neben seinem Namen von Rot auf Grün. Ihr Herzschlag beschleunigte sich. Sie war versucht, ihm sofort zu schreiben, doch wie es sich für eine Frau gehörte, wartete sie, ob er den ersten Schritt unternahm.

***

Er saß in seinem Auto mit einem einsatzbereiten Laptop auf den Oberschenkeln. In diesem Moment fühlte er sich verletzlich. Jederzeit könnten Passanten vorbeischlendern, die sich später an ihn erinnerten. Trotzdem sah er keine Alternative. Das Vorgehen hatte sich bewährt. Sobald er den Film verschickte, blieben ihm nur wenige Minuten Zeit. Er konnte es sich nicht leisten, weit entfernt zu parken.

Er loggte sich ins System ein. Ob sie schon lange auf ihn wartete? Zumindest war sie online. Zum letzten Mal in ihrem Leben.

Heute würde er dick auftragen und genau die Worte wählen, die sie lesen wollte.

Ich bin so froh, dass du online bist. Hab dich den ganzen Tag vermisst. Seit gestern Abend schwirrst du mir pausenlos im Kopf herum. Ich hab von uns beiden geträumt. Soll ich dir davon erzählen?

Er schickte die Nachricht ab. Sekunden später las Silvana seine Worte.

***

»Oh Gott«, flüsterte Silvana glücklich. Sie hatte den ganzen Tag Angst gehabt, er würde sich zurückziehen. Doch seine erste Nachricht deutete auf das Gegenteil hin.

Wie gut du es hast. Erzähl mir bitte davon! Ich bin total neugierig.

War das die richtige Erwiderung? Unsicher schickte sie die Nachricht ab. Im nächsten Moment befürchtete sie, einen Fehler begangen zu haben. Vielleicht hatte er eine viel ausführlichere Antwort erwartet. Etwas, das ihm größeres Interesse signalisierte. Wie ließ sich das wieder ausbügeln? Hektisch überlegte sie, ob ihr spontan eine coolere zweite Antwort einfiel. Doch genau in diesem Augenblick empfing sie die nächste Chatnachricht.

Wir lagen in den Dünen. Erinnerst du dich, dass ich als Kind auf Borkum gelebt habe? Ich bin mir sicher, der Traum spielte auf der Nordseeinsel. Es war dunkel, und wir waren ungestört. Kannst du dir vorstellen, was wir gemacht haben?

Sie beschloss, in die Offensive zu gehen.

Das kann ich mir sehr genau ausmalen. Wann hast du Zeit? Auch wenn es momentan im Dezember wohl ziemlich kalt in den Dünen wäre.

Er antwortete zunächst mit einem Lachsmiley. Seine schriftliche Antwort ließ ein paar Sekunden auf sich warten.

Sehr kalt und windig. Aber wie wäre es mit nächstem Sommer? Ich würde dir gern meine alte Heimat zeigen.

»Wow«, flüsterte sie selig. Rasch tippte sie weiter.

Das wäre toll. Merle hat noch nie das Meer gesehen. Du weißt ja, wie es bei mir kohlemäßig aussieht. Aber wenn wir das rechtzeitig planen, schaffe ich das.

Wie würde er diesmal reagieren? Sie wollte ihm nichts vormachen. Falls er sich wirklich eine Beziehung mit ihr vorstellen konnte, durfte er nicht vergessen, dass sie Hartz 4 bezog. Große Sprünge waren für sie einfach nicht drin.

Das weiß ich. Deswegen wäre Borkum ideal. Wir könnten bei Freunden schlafen und hätten bloß Benzin- und Überfahrtkosten. Ich würde euch dazu einladen. Außerdem könnten meine Freunde auf Merle aufpassen, während wir uns nachts rausschleichen.

»Oh Gott.« Sie lächelte glücklich. Das klang so fantastisch. Er schien es wirklich ernst zu meinen.

***

Eine Viertelstunde später bereitete er den nächsten Schachzug vor. Bislang hatte er Glück gehabt. Kein einziger Passant war an diesem ungemütlichen Dezembertag an seinem Auto vorbeigelaufen. Um das Schicksal nicht unnötig herauszufordern, durfte er nicht länger zögern. Allerdings würde ein zu abrupter Themenwechsel eventuell abschreckend wirken. Also musste er seine Worte sehr genau wählen.

Du bist der Oberhammer. Deinetwegen habe ich gerade meinen Orangensaft verkleckert. Danke dafür ;-) Ich habe geprustet vor Lachen. Ziehe mich mal eben um und mache mir eine Kleinigkeit zum Essen. Bin in zehn Minuten wieder hier. Damit du mich nicht zu sehr vermisst, füge ich ein Video ein. Das hat mir heute ein Freund weitergeleitet. Du wirst dich totlachen. Klick einfach die Datei an. Aber höre es am besten mit Kopfhörern. In dem Video sind nämlich Effekte eingebaut, die man nur mitbekommt, wenn man es über Kopfhörer hört. Außerdem besteht dann keine Gefahr, dass dein Nesthäkchen wach wird. Bis gleich.

Er fügte ein Kuss-Emoji und den Link hinzu, der sie auf einen YouTube-Kanal führte. Ob sie sich an die Anweisung hielt und die Kopfhörer aufsetzte? Es würde ihm den Job erleichtern. Und er wusste aus früheren Gesprächen, dass sie abends gern In-Ear-Kopfhörer nutzte, um die Musik laut aufdrehen zu können.

***

Sylvana las seine Nachricht zweimal durch. Wie witzig! Hatte er sich wirklich bekleckert? Oder gab es einen anderen Grund, warum er ein paar Minuten Pause benötigte?

Ihr Chat war ziemlich heiß gelaufen, denn sie hatten sich ausgemalt, wie man eine Nacht in den Dünen verbringen könnte. Zuletzt hatte sie geschrieben, ob Schafe eigentlich rotes Fell bekommen könnten. Hatte er darüber tatsächlich so herzhaft gelacht, oder musste er sich anderweitig Erleichterung verschaffen?

Sylvana grinste. Das würde ihr gut gefallen. Er sollte ruhig wissen, dass sie in dieser Hinsicht ein absoluter

Hauptgewinn war. Ihr Leben war alles andere als traumhaft, aber zumindest unter der Bettdecke besaß sie Fähigkeiten, für die manche Frauen Geld verlangten.

Sylvana klickte den Link an, den er ihr geschickt hatte. Ein YouTube-Video startete automatisch. Sie drückte die Pause-Taste und suchte nach den Ohrstöpseln. Zwar bestand keine Gefahr, dass Merle wach werden könnte, trotzdem hatte sie das Bedürfnis, seiner Bitte nachzukommen. Vielleicht würde er sie nach den Toneffekten fragen. Da wäre es peinlich, wenn sie nicht darauf antworten könnte.

Die Kopfhörer lagen unter dem Brief der Krankenkasse. Sylvana steckte sie in die Laptopbuchse und setzte das Video fort.

***

Die Zugriffszahl auf das Video stieg um eine Person. Damit begann sein Countdown. Rasch verließ er den Wagen und lief auf den Hauseingang zu. Aus der Hosentasche zog er ihren Haustürschlüssel. Er konnte nur hoffen, dass er tatsächlich passte. Sonst wäre alles umsonst gewesen.

Der Schlüssel ließ sich mühelos einführen und umdrehen. Die Haustür stand offen. Im Dunkeln schlüpfte er ins Innere und verzichtete darauf, die Flurbeleuchtung anzuschalten.

Sylvana und ihre Tochter lebten im zweiten Stock. Die Schuhe vor der Wohnungstür gaben ihm einen

Hinweis auf die richtige Tür. Der Name am Klingelschild bestätigte das. Auch der zweite Schlüssel passte einwandfrei. Er schaute auf sein Handy. Der Film lief seit knapp zwei Minuten. Ihm blieb nur noch wenig Zeit.

***

Sylvana kicherte. Das Video war wirklich lustig. Es zeigte Kinder und den alltäglichen Wahnsinn, den man mit ihnen erlebte. Ihre kleinen und größeren Tollpatschigkeiten. Kein Wunder, dass ausgerechnet ein Erzieher einen solchen Clip weiterleitete. Ob ihm in seiner Kita ähnlich haarsträubende Dinge widerfuhren? Das musste sie ihn unbedingt fragen.

Sylvana schaute auf die Längenanzeige des Videos. Sieben Minuten und vier Sekunden hatte sie bereits angesehen. Der Film wäre also bald vorbei. Ob er danach wieder online wäre?

Der nächste Schnitt. Nun zeigte der Clip ein Mädchen beim Eierbemalen mit Wasserfarben. Der Blondschopf ärgerte sich über die Ratschläge der Mutter, die ihr empfahl, den Pinsel nicht bloß ins Wasser, sondern auch ins Farbkästchen zu tunken. Das Ganze gipfelte darin, dass das Mädchen sehr ernsthaft »Ich mache nur Scheiße« sagte und dabei noch ein bisschen Schwierigkeiten hatte, das »Sch« auszusprechen. Wieder kicherte Sylvana. Das war alles so süß. Kinder konnten ein Segen sein.

Schnitt auf ein dunkles Kinderzimmer. Die Kamera zoomte ans leere Bett heran. Plötzlich setzte Musik wie aus einem Horrorfilm ein. Sylvana bemerkte den rosafarbenen Schnuller auf Höhe des flachen Kopfkissens. Sie wartete auf etwas Witziges, doch das Bild verharrte, und die Musik steigerte sich zu einem nervtötenden Crescendo, das ihren Herzschlag beschleunigte. Sie nahm die Kopfhörer aus den Ohren. War das der Effekt, den er ihr angekündigt hatte? Fast ohne Ton sah sie den Clip zu Ende, in dem nichts mehr passierte.

Ein leeres Bett, eine unheimliche Melodie. Wieso verstand sie den Scherz dahinter nicht?

Ihr war mulmig zumute. Hatte er den Film je bis zum Ende angesehen? Sie erhob sich vom Tisch. Es war ihr ein Bedürfnis, nach Merle zu sehen. Sylvana öffnete die Wohnzimmertür und trat in die Diele. Ihre Atmung setzte aus.

Wieso stand die Kinderzimmertür offen? Sie hatte sie geschlossen.

»Merle?« Sylvana schaltete das Dielenlicht ein. »Merle?«, wiederholte sie panisch.

Mit wenigen Schritten erreichte sie das Kinderzimmer und stieß die Tür auf.

»Merle?«

In dem Bett lag kein Kind, dafür ein großer handbeschriebener Zettel.

Geh ans Telefon.

Es dauerte nur Sekunden, bis ihr Handy im Wohnzimmer klingelte. Angsterfüllt schrie Sylvana auf, drehte sich um und rannte zurück. Im Display leuchtete das bedrohliche Wort ›Anonym‹.

»Hallo?«

»Du blöde Fotze hörst mir jetzt genau zu und sagst kein Wort. Wieso chattest du mit einem Fremden, während du auf deine Tochter aufpassen sollst? Was bist du für eine miese Schlampe!«

»Ich ...«

»Schnauze!«, unterbrach der Anrufer sie rabiat. »Du machst jetzt Folgendes. Du nimmst deinen Laptop, dein Handy und den Zettel vom Bett. Mit all den Sachen gehst du nach draußen. Ich warte auf dich.«

»Merle auch?«

»Natürlich! Wo soll sie sonst sein?«

»Aber wieso? Warum machst du das?«

»Ich werde dir beibringen, eine gute Mutter zu sein. Du wirst bei mir viel lernen.«

Das waren die ersten Sätze, die er in normalem Tonfall sprach. Sie hatte sich seine Stimme immer ganz anders vorgestellter. Dunkler. Männlicher.

»Mama?«, hörte sie plötzlich Merle.

»Beeil dich. Deine Tochter ist aufgewacht. Handy, Laptop, Zettel. Du hast keine Minute, bevor ich zusammen mit deinem Nesthäkchen für immer verschwinde.«

Die Verbindung brach ab. Sie nahm den Laptop, rannte ins Kinderzimmer und holte den Zettel. Dann verließ sie in den Clogs die Wohnung. Hektisch lief sie ins Erdgeschoss und riss die Haustür auf. In unmittelbarer Nähe zum Eingang stand ein Wagen mit eingeschalteter Innenbeleuchtung. Am Steuer saß ein Mann, der keine Ähnlichkeit mit dem Profilbild aus dem Forum hatte. Zugleich erkannte sie ihre weinende Tochter, die hinter dem Fahrer in einem Kindersitz angeschnallt war.

Sylvana lief zum Wagen. Der Fremde ließ das Fenster herab. »Du setzt dich nach hinten rechts«, befahl er.

Sylvana zögerte keine Sekunde. Sie rannte um das Auto herum und öffnete die Tür.

»Mama!«

»Ich bin hier!« Sie nahm Platz und streichelte ihrer Tochter über das verweinte Gesicht.

Der Fahrer drehte sich zu ihr um. »Gib mir die Sachen.«

Sie reichte ihm alles. Achtlos warf er es auf den Beifahrersitz. Dann verriegelte er die Türen. »Kindersicherung aktiviert.« Er lachte und startete den Motor.

»Wohin fahren wir?«

»In dein neues Zuhause.«

Er fuhr los. Sylvanas Gedanken rasten. Sie hatte sich im Netz eines Psychopathen verfangen. Wie war er in ihre Wohnung gelangt? Der Clip war das Ablenkungsmanöver gewesen, damit sie nichts mitbekam. So viel war ihr klar. Trotzdem war es ihm in kürzester Zeit gelungen, in ihr Zuhause einzudringen und ihre Tochter aus dem Bett zu holen. Aber wie? Seine Ankündigung klang unheilvoll. Wo auch immer er sie hinbrachte, sie würde ihm dort ausgeliefert sein. War ihre einzige Chance die Flucht?

»Mama? Ich bin müde.«

»Gleich kannst du wieder schlafen«, versprach Sylvana.

Sie musste etwas tun. Möglichst unauffällig tastete sie nach dem Türgriff. Er hatte tatsächlich die Kindersicherung aktiviert. Dadurch machte er es ihr unmöglich, sich an der nächsten roten Ampel Merle zu schnappen und hinauszuspringen. Sie zog die Hand zurück, damit er nichts bemerkte. Ihr blieb nur der körperliche Angriff. Falls sie es schaffte, ihm mit den Fingern in die Augen zu stechen, könnte sie irgendwie aus dem Fahrzeug gelangen.

In wenigen hundert Metern würden sie eine große Kreuzung erreichen, an der die Rotphasen ziemlich lang waren. Hoffentlich auch in den Abendstunden.

Sie musste es tun. Merle zuliebe. Und sie hatte schon früher bewiesen, dass sie sich körperlich gegen übergriffige Männer zur Wehr setzen konnte.

Der Wagen näherte sich der Ampel, die momentan auf Grün stand. Als würde jemand ihre stillen Gebete erhören, sprang die Schaltung um. Der Fahrer machte keine Anzeichen, das Rotlicht zu missachten. Er hielt an und beobachtete sie im Rückspiegel. Um ihn zu einer bestimmten Reaktion zu bewegen, griff sie plötzlich zum Kindersitz hinüber und öffnete den Gurt.

»Was machst du da?«, zischte er.

Wie erhofft drehte er sich zu ihr um. Sylvana stach mit den Daumen nach seinen Augen. Im letzten

Moment ruckte sein Kopf zur Seite. Sie traf mit dem einen Daumen die Nase und mit dem anderen die Schläfe.

»Schlampe!«

Er schlug ihr mit der Faust ins Gesicht. Ein unfassbarer Schmerz explodierte in ihrem Kopf, Blut schoss aus der Nase. Sylvana wurde schwarz vor Augen. Sie verlor das Bewusstsein.

Hände an ihrem Körper rissen sie aus der Ohnmacht. Sie schlug die Augen auf. Der Mann hatte angehalten und zog sie aus dem Auto. Sie versuchte, ihm Widerstand zu leisten, doch gegen seinen eisenharten Griff kam sie nicht an.

»Mama«, hörte sie Merles Stimme, bevor er die Tür zuschmiss.

Er schleifte sie zum Eingang eines Bauernhauses. Mühsam versuchte Sylvana, sich auf den Beinen zu halten.

»Was ist mit Merle? Nicht im Wagen lassen! Sie hat Angst.«

»Die kommt zu dir in den Keller, sobald du deine erste Lektion gelernt hast«, zischte er. »Ab sofort siezt du mich. Verstanden?«

Er stieß die Haustür auf und schleppte sie ins Innere.

»Hilfe!«

Doch niemand eilte herbei. Stattdessen spürte sie die gierigen Hände des Fremden auf ihrem Körper.

2

Sie blieb nach dem Einparken eine Weile im Auto sitzen – unsicher, ob sie den Mann wirklich aufsuchen und ihm die Verantwortung übertragen sollte. Was hatte er alles für sie getan! Sollte sie ihm von ihrem Verdacht berichten? Auf dem Beifahrersitz lag der Hefter mit den Internetartikeln, die sie ausgedruckt hatte. Sie musste sich die Artikel nicht erneut durchlesen. Für sie stand außer Zweifel, dass sie den richtigen Riecher hatte. Ihr ging es einzig um das Wohl des Mannes, dem sie ihr Leben verdankte. Könnte er noch mehr unschuldige Frauen retten, oder war es für die schon zu spät?

Sie zog den Zündschlüssel heraus und stieg mit dem Hefter in der Hand aus. Bis zur Haustür waren es rund hundert Meter. Zeit genug, um es sich anders zu überlegen und den Rückzug anzutreten.

Sie dachte an ihre Begegnungen zurück. Die erste hätte ihn fast das Leben gekostet. Beim zweiten

Wiedersehen, drei Jahre später, hatte er sie befreit und ihr so ein neues Leben geschenkt. Seitdem hatten sie ein paarmal miteinander gesprochen. Allerdings lag der letzte Kontakt über ein Jahr zurück. Wie würde er auf ihr unerwartetes Auftauchen reagieren? Sie hatte Neuigkeiten, von denen er bislang nichts wissen konnte. Vor allem jedoch hatte sie eine Aufgabe für ihn. Würde er sie übernehmen? Oder schickte er sie unverrichteter Dinge nach Hause?

***

»Was für einen Film gucken wir heute Abend?«, fragte Jeremias Sommer. Er hatte sich den Platz in der Mitte der Couch ausgesucht. Entweder mussten seine Eltern links und rechts von ihm Platz nehmen oder sich enger aneinander kuscheln.

»Wie wäre es mit etwas Weihnachtlichem?«, schlug Jennifer Sommer vor. »Damit ihr in Stimmung kommt. Habt ihr eigentlich schon meine Weihnachtsgeschenke zusammen?« Sie nahm eine Tüte Chips aus dem Vorratsschrank.

»Langweilig!«, stöhnte Jeremias. »Mir wäre nach Action. Was haltet ihr von Inglourious Basterds? Ist mein Lieblings-Tarantino. Hab ich schon ewig nicht gesehen.«

»Eigentlich hättest du ihn erst vor ein paar Wochen zum ersten Mal sehen dürfen«, sagte Lukas Sommer. »Der ist ab sechzehn freigegeben.« Er setzte sich links neben seinen Sohn, ließ aber genug Platz für seine Frau.

»Ich *bin* sechzehn.«

»Seit drei Wochen. Wie genau definierst du *ewig nicht gesehen*?«

Jeremias verdrehte die Augen. »Ein Polizist als Vater ist echt anstrengend«, brummte er.

»Die Krankenschwester stimmt dem Polizisten zu«, sagte Jennifer.

»Toll! Verschwört euch ruhig gegen mich. Was ist jetzt? Welchen Film gucken wir?«

»Der kleine Lord?«, fragte Jennifer lächelnd.

Jeremias stöhnte genervt. »Mama! Sag doch gleich, dass ich ins Bett soll. Ich bin kein Baby. Der kleine Lord? Echt jetzt?«

Das Klingeln an der Wohnungstür unterbrach den familiären Disput.

»Erwartet jemand von euch Besuch?«, fragte Lukas.

»Nein«, sagte Jennifer.

Jeremias schüttelte lediglich den Kopf. Sommer stand von der Couch auf. Unangekündigter Besuch könnte einen dienstlichen Hintergrund haben. Robert Drosten hätte allerdings vorher angerufen.

Bevor er zum Hörer der Gegensprechanlage griff, schaute Sommer durch den Türspion. Der Hausflur lag im Dunkeln, niemand wartete vor der Wohnungstür. Er nahm den Hörer in die Hand. »Wer ist da?«

»Carla Holtzmann. Guten Abend, Herr Sommer.«

»Carla?«, wiederholte er fassungslos. Bevor sie ihr Auftauchen erklären konnte, drückte er den Türöffner.

Jennifer trat zu ihm in die Diele. »Hast du gerade Carla gesagt?«, vergewisserte sie sich. »*Die* Carla?«

Sommer nickte.

»Was will sie hier?«

»Ich hab keine Ahnung. Gehst du zurück ins Wohnzimmer? Ich komme gleich zu euch.«

Jennifer zögerte einen Moment. Dann drehte sie sich um. Sommer öffnete unterdessen die Wohnungstür. Carla hatte ihre Etage schon fast erreicht. Er musterte die Frau. Wie alt war sie inzwischen? Zweiundzwanzig oder dreiundzwanzig? Er wusste es nicht mehr genau. Sie hatte kurzes, hellblond gefärbtes Haar und trug einen Wollmantel, der ihr bis zum Fußgelenk reichte. Ein Wollschal verbarg teilweise ihr Kinn, doch sie nahm ihn bereits ab.

»Keine Sorge, ich bin unbewaffnet«, sagte sie lächelnd.

Sommer grinste. Genau in diesem Moment bildete er sich ein Jucken an der alten Narbe ein, die er der Schussverletzung verdankte.

»Was machst du hier?«

»Ich brauche Ihre Hilfe.«

Sie blieb zwei Schritte von der Fußmatte entfernt stehen. Sommer musterte die Frau, die er aus der Gewalt eines ehemaligen Vorgesetzten befreit hatte – drei Jahre nach ihrem Verschwinden. Eine unvorstellbar lange Zeit, in der sie und ihr neun Jahre jüngerer Bruder den Launen eines Psychopathen ausgesetzt gewesen waren. Äußerlich sah sie gut aus, doch in ihr Inneres konnte er nicht blicken.

»Das freut mich. Komm rein.«

»Störe ich wirklich nicht?«

»Meine Familie ist da. Sie freu...« Er brach ab, denn er wollte Carla nicht anschwindeln. »Ich schätze, sie sind neugierig. Gib mir deinen Mantel.«

Er musterte kurz den Hefter in ihrer Hand. Sommer wich einen Schritt zurück, und endlich trat sie näher. Im Flur zog sie den Wollmantel aus, ohne sich von dem Hefter zu trennen. Darunter trug sie einen grauen Wollpullover und schwarze Stiefeletten, in denen die dunkelblaue Jeanshose steckte. Sommer hängte ihren Mantel an einem freien Garderobenhaken auf.

»Gehen wir ins Wohnzimmer.«

Er ging voraus. Carla folgte ihm leicht zögerlich. Im Wohnzimmer drehte sich Sommer zu seinem Gast um.

»Carla, darf ich dir meine Frau Jennifer und meinen Sohn Jeremias vorstellen?«

Jennifer erhob sich von der Couch und reichte der Besucherin die Hand. »Hallo, Carla.«

»Freut mich.«

Jeremias blieb sitzen und nickte ihr freundlich zu. »Hallo«, sagte er kaum verständlich.

»Hi.«

Lukas dachte kurz an die E-Mail, die Jeremias vor drei Jahren an Carla geschickt hatte. Das war der erste kleine Schritt auf Lukas' Weg zurück zu seiner Familie gewesen.

»Wofür brauchst du meine Hilfe?«,

»Können wir das unter vier Augen besprechen?«

Sommer schaute zu seiner Frau, die verhalten nickte.

»Gehen wir in die Küche.«

»War schön, Sie kennenzulernen.«

»Gleichfalls«, sagte Jennifer.

In der Küche schloss Sommer hinter Carla die Tür. »Setz dich. Willst du etwas trinken?«

Zufällig oder instinktiv wählte sie den Platz, auf dem normalerweise Jennifer saß. »Nein, danke.«

»Wie geht's dir?«

Carla lächelte krumm. Sie öffnete den Mund und schloss ihn wieder. Sie blickte zu Boden. »Haben Sie in letzter Zeit mit meinen Eltern gesprochen?«

»Wieso sollte ich? Was ist passiert?«

»Ich bin vor einem halben Jahr ausgezogen – gegen ihren Willen.«

»Wie alt bist du jetzt? Dreiundzwanzig?«

Carla nickte.

»Manchmal lassen Eltern nur ungern los. Und gerade in deinem Fall ...«

»Ich weiß. Aber das war kein normaler Abnabelungsprozess. Simon fühlt sich bei ihnen richtig wohl. Er geht auf eine Privatschule, wussten Sie das?«

»Erscheint mir sinnvoll. Hätte ich als sein Vater wohl ebenso entschieden. In solchen Schulen achten die Lehrer bestimmt stärker darauf, dass niemand gemobbt wird.«

»Er schreibt gute Noten, spricht mit seinen vierzehn Jahren schon fast perfekt Englisch. Das ist der Vorteil, wenn man nur mit fünfzehn anderen Kindern unterrichtet wird.«

»Und du? Hast du eine Ausbildung gestartet?«

»Nein. Aber ich verdiente trotzdem Geld. Cool, oder?«

»Womit?«

»Ich entwerfe Buchcover, Homepages, Facebook-Header. All so grafisches Zeug.«

Sommer erinnerte sich. Als sie mit siebzehn verschwunden war, hatten ihm die Eltern Zeichnungen von Carla gezeigt. Sie hatte ein ausgeprägtes Talent.

»Wohin bist du gezogen?«

»Bin in Frankfurt geblieben. Kleine Zweizimmerwohnung. Meine Eltern helfen mir mit der Kohle, sonst wäre es ziemlich knapp.«

»Also habt ihr keinen Streit. Wieso bist du ausgezogen?«

»Das lag an meinem Vater. Er hatte nach meiner Rückkehr damit zu kämpfen, was mir Koch angetan hat. Ich hab's in seinen Augen gesehen. Irgendwann hab ich es nicht mehr ertragen. Meine Mutter wollte den Auszug unter allen Umständen vermeiden, mein Vater war froh. Obwohl er das nie zugeben würde.« Sie zuckte die Achseln.

Sommer zweifelte nicht an ihrer Einschätzung. Sich die eigene Tochter als Sexsklavin vorzustellen, die alles über sich ergehen ließ, damit der Bruder in der Gefangenschaft einigermaßen wohlbehalten aufwuchs, war grausam.

»Du hast gesagt, du brauchst meine Hilfe. Wobei?«

Gedankenverloren schaute Carla zu einer silbernen Schale mit Clementinen. Sie nahm eine heraus und drehte sie in den Händen.

»Tagsüber gelingt es mir einigermaßen, mich abzulenken. Ich stürze mich in die Arbeit. Solange es draußen hell ist, fühle ich mich gut. Der Sommer ist mir lieber als der Winter. Zum Glück ist bald der kürzeste Tag des Jahres. Dann geht es wieder aufwärts. Abends hab ich meine Probleme. Ich kann nicht lange fernsehen. Das war unsere Hauptbeschäftigung während der Gefangenschaft. In die Glotze starren und darauf warten, dass ...« Sie legte die Clementine zurück. »Lesen fällt mir auch schwer. Ich ertrage die dafür nötige Stille nicht. Wenn ich mich in Geschichten vertiefe, bin ich den Erinnerungen schutzlos ausgeliefert. Irgendwann hab ich mich gefragt: Warum kommen nicht mehr Psychopathen auf die gleiche Idee wie Koch?«

Sommer runzelte die Stirn. »Dich zu entführen?«

»Nicht mich. Aber wenn jemand ein Kind entführt, kann er mit der weiblichen Bezugsperson alles anstellen, was er will. Wissen Sie, was in der Gefangenschaft das Wichtigste für mich war? Sozusagen mein Lebenszweck?«

Er schüttelte den Kopf.

»Nesthäkchens Schrei zu verhindern.« Carla lächelte gequält. »Vor der Entführung haben Mama und ich ihn oft scherzhaft Nesthäkchen genannt. Das Nesthäkchen durfte nicht weinen oder schreien. Mama hätte das nicht gewollt. Dieser Gedanke ist mir so oft durch den Kopf gegangen. Ich wollte, dass Simon es gut hatte. Dass er keine Schmerzen ertragen musste. Deswegen habe ich Koch alles gegeben.«

»Und du fürchtest, andere Psychopathen könnten ihm nacheifern, indem sie ein Geschwisterpaar verschleppen.«

»Wahrscheinlich nicht Geschwister. Eher Mütter und ihren Nachwuchs. Liebevolle Schwestern wie mich gibt es nicht wie Sand am Meer.«

»Das stimmt. Simon hat dir wahnsinnig viel zu verdanken.«

»Vor ein paar Monaten habe ich angefangen, im Internet zu recherchieren. Vor ungefähr zwölf Wochen bin ich auf diese Meldung gestoßen.« Sie schlug den Hefter auf und reichte ihm einen Ausdruck.

Sommer überflog den Artikel einer regionalen Tageszeitung. Er behandelte das Schicksal der 26-jährigen alleinerziehenden Laura W., die mit ihrem vierjährigen Sohn Clemens zum Zeitpunkt des Berichts seit mehreren Wochen verschwunden war. Carla schob ihm weitere Ausdrucke zu. Verschiedene Medien hatten den Fall aufgegriffen.

»Sie ist nie wieder aufgetaucht. Und dann habe ich das hier entdeckt.«

Der nächste Artikel war erst zwei Tage alt. Die alleinerziehende Sylvana A. war zusammen mit ihrer Tochter Merle ebenfalls wie vom Erdboden verschluckt.

»Es ist wie bei Simon und mir.«

Sommer nahm sich die Zeit, jeden Artikel ein zweites Mal zu lesen. Die Details in den Texten deuteten aus seiner Sicht eher darauf hin, dass die Frauen bloß vor ihrem Leben geflohen waren. In beiden Fällen hatten die Frauen Schulden und mussten die Erziehungsaufgaben ohne familiären Rückhalt erledigen. Wahrscheinlich hatten sie sich nach einem Neustart gesehnt. Trotzdem konnte er nachvollziehen, wie Carla auf ihren Verdacht kam.

»Ich glaube nicht, dass du dir Sorgen machen musst«, sagte er.

Sie verzog die Mundwinkel.

»Aber ich klemme mich morgen im Büro dahinter und finde heraus, welche Kommissare für die Fälle verantwortlich sind. Vielleicht haben sie aufschlussreichere Details für mich.«

»Das wäre super. Mehr will ich gar nicht.«

»Du solltest dich nicht damit beschäftigen.« Er tippte auf die Artikel. »Das tut dir nicht gut.«

»Doch«, widersprach sie. »Vor allem dann, wenn ich Frauen ein ähnliches Schicksal wie meins ersparen kann.«

»Es wirft dich in die damalige Zeit zurück.«

Carla lächelte freudlos. »Ich bin eh noch immer eine Gefangene. Das hätte Koch bestimmt gefallen. Ich hab lebenslänglich bekommen. Ohne Aussicht auf Begnadigung.« Ruckartig erhob sie sich.

»Wie kann ich dich erreichen?« Sommer griff zu Block und Stift. »Schreib mir bitte deine Telefonnummer und deine E-Mail-Adresse auf.«

Sie nahm den Kugelschreiber und folgte der Aufforderung.

»Du hörst morgen oder spätestens übermorgen von mir.«

Sommer brachte sie in die Diele und half ihr in den Mantel. Die Tür zum Wohnzimmer war geschlossen.

»Entschuldigen Sie mich bei Ihrer Familie. Danke fürs Zuhören.«

Sommer wartete, bis sie im Flur den ersten Treppenabsatz erreicht hatte. Carla hob die Hand zu einem letzten Gruß, bevor sie aus seinem Sichtfeld verschwand. Er schloss die Wohnungstür und kehrte zu Jennifer und Jeremias zurück. Beide saßen bei ausgeschaltetem Fernseher auf der Couch.

»Was wollte die hier?« Jeremias klang wütend.

Sommer fasste das Gespräch so kurz wie möglich zusammen.

»Ich werde morgen im Büro ein paar Telefonate führen. Ich schätze, ihre Besorgnis ist übertrieben, aber ...«

»Du willst ihr wirklich helfen?« Jeremias' Augen funkelten zornig.

So kannte Lukas seinen Sohn gar nicht. Er setzte sich zu ihm. »Wieso bist du so wütend?«

»Ihretwegen habe ich geglaubt, du wärst tot«, schrie Jeremias. »Vielleicht ist das ein Trick, um das von damals zu beenden. Was hättest du gemacht, wenn sie eine Knarre dabeigehabt hätte?«

Beruhigend legte er ihm die Hand auf den Arm. »Der Entführer hat sie gezwungen, auf mich zu schießen. Im Prinzip verdanke ich ihr sogar mein Leben. Sie hat mir nicht ins Herz oder in den Kopf geschossen, sondern mir eine Überlebenschance gelassen.«

»Zufall! Ich hasse sie!«

Jeremias sprang auf und rannte aus dem Zimmer. Ratlos sah Lukas ihm hinterher.

»Was soll ich jetzt tun?«, flüsterte er.

»Gib ihm ein paar Minuten. Er beruhigt sich schon wieder.«

»Wie denkst du darüber?« Er weihte Jennifer in einige Details ein, die er Jeremias verschwiegen hatte.

»Falls sie recht hat, ist das schrecklich. Insofern finde ich es gut, dass du dich darum kümmerst. Allerdings mag ich es gar nicht, dass sie hier einfach auftaucht. Stell dir vor, Jeremias wäre allein gewesen. Sie hätte vorher anrufen müssen. Und jetzt geh zu ihm. Wenn er will, schauen wir zum Trost den Tarantino-Streifen.«

3

»Mama, wann können wir nach Hause?«

Beruhigend streichelte Sylvana ihrer weinenden Tochter über den Kopf. Die Wahrheit hätte das Mädchen nicht verkraftet.

»Das dauert vielleicht noch ein paar Tage. Ist doch schön hier.«

»Nein!«, widersprach Merle jammernd. »Der böse Mann tut dir weh.«

»Nur ein bisschen, wenn er besonders wütend auf mich ist. Das ist nicht schlimm.«

»Du hast nichts gemacht. Warum ist er wütend?«

»Manche Menschen sind so.«

Zum Glück fragte Merle nicht weiter nach. Sylvana konnte ihrer fünfjährigen Tochter unmöglich erklären, dass in dem Mann ein schreckliches Monster steckte. Seit ihrer Verschleppung hatte er sie mehrfach vergewaltigt. Wenigstens nicht vor Merles Augen, sondern in einem großen Nebenraum, in dem ein Metallbett stand. Er hatte sie jedes Mal an den Bettrahmen gefesselt und ihr klargemacht, welche Folgen es hätte, wenn sie Gegenwehr leistete. Falls sie ihn etwa bei einer oralem Vergewaltigung beißen würde, wäre Merle die Leidtragende.

Diese Drohung reichte, um Sylvanas Widerstand zu brechen.

Sie schaute sich um. Ihr Gefängnis maß rund fünfundzwanzig Quadratmeter – über zu wenig Platz konnten sie sich nicht beschweren. Es gab eine kleine Bücherecke mit Bilderbüchern, die für Kindergartenkinder geeignet waren. Ein paar Spiele, ein Bett, dessen Matratze etwas zu weich war. Außerdem hinter einem undurchsichtigen Raumtrenner eine Toilette, ein Waschbecken und sogar eine kleine Dusche. Doch gerade diese Ausstattung weckte Sylvanas Ängste. Der Mann hatte nicht vor, sie wieder gehen zu lassen. Dafür hatte er ihre Gefangenschaft zu ausgeklügelt geplant.

Ein Fund, den sie vor ein paar Stunden gemacht hatte, verstärkte die Befürchtung. Unter dem rollbaren Raumtrenner hatte sie einen Zahn gefunden. Der definitiv von einem erwachsenen Menschen stammte. Sie und Merle waren vermutlich nicht die ersten Opfer des Erziehers.

Wie lange würde er sie quälen? Wann wurde er ihrer überdrüssig? Diese Gedanken beschäftigten Sylvana. Sobald er die Lust an den grausamen Spielchen verlöre, hinge ihr Leben am seidenen Faden.

Irgendetwas musste sie unternehmen, doch sie hatte keinen Plan. In ihrem Gefängnis gab es nichts, was als Waffe taugte. Der Entführer hatte die Einrichtung sorgsam ausgewählt. Auch in dem Raum, in dem er über sie herfiel, hatte sie bislang nichts Hilfreiches entdeckt. Sie musste warten und geduldig sein. Die Drohungen gegen Merle bedeuteten vor allem, dass Sylvana den Kerl töten oder schwer verletzen müsste, falls sie ihn angriff. Denn sie würde es niemals ertragen, dass der Hurensohn ihrer Tochter etwas antat.

»Liest du mir vor?«

»Klar. Such dir ein Buch aus.«

Ihre Tochter stand langsam vom Bett auf und schlurfte zum Bücherregal. Sie griff zu einem Buch über ein Mädchen und ihren Teddybären.

»Das hier?«

»Wieso nicht? Ist eine schöne Geschichte.« Innerlich lächelte Sylvana. Zumindest daran hatte sich seit der Entführung nichts geändert. Ihnen standen dreißig Bücher zur Verfügung, vorgelesen hatte sie aber erst aus vieren. Denn das Teddybärbuch hatte Merle sofort in ihr Herz geschlossen.

Sylvana nahm das Buch entgegen und wartete, bis sich Merle an sie gekuschelt hatte. Dann schlug sie es auf. Doch ehe sie die erste Zeile vorlesen konnte, hörte sie, wie sich der Schlüssel im Schloss drehte.

Bitte nicht, dachte sie verzweifelt. *Gib mir noch eine Stunde.*

Der Entführer tauchte im Türrahmen auf. »Ich muss eure Vorlesestunde leider unterbrechen«, sagte er kalt. »Deine Mutter wird woanders gebraucht.«

»Nein! Lass meine Mama in Ruhe.«

»Komm her! Du weißt, was sonst passiert.«

Sylvana küsste ihrer Tochter auf den Haarschopf. »Mama ist gleich wieder da!«

»Bleib hier«, jammerte Merle.

Eine kleine Hand griff nach Sylvanas Arm. Es brach ihr fast das Herz, sie abstreifen zu müssen.

»Schlaf ein bisschen. Oder guck dir die Bilder in den Büchern an.«

»Mama!«

Sylvana ging zu dem Mann. Doch Merle gab nicht auf und lief ihrer Mutter nach.

»Lass das!«, schrie er. Er packte das Mädchen, brachte es zurück zum Bett und warf es auf die Matratze. Ihr Strampeln nützte ihr nichts. »Du bist gefälligst leise!«

Merle schluchzte herzzerreißend. Der Mann umklammerte Sylvanas Arm und zog sie nach draußen.

»Scheiß Göre.«

Er warf die Tür zu und schloss ab. Wie immer ließ er den Schlüssel von außen stecken.

»Heute machen wir etwas Neues.« Er lachte gehässig. »Du wirst jetzt ein Pornostar.«

Er versetzte ihr einen Stoß, und sie stolperte vorwärts. Die Tür zu dem Raum, in dem er sie vergewaltigen würde, stand offen.

»Rein da!«

Zögerlich trat Sylvana ein.

»Guck dich ruhig um.« Erneut lachte er dreckig.

Sie entdeckte vier Kameras, die auf Stativen standen und an unterschiedlichen Stellen ums Bett platziert waren. Außerdem hing eine Kamera an der Decke. Er packte sie wieder grob am Arm. In einer Ecke stand ein geschlossener Koffer.

»Du weißt ja: Wenn du versuchst, dich zu wehren, badet das deine Merle aus.« Er führte sie zum Bett. »Leg dich auf den Rücken.«

»Was haben Sie vor?«

»Du und deine Kleine seid teuer. Ich muss euch durchfüttern. Ihr braucht Toilettenpapier. Seife. Ab sofort wirst du dich an den Kosten beteiligen. Für echte Vergewaltigungsvideos gibt es einen lukrativen Markt im Darknet.« Er stieß sie auf die Matratze und fesselte ihre Hände ans Gitter. »Ich kann mir vorstellen, dass du mir gern wehtun würdest. Lass es sein. Falls du mich beißt, mache ich das Ganze mit Merle statt mit dir. Für solche Filme gibt es einen noch lukrativeren Markt.«

»Bitte nicht.«

Er zog ihr die schwarze Baumwollhose und den Slip aus. Nun trug sie bloß noch ein Trägerhemd, das er wie bei den letzten Vergewaltigungen lediglich hochschob. Seine Finger berührten sie an den intimsten Stellen.

»Jetzt hätte ich vor lauter Vorfreude fast die Vorbereitungen vergessen.«

Er ließ von ihr ab und ging in eine Ecke des Raums, wo ein Koffer stand, den er öffnete. Von ihrer Position erkannte Sylvana nicht, was sich darin befand. Doch sah sie die venezianische Maske, die er sich aufsetzte.

»Wäre schlecht, wenn man mich erkennt. Zumindest ein bisschen muss ich meine Identität schützen.« Er hielt eine Peitsche in der Hand, die er sogleich mit einem Probeschlag knallen ließ »Es wird heute länger dauern als sonst. Die Leute kaufen am liebsten mindestens einstündige Filme. Deswegen brauche ich Hilfsmaterialien. Fürs Vorspiel.« Er legte die Peitsche aufs Bett.

»Tun Sie mir das nicht an.«

»Schatz, es wird dir gefallen.« Als Nächstes präsentierte er ihr einen großen Dildo. »Kannst du dir vorstellen, wie sich der in deinem Arsch anfühlen wird?« Er grinste.

Sylvana schloss verzweifelt die Augen. Ihre bisherigen Torturen waren nichts im Vergleich zu dem, was ihr heute bevorstand.

»Ich hab Ihnen nichts getan.«

»Vertrau mir. Ich mache einen besseren Menschen aus dir. Eine bessere Mutter. Es ist so süß, wie du dich um sie kümmerst. Das hättest du besser schon eher tun sollen.«

Er holte weitere Gegenstände aus dem Koffer, die er um sie herum platzierte.

»Eins finde ich allerdings ein bisschen schade, und das wird den Preis drücken. Man darf auch dein Gesicht nicht sehen. Stell dir vor, jemand erkennt dich und leitet den Film an die Bullen weiter. Dann wären all meine Vorbereitungen umsonst gewesen.«

Sie sah ein schwarzes Tuch in seiner Hand. Er legte es um ihren Kopf und fixierte es. Durch den dicken Baumwollstoff bekam sie kaum Luft.

»Nehmen Sie das weg. Bitte!«

»Ist leider nicht möglich. Ich starte jetzt die Kameras. Die Show beginnt.«

Kurz hintereinander hörte sie fünf Pieptöne.

»Du bist eine Sklavin.« Er sprach mit tieferer Stimme als sonst. »Und du weißt, was mit Sklavinnen passiert.«

Im nächsten Moment traf die Peitsche mit voller Wucht ihren nackten Bauch. Sylvana schrie vor Schmerz.

4

Jeremias traf seinen Freund Niklas an den Fahrradständern vor dem Schulgebäude. Sie begrüßten sich mit einem sanften Schulterrempler. Jeremias brummte etwas Unverständliches.

»Mies drauf?«, fragte Niklas.

Sein Freund nickte.

»Was ist los? Stress mit den Alten?«

»Erzähl ich nachher.« Jeremias schloss das Fahrrad ab und ging voran.

Niklas musste sich beeilen, um mit ihm mithalten zu können. »Bleib mal stehen.«

»Keine Lust!«

Sie erreichten den von einer schulterhohen Mauer umgebenen Schulhof. Jeden Morgen schloss der Hausmeister eine halbe Stunde vor Unterrichtsbeginn das schmiedeeiserne Tor auf. Da es in zehn Minuten klingeln würde, strömten unablässig Schüler durch den Eingang.

Jeremias entdeckte Annika, die bei Hendrik und Tim in einer Ecke des Schulhofs stand. Sie bemerkte ihn einen Sekundenbruchteil später und lächelte sofort. Am liebsten wäre er an ihnen vorbeigelaufen, damit sie seine schlechte Laune nicht mitbekamen. Doch das hätte nur zu größeren Schwierigkeiten geführt. Also trottete er zu ihnen.

»Morgen«, brummte er.

»Da hat einer voll Lust auf die Englisch-Klausur«, vermutete Hendrik. »Hast du nicht gelernt?«

»Ich schätze, Jeremy hat aus anderen Gründen schlechte Laune«, sagte Niklas.

Die Jungs schauten zu Annika.

»Was hast du ihm angetan?«, fragte Tim.

»Ihr seid so doof«, fuhr Annika die beiden an.

»Gar nichts«, sagte Jeremias. »Wir hatten gestern Abend Besuch.«

»Du und Annika?« Tim kicherte wie blöd.

Jeremias schlug sanft nach ihm, doch Tim duckte sich rechtzeitig weg, bevor ihn die Hand streifen konnte. »Meine Familie. Carla Holtzmann stand unangekündigt vor der Tür.«

Endlich blieben die überflüssigen Sprüche aus. Die Fünf kannten sich seit ihrer gemeinsamen Grundschulzeit. Alle wussten, was Carla sechs Jahre zuvor getan hatte.

»Was wollte sie?«, fragte Annika.

Jeremias fasste die Informationen zusammen, die sein Vater ihm gegeben hatte.

»Er hilft ausgerechnet ihr?«, wunderte sich Hendrik.

»Ich versteh meinen Vater nicht.«

»Das musst du ihm ausreden«, meinte Tim.

»Meine Mutter und ich haben's versucht. Keine Chance. Er macht Carla wegen damals keine Vorwürfe, sondern behauptet, er würde ihr sein Leben verdanken. Weil sie ihm in den Bauch und nicht in den Kopf geschossen hat.«

»Das ist verrückt«, murmelte Annika.

Dankbar lächelte Jeremias ihr zu. Genau das war sein Gedanke. Wie konnte sein Vater so dumm sein? Carla würde ihn wieder in Gefahr bringen – das spürte er instinktiv.

***

Lukas Sommer schaute in die Gesichter seiner Kollegen. Er hatte ihnen soeben von Carlas Besuch berichtet und war auf ihre Einschätzung gespannt.

»Schlimme Sache«, sagte Verena Kraft. »Das arme Mädchen. Trotz des guten Ausgangs damals kann es kein normales Leben führen. Scheiße!«

Sommer nickte mitfühlend. »Jennifer und Jeremias begreifen nicht, warum ich ihr helfen will. Genau das ist der Grund. Ich habe Mitleid.«

»Verstehe ich total«, bekannte Kraft.

»Wie schätzt ihr es ein?«

Drosten blätterte durch die kopierten Berichte. »Klingt für mich eher nach einem Neustart. Zwei Alleinerziehende, denen das Leben über den Kopf gewachsen ist. Hätte es Spuren eines Verbrechens gegeben, wären die Zeitungen ganz anders drauf angesprungen.«

»Ist auch meine Meinung«, stimmte Sommer zu.

»Andererseits hat Frau Holtzmann schon recht«, fuhr Drosten fort. »Wenn ein Täter Mutter und Kind entführt und Letzteres als Druckmittel einsetzt, tut eine normale Mutter alles, um ihr Kind zu schützen. Außerdem stammen beide Vermisstenfälle aus dem hohen Norden. Vielleicht hat das etwas zu bedeuten. Wir stecken gerade in keiner Ermittlung. Was auf unseren Schreibtischen liegt, können Verena und ich allein abarbeiten. Eventuell lohnt es sich, Kontakt zu den zuständigen Polizisten aufzunehmen.«

Sommer schaute zu Kraft, die zustimmend nickte. »Okay«, sagte er. »Dann bin ich erst mal beschäftigt.«

Dank der Datenbank der Kriminalermittlungstaktischen Einsatzgruppe benötigte Sommer nur wenige Klicks, um die verantwortlichen Polizisten herauszufinden. Im ersten Fall handelte es sich um den Hamburger Hauptkommissar Bernd Zurbrügge. Sommer wählte die im Internet hinterlegte Rufnummer an, erreichte den Kollegen beim zweiten Versuch und stellte sein Anliegen vor.

»Ich rufe wegen der verschwundenen Laura Waldner und ihres Sohnes Clemens an. Unsere Behörde prüft gerade, ob es einen Zusammenhang zu einem ähnlich gelagerten Fall in Wilhelmshaven gibt.«

»Was ist dort passiert? Mir liegen dazu keine Informationen vor.«

»Da sind vor wenigen Tagen eine 28-jährige, alleinerziehende Mutter und ihre fünf Jahre alte Tochter spurlos verschwunden.«

»Wieso weiß ich nichts davon?«

Sommer wollte Carlas Namen nicht ins Spiel bringen. Er beschloss, nah an der Wahrheit zu bleiben. »Als bundesweit tätige Polizeibehörde suchen wir in unterschiedlichen Fällen nach Übereinstimmungen.« Tatsächlich ging vor allem Robert öfter so vor, um möglichst früh Hinweise auf Serientäter zu finden. »So sind wir auf die beiden Vermisstenfälle gestoßen.«

»Wäre schön, wenn man mich auch informiert hätte.«

»Nicht falsch verstehen, wir stehen noch ganz am Anfang und haben erst gestern von den Vorgängen erfahren.«

»Sagen Sie das doch gleich.« Mit einem Schlag klang Zurbrügge kooperativer. »Ich rufe eben die Daten am PC auf. Kleinen Moment.«

Dass er sie nicht im Kopf hatte, deutete auf keine hohe Priorität hin.

»Laura Waldner und ihr Sohn Clemens sind das letzte Mal Anfang September gesehen worden. Ich habe am vierzehnten September die Ermittlungen übernommen.«

»So spät?«

»Leider ja. Frau Waldner und ihr Sohn sind erst im Februar nach Hamburg gezogen. Vorher haben sie in Dresden gelebt. Sie haben kaum soziale Kontakte geknüpft. Genau genommen hatte sie nur zwei nähere

Bekannte, beides Mütter. Frau Waldner hatte hier in Hamburg keinen Job, ihre Angehörigen leben im Osten. Allerdings ist sie mit ihrer Familie seit vielen Jahren zerstritten. Auch zu den Nachbarn bestand keine nennenswerte Bindung.«

»Wie sind Sie überhaupt darauf aufmerksam geworden?«

»Das haben wir einem defekten Brandmelder zu verdanken, der im Daueralarm die unmittelbare Nachbarin genervt hat. Sie hat die Hausverwaltung eingeschaltet, die mehrfach erfolglos versuchte, Frau Waldner zu erreichen. Danach hat sich der Verwalter Zugang zur Wohnung verschafft und das Ganze aus formellen Gründen der Polizei gemeldet, um keinen juristischen Ärger zu bekommen. So ist es losgegangen.«

»Und dann?«

»Ich bin im Kriminalkommissariat für Vermisste zuständig. Clemens war am vierten September das letzte Mal im Kindergarten. In den Tagen davor hat Frau Waldner mehrfach Geld mit ihrer EC-Karte abgehoben, bis das Limit ausgeschöpft war. Allerdings nutzte sie keine Bankautomaten, deren Videoaufnahmen ich hätte sichten können. Die Abbuchungen liefen über Supermärkte, und die Kameraaufzeichnungen der Kassenbereiche waren zum Zeitpunkt der Ermittlung längst gelöscht. Zeugen aus dem Kindergarten haben am vierten September nichts Ungewöhnliches bemerkt. Eine Erzieherin meinte sogar, Frau Waldner hätte gut gelaunt gewirkt und allen Mitarbeitern ein schönes Wochenende gewünscht.«

»Was vermuten Sie?«

»Bis zu Ihrem Anruf bin ich davon ausgegangen, dass sie und Clemens einfach vor den Schulden geflohen sind. Sie hat siebenzehntausend Euro Rückstände, und eine Elektronikkette stand kurz davor, ein gerichtliches Mahnverfahren einzuleiten. Dank einer Null-Prozent-Finanzierung hatte sie sich da ziemlich übernommen. Ehrlich gesagt hoffe ich, dass sie ihrem Sohn nichts angetan hat. Ich befürchte das Gegenteil. Allerdings haben alle Befragten Frau Waldner als liebevolle Mutter bezeichnet.«

»Haben Sie ihr Handy gefunden?«

»Das Handy ist mit ihr verschwunden, war jedoch seit diesem vierten September nicht mehr eingebucht. Außerdem besaß sie einen Laptop – der war nämlich Teil der besagten Finanzierung. Auch der ist nicht auffindbar. Das waren anscheinend die einzigen Besitztümer, die sie mitgenommen hat.«

Sommer musste an eine andere Ermittlung denken, die erst ein Jahr zurücklag. Der Täter hatte die Geräte seiner Opfer an sich genommen, nachdem er sie mit einem Virus verseucht hatte.

»Kein Auto?«

»Hat sie nicht besessen. Ist in Hamburg nicht unbedingt notwendig. Wir haben ein ziemlich gut ausgebautes Nahverkehrssystem.«

»Warum sollte sie vor den Schulden davonlaufen? Solange sie vom Amt lebt, wäre eine Privatinsolvenz die Lösung gewesen.«

»Vielleicht wusste sie das nicht.«

»Vielleicht«, brummte Sommer. Trotzdem wuchs sein ungutes Gefühl. »Geben Sie mir den Namen und die Kontaktdaten der Kita?«

Eine halbe Stunde später erfuhr Sommer von Polizeioberkommissar Rainer Teckel Ähnliches wie beim ersten Telefonat. Der zuständige Kommissar der Polizeiinspektion Wilhelmshaven informierte ihn über die verschwundene Sylvana Rehl und ihre Tochter Merle. Da Frau Rehl seit über zwanzig Jahren in Wilhelmshaven lebte, war ihr spurloses Verschwinden früher als in Hamburg aufgefallen. Trotzdem gab es Parallelen. Ihr Schuldenstand belief sich auf fast zehntausend Euro.

»Wie heißt die Tagesstätte, die Merle besucht?«, fragte Sommer.

»Trägt den schönen Namen Nordseeblick. Obwohl die Küste ein paar Kilometer entfernt ist.«

Sommer tippte die Information ein und fand den Internetauftritt sofort. »Interessant«, murmelte er.

»Haben Sie etwas entdeckt?«

»Der Kindergartenträger ist derselbe wie in Hamburg. Eine Organisation, die in ganz Norddeutschland Kindertagesstätten betreibt.«

»Ist ja 'n Ding.«

Sommer lächelte über die überschäumende Reaktion seines norddeutschen Kollegen. Mit dem Kugelschreiber klopfte er auf den Schreibtisch. Inzwischen teilte er Carlas Bedenken fast hundertprozentig.

»Ich melde mich später noch einmal bei Ihnen. Ich brauche erst die Einschätzung meiner Kollegen und meines Vorgesetzten. Aber mir kommt das alles suspekt vor. Vielleicht sehen wir uns in den nächsten Tagen.«

»Sie sind hier herzlich willkommen. Mein Vorgesetzter hat dem Verschwinden von Frau Rehl keine große Bedeutung beigemessen. Wäre schön, wenn ich ihm das Gegenteil beweisen könnte.«

5

»Hier können wir gerne länger bleiben«, sagte Verena Kraft am nächsten Mittag erfreut. Sie stand am Fenster des Hamburger Hotelzimmers, das sie vor wenigen Minuten bezogen hatte. Da die Bäume derzeit kein Grün trugen, hatte sie einen ungehinderten Blick auf die Außenalster. »Hamburg ist meine deutsche Lieblingsstadt.«

»Warst du schon oft hier?«, fragte Drosten. Sein Zimmer und das von Lukas waren noch nicht hergerichtet. Deswegen lagerten sie ihr Gepäck vorübergehend bei Verena.

»Unzählige Male. Das erste Mal mit sechzehn. Seitdem vergeht kaum ein Jahr, an dem ich nicht ein paar Tage herkomme. Sollte die KEG-Zentrale jemals nach Hamburg verlegt werden, bin ich der glücklichste Mensch der Welt.«

»Gott bewahre!«, stöhnte Sommer. »Die Mietpreise in Frankfurt sind schon der Horror. Aber Hamburg?

Fast unbezahlbar. Außerdem würde mich das Schmuddelwetter nerven.«

Drosten schaute auf seine Armbanduhr. Sie waren um dreizehn Uhr mit dem zuständigen Hauptkommissar Zurbrügge verabredet. »Wir sollten langsam los.«

Seufzend schloss Kraft die Fenster. Drosten wunderte sich über die offenkundige Sehnsucht seiner Kollegin. Nicht, dass sie eines Tages bei einem lukrativen Angebot den Job wechseln würde.

***

Zurbrügge holte die Kommissare am Empfang der Polizeibehörde ab und sorgte dafür, dass jeder von ihnen einen Besucherausweis erhielt. »Die behalten Sie«, erklärte er. »Dann verlieren Sie bei Ihren nächsten Aufenthalten keine Zeit mit dem Sicherheitsprozedere.« Der groß gewachsene Mann, der über sehr ausgeprägte Geheimratsecken verfügte, ging schnellen Schritts zu den Aufzügen. »Mein Büro liegt im dritten Stock.« Er erkundigte sich über die Anreise und ihre Unterkunft. Fallrelevante Details sparte er vorläufig auf. »Da wären wir«, sagte er schließlich. Er öffnete die grau gestrichene Bürotür, hinter der ein geräumiger Raum lag. »Ich habe extra drei Besucherstühle besorgt. Hoffentlich sind die nicht total unbequem.«

Drosten interessierten mehr die zwei Bilder an der Wand, die Zurbrügge beim Händeschütteln mit dem Sänger Udo Lindenberg und dem Schauspieler Jan Fedder zeigten.

»Sie haben prominente Freunde«, stellte er beeindruckt fest.

Zurbrügge grinste, und seine Züge nahmen einen jungenhaften Ausdruck an. »Fedder habe ich bei einer Rollenvorbereitung unterstützt. Lindenberg kenne ich dank eines Fanclubs. Ich mag seine Musik. Und manchmal werde ich ein bisschen neidisch, wenn ich an all die Frauen denke, die er schon vernascht hat. Das darf aber nicht meine Ehefrau hören. Setzen Sie sich!« Zurbrügge nahm hinter dem Schreibtisch Platz.

»Ich habe gestern mit Ihrem Kollegen in Wilhelmshaven telefoniert«, begann Sommer den dienstlichen Teil des Aufeinandertreffens. »Es gibt erstaunliche Parallelen.« Er berichtete von dem relativ hohen Schuldenstand der vermissten Frauen. »Noch interessanter finden wir allerdings eine andere Übereinstimmung. Clemens' und Merles Kindergarten werden von der gleichen Organisation verwaltet.«

»Ernsthaft?«

»Sie klingen nicht verwundert«, stellte Kraft fest.

Zurbrügge kratzte sich an der Stirn. »Ich hatte bereits mit einem Mitarbeiter des Kindergartenträgers Kontakt. Die Zentrale liegt im schönen Stadtteil Altona. Eigentlich wollte ich nur ein paar Informationen, die man mir in der Kita vermutlich nicht geben könnte. Der Verantwortliche, ein gewisser Sebastian Brock, war nicht gerade kooperativ. Er hat kaum Daten herausgegeben und sich immer auf Datenschutzbestimmungen berufen. Das hat mich irgendwann so genervt, dass ich die Befragung abgebrochen habe. War vielleicht ein Fehler. Andererseits deutete zu dem Zeitpunkt nichts darauf hin, dass der Träger der Tagesstätte in Frau Waldners Verschwinden involviert sein könnte.« Er räusperte sich. »Einen Beweis dafür haben wir auch jetzt nicht. Trotzdem zieht sich die Schlinge ein bisschen enger um Brocks Hals zu. Das freut mich sogar.«

Sommer nickte zustimmend. »Geben Sie uns die Adresse? Den Mann nehmen wir uns liebend gern vor. Leute, die sich hinter Datenschutzbestimmungen verstecken, sind mir immer suspekt.«

»Können wir zur Wohnung von Frau Waldner fahren?«, fragte Drosten.

»Das ist leider nicht möglich. Frau Waldner hatte unter anderem Mietschulden. Die Verwaltungsgesellschaft hat im November die Sachen aus der Wohnung geräumt und eingelagert.«

»So schnell? Ist das legal?«, hakte Kraft verwundert nach.

»Grenzwertig. Die Gesellschaft hat eine Gelegenheit erkannt, eine säumige Mieterin ohne lästige Klage loszuwerden. Aber wir haben Zugang zu den Besitztümern. Das sollte reichen, oder?«

Eine Dreiviertelstunde später betraten sie den Lagerraum, in dem die Verwaltungsgesellschaft die Sachen untergebracht hatte.

»Wie deprimierend«, flüsterte Kraft. »Ein ganzes Leben verpackt auf wie viel Kubikmetern?«

»Fünfzehn«, antwortete Zurbrügge.

Die Möbel waren auseinandergeschraubt und am hinteren Ende des Lagers gestapelt. Davor standen beschriftete Kartons, ein Fernseher, ein Drucker und technische Geräte wie Lautsprecher und Radiowecker.

»Wir haben Ladekabel gefunden«, sagte Zurbrügge. Er tippte auf einen Karton. »Sowohl für einen Laptop als auch fürs Handy. Natürlich heißt das nichts ...«

»... aber es ist schon seltsam«, führte Sommer den Satz zu Ende. »Warum nimmt jemand Computer und Telefon mit, wenn beides nach der nächsten Akkuentladung nicht mehr nutzbar ist?«

»Es sei denn, sie hatte mehrere Kabel«, merkte Drosten an.

Kraft deutete auf einen Karton mit der Aufschrift ›Büro‹. »Hat Frau Waldner in der Wohnung ein Büro eingerichtet?«

»Eine kleine Ecke mit einem billigen Computerschreibtisch«, antwortete Zurbrügge.

Kraft öffnete den Karton. Darin lagen ein Terminkalender und eine Kladde. Außerdem Ersatzfarbpatronen für den Drucker.

»Ist das ein aktuelles Foto?«, fragte Drosten.

Kraft drehte sich zu ihm um. Er hielt ein Kinderbild in der Hand. Anhand des Hintergrunds vermutete sie, dass es sich um ein professionell aufgenommenes Bild handelte.

»Ja. Wenige Wochen vor Frau Waldners Verschwinden war ein Fotograf im Kindergarten.«

Kraft schlug das Terminbuch auf, das nur sporadische Einträge enthielt. Vor allem Kinderarztbesuche,

Kindergartenveranstaltungen und gelegentlich Notizen, die sich auf Laura Waldner bezogen. »Interessant. Seht euch das hier an.«

Sommer schaute ihr über die Schulter. »Meinst du die zwei Herzchen?«

»Allerdings. Eine Woche vor ihrem Verschwinden.«

Zurbrügge trat zu ihnen. »Sie glauben, die beiden kleinen Herzen haben eine Bedeutung?«

Kraft blätterte zu den vorherigen Einträgen zurück, ohne auf weitere Zeichnungen zu stoßen. »Eine Frau malt so etwas nicht einfach so.«

»Sicher?«, hakte Sommer nach. »Ich male gerne Strichmännchen beim Telefonieren.«

Kraft verdrehte die Augen. »Ist das für dich vergleichbar? Haben Sie bei Ihren Recherchen etwas über einen neuen Liebhaber in Frau Waldners Leben erfahren?«

»Nein«, sagte Zurbrügge. »Nichts dergleichen.«

»Ich würde mich zuerst gern mit den beiden Frauen unterhalten, zu denen sie ein engeres Verhältnis hatte. Das halte ich für wichtiger als den Besuch im Kindergarten.«

***

Simone Konrad empfing sie in der Küche ihrer Dreizimmerwohnung. Sie hatte sich zu einem persönlichen Treffen bereit erklärt, musste jedoch während des Gesprächs kochen.

»Es gibt also noch immer keine Spur von Laura?«, fragte sie.

»Leider nicht«, erwiderte Kraft. »Wann hatten Sie das letzte Mal Kontakt zu ihr?«

Gedankenverloren rührte die zweifache Mutter in dem Topf mit der Bolognesesoße. »Seit dem Spätsommer haben wir uns immer seltener gesehen. Eigentlich haben wir regelmäßig miteinander telefoniert und uns ab und zu mit den Kindern getroffen.« Sie seufzte. »Wann das letzte Mal war, kann ich gar nicht so genau sagen. Ende August?«

Die Antwort stimmte mit der Aussage überein, die Zurbrügge bei seiner Befragung protokolliert hatte.

»Hat sie je erwähnt, einen Mann kennengelernt zu haben?«, fragte Kraft.

»Ich hätte es ihr sehr gegönnt. Ein Partner hätte ihre ganze Sicht auf das Leben wohl grundlegend verbessert. Nein. Aber da war nichts. Hatte sie denn einen Neuen? Hat der etwas mit ihrem Verschwinden zu tun?« Plötzlich fluchte Simone Konrad, weil das Nudelwasser überkochte.

***

»Ein Mann?«, fragte Yvonne Schuster. »Davon hätte sie mir brühwarm berichtet.« Sie schüttelte bedauernd den Kopf. »Oder hat sie ihn mir verschwiegen? Aus Angst, ich könnte ihn ihr wegnehmen?« Sie grinste.

Genau damit sprach sie einen wichtigen Aspekt an. Kraft überlegte. Wieso hatte Waldner nicht mit ihren

Freundinnen über die neue Liebschaft gesprochen? Weil das Ganze noch in Kinderschuhen steckte? War es vielleicht sogar nur eine einseitige Schwärmerei? Oder hatte sie sich auf einen vergebenen Partner eingelassen, der sie um Stillschweigen gebeten hatte?

Die wichtigste Frage lautete jedoch anders. Falls es wirklich einen neuen Mann in Laura Waldners Leben gab, hatte der etwas mit ihrem Verschwinden zu tun?

***

In der Hamburger Kindertagesstätte empfing sie die Leiterin Juliane Wehner. Die Frau hatte sie für siebzehn Uhr einbestellt, und die Polizisten bekamen noch mit, wie die letzten Kinder von ihren Müttern oder Vätern abgeholt wurden.

»Ohne die Kleinen ist es einfach ruhiger. Deswegen habe ich Sie so spät hergebeten. An unseren Kontakt kann ich mich erinnern«, sagte sie an Zurbrügge gewandt. »Aber jetzt sind Sie zu viert hier. Was bedeutet das?«

Drosten übernahm die Gesprächsführung und berichtete von dem ähnlichen Fall in Wilhelmshaven.

Wehner wirkte erschrocken. »Noch eine Alleinerziehende und ein Kind, das in unserer Obhut war? Oh nein! Wenn das rauskommt!«

»Was fällt Ihnen zu Laura und Clemens Waldner ein?«, fragte Drosten.

»Clemens war gut integriert. Er hat nie Ärger gemacht. Da haben wir ganz andere Kandidaten. Ein lieber, aufgeweckter Junge. Über Frau Waldner weiß ich nicht viel. Sie hat sich nie großartig eingebracht. Aber das ist nicht außergewöhnlich. Manche Eltern haben darauf keine Lust.« Sie zuckte mit den Schultern. »Wir zwingen niemanden. Geredet haben wir höchstens zwei- oder dreimal miteinander. Smalltalk. Ich habe Hauptkommissar Zurbrügge schon davon erzählt.« Die rothaarige Frau setzte ihre bunte Brille ab und rieb sich die Nasenflügel. »Herrje. Hoffentlich ist den beiden nichts passiert.«

Drosten zeigte ihr Clemens' Aufnahme. »Die ist im Kindergarten gemacht worden?«

Wehner nickte. »Einmal im Jahr kommt ein Fotograf zu uns und bietet den Service an.«

»Immer derselbe?«, fragte Sommer.

»Seit ein paar Jahren. Er heißt Nils Düssel. Sie finden ihn im Netz unter Fotograf Duessel. Also mit ue.«

»Haben Sie Mitarbeiter, die früher in Wilhelmshaven gearbeitet haben und dann nach Hamburg gewechselt sind?«, erkundigte sich Drosten.

»Oder umgekehrt?«, fügte Kraft hinzu.

»Nein. Wir arbeiten seit drei Jahren mit demselben Stamm. Unter Mitarbeiterfluktuation leiden wir nicht.«

»Und das Essen? Wer liefert das?«

»Da kooperieren wir mit einem auf Kindergärten spezialisierten Caterer. Die Lieferanten wechseln allerdings hin und wieder und haben kaum Kontakt zu den Kindern.«

»Kennen Sie den Mitarbeiter Brock aus der Zentrale?«, fragte Zurbrügge.

Wehner verzog den Mund. »Ja, den kenne ich. Leider. Er ist ein Prinzipienreiter. Ich muss über ihn quasi alles bestellen, was wir benötigen. Wie oft der mir Anträge aus den lächerlichsten Gründen abgelehnt hat. Eigentlich unfassbar! Hatten Sie mit ihm zu tun?«

»Wir suchen ihn morgen auf und hoffen auf seine Kooperationsbereitschaft.«

»Wollen Sie meinen Rat hören? Gehen Sie zu viert zu ihm. Ich glaube, das schüchtert ihn ein. Ansonsten wünsche ich Ihnen viel Spaß.« Erneut rieb sie sich die Nasenflügel.

6

Sylvana lauschte Merles regelmäßigem Atem. Das Geräusch beruhigte sie. Unbewusst streichelte sie dem tapferen Mädchen den Kopf.

Seit der Videoaufnahme hatte sich der Entführer zweimal an Sylvana vergangen. Es war schmerzhaft, aber schnell vorüber gewesen. Kein Vergleich zu der Hölle, die sie während der Filmaufnahme erlebt hatte. Umso furchtbarer klang die Drohung, die er ihr bei seinem letzten Auftauchen ins Ohr geflüstert hatte.

»Bald ist wieder ein Filmchen an der Reihe. Ich hoffe, du freust dich.«

Würde sie diese Qualen überleben? Sie hatte nach dem ersten Mal Blut im Urin gefunden und sich kaum bewegen können. Die blauen Flecken und Striemen auf ihrer Haut waren noch nicht verheilt. Bestimmt wären sie wochenlang zu sehen. Trotzdem wollte er sie bald wieder vor laufender Kamera misshandeln.

Tränen liefen ihr über die Wangen. Bei aller Liebe zu

Merle, wie lange würde sie das durchstehen?

Sie dachte an den gefundenen Zahn. Hatte er ihn absichtlich im Bett platziert oder einfach übersehen? In ihrer Fantasie malte sie sich aus, was dazu führen konnte, einen Zahn zu verlieren. Heftige Schläge ins Gesicht könnten ihn gelockert haben. Hatte er das bei ihr auch vor? Beim letzten Mal hatte er ihr verhülltes Antlitz verschont. Sylvanas Gedanken wanderten weiter. Sie hatte befürchtet, unter dem Baumwolltuch zu ersticken. Doch zumindest dieses Gefühl hatte sich im Laufe der Tortur gelegt.

Sie wischte sich die Tränen ab. Falls Merle aufwachte, durfte ihre Mutter nicht schwach und ängstlich wirken.

Was sollte sie tun?

Immer, wenn der Kerl lediglich seine Geilheit an ihr abreagierte, standen keine Kameras im Raum. Er fesselte sie ans Bett und verging sich an ihr. Sobald er fertig war, brachte er sie zurück. Während der ganzen Zeit gab es nichts, was sie dagegen tun konnte. Weder auf dem Weg in den Folterraum noch im Raum selbst hatte sie etwas entdeckt, das sich als Waffe einsetzen ließe.

Bei der Videoaufnahme war das anders gewesen. Da standen Kameras auf Stativen herum. Die Gestelle waren offenbar nicht fest im Boden verankert.

Falls es ihr gelingen würde, sich im Videoraum loszureißen und sich einen Ständer zu schnappen, hätte sie eine Waffe. Sie müsste ihn damit totschlagen. Ihm das Gerät auf den Kopf hämmern, bis sein Schädel platzte. Traute sie sich das zu? Einen Menschen kaltblütig zu ermorden? Normalerweise nicht, diesmal ging es aber um ihr Leben. Und um Merle.

Doch Sylvana kannte die Risiken. Falls sie scheiterte, würde er ihre Tochter bestrafen. Das hatte er oft genug angekündigt. War sie bereit, ein solches Risiko einzugehen?

Erneut dachte sie an den Zahn. Er gehörte einem Erwachsenen. Einer Mutter, die zusammen mit ihrem Kind hier gefangen gewesen war? Hatte er sie beide irgendwann getötet?

***

Carla Holtzmann saß an ihrem PC und stöberte in den Zeitungsberichten des heutigen Tages. Zwar erwähnte keiner davon die in Wilhelmshaven vermisste Frau, doch fand sie immerhin keine neuen Berichte über verschwundene Menschen.

Carla schaute aus dem Fenster. Sie hatte die Wohngegend mit den dicht aneinander stehenden Mehrfamilienhäusern bewusst ausgewählt. In den dunklen Monaten des Jahres schenkten ihr die Lichter in den anderen Häusern Trost. Während der Gefangenschaft hatte ihr das ganz besonders gefehlt. Vor allem Tageslicht, aber auch die Zeichen dafür, dass in ihrer Nähe Menschen lebten. Lachten. Weinten.

Ihr Handy klingelte.

Ob das Hauptkommissar Sommer war? Er hatte ihr regelmäßige Rückmeldungen versprochen und sich heute noch nicht gemeldet.

Verwundert schaute sie sich um. Wo lag ihr Telefon? Das Geräusch kam aus der Küche. Sie lief dorthin und entdeckte das Gerät neben dem Kühlschrank. Offenbar hatte sie es vergessen, als sie sich einen Joghurt geholt hatte. Sie nahm das Smartphone auf. Statt Sommers Namen stand im Display lediglich ›unbekannter Anrufer‹.

Wer konnte das sein?

Carla zögerte. Normalerweise erhielt sie keine anonymen Anrufe. Es gab nicht viele Leute, denen sie die Nummer genannt hatte. Oder nutzte Sommer im Dienst keine Anrufkennung?

Sie musste sich entscheiden. Den Anrufer auf die Mailbox umleiten oder ihre Neugierde stillen. Carla berührte das grüne Symbol und nahm das Gespräch entgegen.

»Hallo?«

Niemand meldete sich.

»Hallo? Wer ist da?«

Außer einem Rauschen vernahm sie nichts. Panik stieg in ihr auf. Sie nahm das Telefon vom Ohr und trennte die Verbindung.

Was hatte das zu bedeuten? Ihr Peiniger war im Gefängnis unter mysteriösen Umständen zu Tode gekommen. Vor ihm musste sie sich nicht mehr fürchten. Doch bestimmt gab es da draußen genug Perverse, für die Carla Holtzmann eine erstrebenswerte Trophäe darstellte.

Ihr Körper zitterte. Sie setzte sich an den Küchentisch und versuchte, mit tiefen Atemzügen die

Kontrolle über die Körperfunktionen zurückzugewinnen.

»Dir kann nichts passieren«, flüsterte sie wie ein Mantra, wieder und wieder. »Dir kann nichts passieren.«

Langsam ließ das Zittern nach, und Carla war imstande, einen klaren Gedanken zu fassen.

Musste sie sich wegen des Anrufs Sorgen machen? Stand er im Zusammenhang mit ihrer Entführung? Oder mit den Sachen, die sie herausgefunden hatte? Die verschwundenen Mütter und ihre Kinder? Sie würde Sommer darüber in Kenntnis setzen und ihn um eine Einschätzung bitten. Doch zuallererst ging sie in die Diele, um sich zu vergewissern, dass sie die Wohnungstür abgeschlossen und den Türriegel davorgeschoben hatte.

***

Lukas Sommer saß im Hamburger Hotelzimmer und telefonierte mit seiner Frau. In ein paar Minuten würde er sich mit Robert und Verena an der Hotelbar treffen, um die Eindrücke des Tages zu besprechen. Die abendlichen Gespräche halfen oft dabei, sich neue Sichtweisen zu erschließen, und waren inzwischen eine willkommene Routine. Aber zunächst hatte seine Familie Vorrang.

Nachdem Jennifer ihm von einem frustrierenden Termin mit der Klinikleitung berichtet hatte, wechselte sie das Thema. »Jeremias ist den ganzen Tag schlecht drauf. Im Prinzip schon den zweiten Tag hintereinander.«

»Weswegen?«

»Wegen dir und Carla.«

»Ernsthaft?« Natürlich hatte Sommer gemerkt, dass Carlas Auftauchen seinen Sohn belastet hatte, doch hatte er vermutet, die Verstimmung würde schnell verfliegen. So war es bei Jeremias normalerweise. »Hat er das gesagt?«

»Ich bin seine Mutter. Da brauche ich keine wortreiche Erklärung.«

Wahrscheinlich hatte Jennifer recht. »Ist er da?«

»Sitzt vor seinem PC. Ich fände es gut, wenn du mit ihm sprichst. Warte.«

Kurz darauf hörte Sommer, wie seine Frau an eine Tür klopfte. »Dein Vater möchte mit dir sprechen.«

Es dauerte einen Augenblick, dann hatte er Jeremias am Apparat. »Hi«, begrüßte der ihn lediglich.

»Hallo, Großer. Mama hat gesagt, du machst dir Sorgen wegen meiner Ermittlung?«

Jeremias schwieg. Lukas ließ ihm die Zeit, sich zu sammeln. Sein Sohn gehörte nicht zu den redseligsten Jugendlichen. Die Schulfreunde, die Jeremias hin und wieder besuchten, sprachen fast alle mehr.

»Warum kommt sie einfach zu uns?«, brach es plötzlich aus ihm heraus. »Das steht ihr nicht zu. Sie hat dich niedergeschossen. Dich getötet. Ich war bei deiner Beerdigung.«

»Ich weiß. Aber der Entführer hat Carla dazu gezwungen. Sie hätte das niemals freiwillig getan. Sie war damals siebzehn. Ungefähr so alt wie du und deine Freunde. Sie hat sich das nicht ausgesucht.«

»Sie hätte sich weigern können.«

»Carla hatte Angst um das Leben ihres Bruders.«

»Und warum kommt sie jetzt zu dir?«

»Weil sie glaubt, Hinweise gefunden zu haben, dass anderen Frauen das Gleiche zustößt wie ihr. Sie wusste nicht, an wen sie sich wenden sollte.«

»Meine Freunde denken auch, du solltest ihr nicht helfen.«

»Deine Freunde?« Wen hatte Jeremias ins Vertrauen gezogen? Eigentlich wusste er, dass Details von der Arbeit seines Vaters nicht für die Öffentlichkeit bestimmt waren. »Was hast du ihnen erzählt?«

Das Anklopfsignal meldete einen weiteren Anrufer in der Leitung. Sommer nahm kurz das Handy vom Ohr. Ausgerechnet jetzt rief Carla ihn an. Doch sie musste warten. Jeremias ging vor.

»Na, davon, dass sie plötzlich unangekündigt vor unserer Tür stand.«

»Aber nichts von den Einzelheiten?«

»Ich bin ja nicht blöd!«

»Großer, du musst dir wirklich keine Sorgen machen. Das, was damals passiert ist, hat nichts mit der aktuellen Ermittlung zu tun.«

»Sicher?«

»Absolut. Hast du eigentlich schon die Deutsch-Klausur zurück?«

Sie unterhielten sich noch ein paar Minuten über Schulkram, dann verabschiedeten sie sich voneinander. Nachdem er erneut mit Jennifer gesprochen und das Gespräch beendet hatte, rief er Carla zurück. Sie berichtete ihm von dem anonymen Anrufer. Sommer gelang es, ihre Sorgen zu zerstreuen. Nicht zuletzt, indem er ihr versprach, alles für eine Fangschaltung in die Wege zu leiten, falls sich solche Vorkommnisse wiederholten.

***

In der Hotelbar besprachen die KEG-Polizisten ihre Fortschritte.

»Du hast die wichtigste Entdeckung gemacht«, wandte sich Drosten an Kraft. »Die Herzen hätte ich definitiv übersehen oder ihnen zumindest keine Bedeutung beigemessen.«

Kraft zwinkerte ihm zu. »Wir Frauen sind halt feinfühliger in solchen Einzelheiten.«

»Warum ist es dir überhaupt aufgefallen?«, wollte Sommer wissen.

Sie lächelte versonnen, wich aber ihren Blicken aus.

»Verena?«, fragte Sommer überrascht. »Was verheimlichst du uns?«

Bevor sie antwortete, trank sie einen Schluck Ginger Ale. »Ihr dürft nicht lachen. Ich habe mich vor Kurzem selbst dabei erwischt, ein Herzchen gemalt zu haben. Vor allem deswegen ist es mir sofort ins Auge gesprungen.«

»Jetzt wollen wir alle Einzelheiten wissen«, sagte Sommer. »Wie heißt er? Wann hast du ihn kennengelernt?«

»Natürlich da, wo moderne Frauen Männer kennenlernen.«

»Tinder?«, vermutete Sommer.

»In der Waschküche«, antwortete sie amüsiert. »Ich habe einen neuen Nachbarn. Mitte dreißig, schätze ich. Ungefähr so groß wie du, Lukas. Dunkle Haare. Sportlich-muskulös. Er heißt Jonah.«

»Du gerätst ja richtig ins Schwärmen«, wunderte sich Drosten.

Kraft lächelte versonnen. »Ich war gerade dabei, eine Ladung Wäsche auszuräumen, als der Mann plötzlich seine Waschmaschine hineintrug und in die freie Lücke zwischen den anderen Maschinen manövrierte. Wir haben bestimmt eine Viertelstunde miteinander gequatscht und uns auf Anhieb verstanden. Seitdem treffen wir immer ganz zufällig aufeinander. Ich höre ihn im Hausflur und muss natürlich genau in dem Moment nach der Post sehen. Er hört mich im Flur, öffnet die Tür und fragt, ob ich Butter vorrätig habe. Na ja, vor einer Woche telefonierte ich mit einer alten Freundin, als ich diese Herzchen malte. Verrückt!« Sie kicherte.

»Du bist verliebt«, stellte Sommer fest.

Energisch schüttelte sie den Kopf. »Ich schwärme für einen Mann, der mir noch ziemlich fremd ist. Verliebtsein kann man das nicht nennen. Dafür weiß ich zu wenig über ihn.«

»Kein Problem. Gib mir seinen vollständigen Namen, und ich bringe alles Wissenswerte in Erfahrung.«

»Untersteh dich, Lukas! So fangen wir gar nicht erst an. Was ich herausfinden muss, finde ich auf herkömmliche Weise heraus.«

7

»Hollywood ruft nach dir.«

Sylvana zuckte bei den Worten des Entführers zusammen. Sie saß mit ihrer Tochter am Boden und spielte Memory. Sie hatten erst vor ein paar Minuten angefangen, daher waren die meisten Karten noch nicht aufgedeckt.

Sylvana schaute den Mann flehend an. »Nicht jetzt. Bitte.«

»Du hast kein Mitspracherecht.« Er kam zu ihnen und strich mit den Füßen durch die Spielkarten.

Merle blickte zu ihm hoch. Tränen traten ihr in die Augen. »Lassen Sie Mama in Ruhe!«

»Merle! Nicht!«, sagte Sylvana.

»Ich kümmere mich gut um deine Mutter. Versprochen. Komm jetzt!«

Er packte ihren Haarschopf. Sylvana stöhnte schmerzerfüllt auf. Bevor er sie an den Haaren hochziehen konnte, kam sie selbst auf die Beine. Sie schaffte es sogar, sich aus dem Griff zu befreien.

Er sah sie wütend an. »Was soll das?«

»Warum ausgerechnet jetzt, während ich mit Merle spiele?«

»Ich will auch spielen. Das mache ich entweder mit dir oder deiner Tochter. Kannst du dir aussuchen.« Er trat einen Schritt auf Merle zu.

»Nein! Verschonen Sie meine Tochter.«

»Kapierst du es? Deine Wünsche sind unwichtig. Du bist meine Sklavin.«

Er packte sie am Arm und zog sie zum Ausgang.

»Mama!« Verzweifelt umklammerte Merle das Bein ihrer Mutter.

»Lass los, mein Schatz.«

»Nein.«

»Hör gefälligst auf deine Mutter!«, schrie er ohne Vorwarnung.

Er beugte sich herunter. Aus Angst vor ihm wich Merle zurück. Er nutzte die Gelegenheit und zog Sylvana aus dem Raum. Dann schmiss er die Tür zu und verriegelte sie.

»Mama«, ertönte es aus dem Inneren.

»Ich bin bald wieder bei dir«, versprach Sylvana.

»Aber bis dahin wird es dir nicht so gut ergehen«, verspottete er sie.

Aus dem Augenwinkel beobachtete Sylvana, dass er den Schlüssel nicht aus dem Schloss zog.

Er packte sie beim Oberarm und dirigierte sie zu dem Raum. »Die Klickzahlen des letzten Clips waren super. Die User sind so neugierig, dass sie nach der kurzen Vorschau viel Geld bezahlt haben, um dich leiden zu sehen. Manche haben gefragt, wann der nächste Clip erscheint. Es gibt so viele schlechte Vergewaltigungsfilme im Netz. Die meisten sind halt Fake. Aber dein Filmchen! Wow. Stell dir all die Kerle vor, die mit heruntergezogener Hose vor dem Computer sitzen. Du kannst stolz auf dich sein.«

»Das hat so wehgetan«, jammerte Sylvana, um ihn in Sicherheit zu wiegen. Sie wollte ihn von ihrem eigentlichen Plan ablenken.

»Herrje«, sagte er übertrieben mitfühlend. »War das so? Es tut mir leid. Ich kann das nicht ändern. Nur so verkaufen sich die Clips.«

Sie erreichten den Raum. Das Zeitfenster, in dem sie reagieren konnte, schmolz zusammen. Sobald er sie aufs Bett fesselte, wäre die nächste Tortur unabwendbar. Sylvana bemerkte, dass der Kerl diesmal lediglich ein Stativ aufgebaut hatte.

»Verschonen Sie mich heute anal«, flehte sie.

Er lachte. »Hast du einen empfindlichen Popo?«

Für einen Moment wirkte er abgelenkt. Genau das hatte sie bezweckt. Sylvana führte eine Vierteldrehung in seine Richtung aus, um näher an ihn heranzukommen. Sein Lachen erstarb. Sie ging leicht in die Knie und schoss dann vor. Ihr Schädel traf ihn perfekt am Kinn. Er stöhnte vor Schmerz, taumelte zurück und ließ sie los. Sylvana rannte zum Stativ.

Lass es nicht fest verschraubt sein!

Sie griff nach den drei Beinen.

Hinter ihr keuchte ihr Peiniger. »Das wirst du bitter bereuen!«

Sie nahm das Stativ auf, auf dem ein Camcorder befestigt war, und hielt es mit beiden Händen wie einen Baseballschläger.

Er war vier Schritte hinter ihr und schien die Gefahr nicht zu erkennen. Oder er war blind vor Wut, denn er stürmte auf sie zu. Sylvana holte aus. Sie schlug zu und traf ihn mit der Kamera an der Schläfe. Er kippte zur Seite und fiel wie ein gefällter Baum stöhnend zu Boden. Sein Gesicht prallte auf die Fliesen. Von der Wucht des Schlags schmerzten Sylvanas Hände. Doch sie musste weitermachen. Nun hatte sie die Chance, ihren Peiniger endgültig zu erledigen. Sie stellte sich neben ihn, versuchte aber, den nötigen Abstand einzuhalten, damit er sie nicht plötzlich bei den Füßen packen konnte. »Du verdammter Wichser!« Sylvana holte erneut aus. »Du dreckiger Hurensohn!«

Sie würde die Kamera auf seinem Kopf zertrümmern.

Ihn töten.

Sylvana ließ das Stativ niedersausen. Kurz vor dem Aufprall löste sich der Camcorder vom Stativ und fiel zu Boden, ohne den Mistkerl zu treffen. Offenbar war die Halterung beim ersten Schlag kaputt gegangen. Lediglich ein Teil des Stativs streifte den wehrlosen Mann.

»Scheiße!«, fluchte sie.

Er stöhnte. Der Laut versetzte sie in Panik. Im Kampf würde sie ihn nicht bezwingen können. Ohne nachzudenken, rannte sie in den Gang hinein. Sie musste sich Merle schnappen und aus dem Horrorhaus fliehen.

An der Tür drehte sie hektisch den Schlüssel herum.

»Mama«, sagte Merle überrascht.

»Wir müssen abhauen.«

Sie trat zu ihrer Tochter und hob sie hoch. Das Mädchen klammerte die Hände um ihren Nacken.

»Wo ist der Mann?«

»Ich hab ihn niedergeschlagen.«

Gemeinsam mit ihrer Tochter verließ sie den Kerker und schaute nach rechts. Von ihrem Entführer noch keine Spur. Dann wandte sie sich nach links und lief bis zum Treppenabsatz. Die Stufen endeten unter einer Luke. Wenn er sie abgeschlossen hatte, wäre ihr Widerstand umsonst gewesen.

»Nach Hause?«, fragte Merle.

»Ja«, sagte sie. »Wie gehen nach Hause.«

Sie lief die Stufen hoch. Nervös drückte sie gegen die Luke, die nach außen aufschwang.

»Gott sei Dank.«

Rasch trat sie hinaus. Sie standen in der unbeleuchteten Scheune, durch die er sie vor ein paar Tagen in ihr Gefängnis gezerrt hatte. Gab es irgendwo ein Telefon, mit dem sie die Polizei alarmieren konnte?

Sylvana warf die Luke zu. Von außen steckte kein Schlüssel.

»Verdammt!«

»Was ist, Mama?«

»Nichts, mein Schatz. Ich wäre fast gestolpert.«

Sie konnte den Kerl also nicht einsperren. In die Scheune fiel kaum Licht. Zumindest erkannte sie den Ausgang. Sylvana lief aufs Tor zu. Je näher sie ihm kam, desto kälter wurde es. Erst jetzt wurde ihr ein weiteres Problem bewusst. Merle und sie trugen relativ dünne Sachen. Noch nicht einmal Schuhe. Wenn sie stundenlang in der nächtlichen Dezemberkälte herumirren müsste, würde das stark an ihren Kräften zehren. Trotzdem blieb ihr nichts anderes übrig.

Sie schob das Tor zur Seite. Am wolkenlosen Himmel stand der Vollmond und spendete ihnen helles Licht.

»Mama!« Merle deutete zum Mond. Ihr Atem dampfte in der kalten Luft.

»Wunderschön, oder?« Hektisch schaute sich Sylvana um. Einige Meter von der Scheune entfernt parkte der Wagen, in den der Peiniger sie gelockt hatte. Falls sie im Innenraum die Schlüssel fände und den Wagen starten könnte, wären sie und Merle gerettet. Sylvana lief zur Fahrerseite. Die Fensterscheiben waren von außen leicht vereist.

Bitte, lieber Gott, noch diese eine Sache. Lass mich den Wagen nutzen können.

Sie zog am Griff. Die Tür war verschlossen. Sie versuchte es an allen anderen Türen und dem Kofferraum. Doch das verdammte Fahrzeug war abgeschlossen.

»Ich setz dich kurz ab«, sagte sie zu ihrer Tochter.

»Wieso?«

»Vielleicht finde ich die Schlüssel fürs Auto.«

Sie stellte ihre Tochter auf die Füße und suchte in allen Radkästen. Doch der Schlüssel lag nirgendwo.

»Scheiße!«, fluchte sie.

»Ist das schlimm?«, fragte Merle.

»Nein«, behauptete Sylvana. »Müssen wir halt laufen, mein Schatz.«

»Mir ist kalt.«

»Bald können wir uns aufwärmen. Versprochen. Dann kriegst du eine heiße Schokolade.«

Sie hob ihre Tochter wieder hoch und drückte sie an sich, um sie zu wärmen. Auch ihr kroch die Kälte in die Knochen. Sie trug keine Schuhe, lediglich Socken. Wie lange würde sie es aushalten, bis sie kraftlos zusammensänke?

Im Mondschein schaute sie sich um. Neben der Scheune stand ein Wohnhaus. Im Inneren brannten allerdings keine Lichter. Ob der Wahnsinnige die Haustür offengelassen hatte? Dann könnte sie nach einem Telefon suchen oder sich zumindest einen Mantel überwerfen.

Mit ihrer Tochter auf dem Arm lief sie zur Tür. Ihr Glück war offenbar erschöpft. Das Haus war versperrt. Es fiel ihr schwer, die Tränen der Enttäuschung zurückzuhalten. Nun galt es, keine weitere Zeit zu verlieren. Ihr Peiniger könnte jeden Moment aus der Scheune stürmen, um sich furchtbar an ihr zu rächen.

»Wir laufen jetzt zur Straße«, erklärte Sylvana ihrer Tochter. »So schnell wir können. Du musst dich gut festhalten.«

»Okay.«

Die Hände des Mädchens klammerten sich fester um ihren Nacken. Sylvana rannte los.

8

»Oh Gott.«

Der Entführer schlug die Augen auf. Warum lag er am Boden? Langsam kehrte die Erinnerung zurück. Er fasste sich an den schmerzenden Schädel und spürte warmes Blut an der Schläfe.

»Verfluchte Scheiße!«

Dann fiel es ihm wieder ein. Die Schlampe hatte ihm mit dem Kopf einen Kinnhaken verpasst und sich von ihm losgerissen. Dann war sie zur Kamera gestürmt, hatte das Stativ gepackt und wie einen Schläger geschwungen. Trotzdem war er auf sie losgegangen. Er hätte es ihr niemals zugetraut, ihn zu treffen.

Eine schwere Fehleinschätzung. Sie hatte ihn perfekt erwischt und bewusstlos zu Boden geschickt.

Sein Sichtfeld verschwamm. Er blinzelte. Endlich sah er klarer. Er stützte sich mit den Händen ab und richtete den Oberkörper auf. Zwei Schritte neben ihm lagen die Einzelteile der Videokamera, etwas weiter entfernt das Stativ. Was war passiert? Die Schlampe hätte ihm den Camcorder mehrfach über den Kopf hauen können. Oder war das Gerät bereits beim ersten Schlag kaputtgegangen?

Er kniete sich hin. »Au!«, entfuhr es ihm. Wie lange war er bewusstlos gewesen? Er quälte sich auf die Beine. Schwindel erfasste ihn, und nur ein schneller Ausfallschritt verhinderte, dass er zu Boden ging.

Dafür würde sie büßen. Leiden! Er würde ihr doppelt so viel Schmerzen bereiten wie zuvor.

Langsam verließ er den Raum. Im Gang stützte er sich an der Wand ab. Die Tür zum Kerker stand offen. Genau damit hatte er gerechnet. Flucht war ihre einzige Chance. Doch woher sollte sie wissen, dass das nächste Dorf zehn Kilometer entfernt lag und nachts niemand die Straße entlangfuhr? Selbst wenn sie es bis zur Straße schaffte, lag die Rettung noch in weiter Ferne.

Er erreichte den Treppenabsatz und schaute hinauf. Die obere Luke war zugeworfen.

»Na super«, stöhnte er. »Toll gemacht!«

Er stützte sich mit der rechten Hand ab und bewältigte die zehn Stufen. Zum Glück gab es in der Scheune nichts, was sie als Barrikade vor die Luke hätte schieben können. Er stieß sie auf. Das Scheunentor stand offen. Von draußen fiel Mondlicht herein. Er wankte ins Freie und schaute sich um. Sein Wagen stand an seinem Platz, die Fenster wegen der Temperaturen leicht vereist.

Hielt sie sich irgendwo versteckt und plante einen Hinterhalt? Oder suchte sie ihr Heil in der Flucht?

Er ging zum Wohnhaus. Auch die Tür war versperrt. Er hatte sie zugezogen, bevor er in die Scheune gegangen war. Am Türgriff hob er die kleine Klappe an und legte das biometrische Zugangssystem frei, das er letztes Jahr selbst eingebaut hatte. Er wischte seinen rechten Daumen an der Hose ab, pustete auf den Finger und berührte den Sensor. Ein kurzer Piepton ertönte, dann sprang die Haustür auf. Im Flur griff er zu den Autoschlüsseln und dem Enteisungsspray. Dann warf er sich eine wärmende Daunenjacke über. Zuletzt trat er ans Sideboard und riss eine Schublade auf.

***

Die Kälte malträtierte Sylvanas Körper. Ihre Tochter schien mit jedem Schritt schwerer zu werden. Sie verlangsamte ihr Lauftempo. Wie lange war sie jetzt unterwegs? Eine Viertelstunde? Oder kam ihr das nur so lange vor?

»Was ist, Mama?«

»Ich brauche eine Pause und lass dich kurz runter. Okay?«

»Kalt«, sagte Merle.

»Ja, mir auch.«

Vorsichtig setzte sie ihre Tochter ab, die sich sofort an ihr Bein klammerte. Sylvana legte die Arme um sich und versuchte, durch Reibung Wärme zu erzeugen. Die Straße war gesäumt von vielen Bäumen, die um diese

Jahreszeit kahl waren. So erhellte das Mondlicht zumindest teilweise die Umgebung. Sylvana blickte über die Schulter zurück. Wie weit waren sie gekommen? Zwei Kilometer? Vielleicht sogar drei? Oder schätzte sie auch das zu optimistisch ein? Ihre Füße schmerzten. Bestimmt wären die Socken bald durchgescheuert.

Unvermittelt stockte sie.

»Mama?«

»Sei leise.« Sylvana lauschte verzweifelt in die Nacht. In weiter Ferne vernahm sie den Motor eines Wagens, der sich näherte. War das ihr Peiniger oder ihre Rettung? Die Baumstämme waren breit genug, um sich dahinter zu verstecken. Sylvana fällte eine Entscheidung. Sie hob Merle hoch – sie wollte ihrer Tochter nicht erst eine Erklärung liefern müssen, sondern möglichst keine Zeit verlieren. »Wir verstecken uns hinter einem Baum.«

»Ist das der böse Mann?«

»Weiß ich nicht.«

Rasch lief sie zum nächstgelegenen Stamm und presste sich an ihn. Vorsichtig lugte sie zur Straße. Nach ein paar Sekunden tauchten Scheinwerfer auf.

***

Er schaute auf die Uhr am Fahrercockpit. Wie viel Vorsprung hatte sie? Er war gegen halb neun zu ihr in den Kerker gegangen. Ein paar Minuten später hatte sie ihn angegriffen. Nun war es zwei Minuten vor neun. Sie konnte noch nicht weit gekommen sein. Also musste er damit rechnen, dass sie sich am Straßenrand vor ihm versteckte. Er schaltete das Fernlicht ein.

***

Der Wagen vor der Scheune war ein normaler Pkw gewesen. Die Scheinwerfer, die Sylvana jetzt wahrnahm, lagen deutlich höher über der Straße. Eher wie bei einem SUV statt einem gewöhnlichen Auto.

Verfügte der Entführer über mehrere Fahrzeuge? Hatte er eines genommen, dessen Windschutzscheibe nicht vereist war? Oder kam ihr jemand Unbeteiligtes entgegen?

Sylvana musste sich entscheiden. Zu Fuß würde sie nicht mehr lange durchhalten.

»Wir halten das Auto an«, sagte sie.

Bevor Merle widersprechen konnte, trat ihre Mutter vom Baumstamm weg und ging auf die Straße. Der Pkw war noch ein paar hundert Meter entfernt. Sylvana winkte hektisch. Ihre Vermutung bestätigte sich. Bei dem Auto handelte es sich um einen SUV. Gleichwohl konnte sie nicht erkennen, wer hinterm Steuer saß.

Das Fahrzeug bremste ab. Jetzt erblickte Sylvana eine Gestalt, die eine Mütze und einen Schal um den Mund trug. Außerdem eine Brille mit breitem, schwarzem Gestell. Hatte er sich verkleidet?

Sie fürchtete, den letzten Fehler ihres Lebens begangen zu haben. Doch als das Auto neben ihr hielt und die

Fensterscheibe herunterfuhr, hörte sie eine weibliche Stimme.

»Was machen Sie hier draußen in der Kälte? Fast nackt und mit einem Kind. Sind Sie verrückt?«

Sylvana schluchzte vor Erleichterung. »Sie müssen uns helfen! Bitte!«

Die Frau schob den Schal ein Stück herab, sodass er nicht mehr die Lippen bedeckte. »Ist Ihnen etwas passiert?« Ihre Stimme klang leicht heiser.

»Wir sind vor Tagen entführt worden.«

»Das ist ja schrecklich!«

»Haben Sie ein Handy? Rufen Sie bitte die Polizei! Ich fürchte, der Entführer wird uns jagen.«

»Hier gibt es kein Netz.« Die Frau griff zu ihrem Telefon in der Kfz-Halterung und zeigte es Sylvana. »Sehen Sie! Kein Balkenausschlag. Das dauert noch ungefähr vier Kilometer. Steigen Sie ein. Sie müssen sich ja totfrieren.«

Sylvana lief mit Merle um das Heck herum und stieg auf der Fahrerseite ein.

»Wie heißt Ihre Kleine?«

»Merle.«

»Hallo, Merle. Halt dich gut an deiner Mutter fest. Ich habe leider keinen Kindersitz.«

»Mache ich«, versprach das Mädchen.

Sylvana schnallte sich an. Wärme kehrte in ihren Körper zurück – was sich wundervoll anfühlte.

»Ich bin übrigens Katja.« Vorsichtig fuhr die Frau an. »Sie haben gesagt, man hat Sie entführt? Wer war das?«

»Ein Mann, mit dem ich im Internet gechattet habe.«

»Sie kannten ihn nicht?«

»Nicht persönlich.«

Katja schaute kurz zur Seite und musterte sie. Offenbar bemerkte sie die blauen Flecken und Verletzungen. »Hat er Sie ...«

»Ja.«

»Oh mein Gott. Das tut mir leid. Wie sind Sie ihm entkommen?«

»Ich hab ihn mit einer Kamera niedergeschlagen.«

»Er hat das alles gefilmt?«

»Manchmal.«

»Sie Ärmste.«

Sylvana blickte auf das wieder in der Halterung steckende Handy. Es fiel ihr schwer, sich auf die Retterin zu konzentrieren. Sie hatte zu viel Angst vor ihrem Entführer. Ob er schon die Verfolgung aufgenommen hatte?

»Wann haben Sie Netz?«

Katja berührte eine Taste, um das Display zu aktivieren. »Ich schätze, in vier, fünf Minuten.« Ihr Blick richtete sich auf den Rückspiegel.

Sylvana fiel auf, dass die Frau immer wieder hineinsah. Sie drehte ihren Kopf und sah durch die Heckscheibe. Von hinten näherte sich ein Fahrzeug.

»Verdammt schnell unterwegs«, brummte Katja.

»Das ist der Entführer!«, fürchtete Sylvana. »Können Sie nicht beschleunigen?«

Katja erhöhte ihr Tempo. Statt zuvor fünfzig Stundenkilometer fuhr sie nun siebzig.

»Geht das nicht noch schneller?«

»Ich seh nachts nicht so gut. Deswegen auch die große Brille. Ich will nicht im Graben landen.« Trotzdem erhöhte sie die Geschwindigkeit. Doch das hintere Fahrzeug holte spielend auf.

»Idiot!«, fluchte Katja. »Warum hat er das Fernlicht an? Das blendet!«

Hilflos sah Sylvana dabei zu, wie der näherkommende Wagen ausscherte und sie links überholte.

»Mein Gott«, japste sie. »Das ist er.«

Merle brach in Tränen aus.

»Der Entführer?«, vergewisserte sich Katja. Sie bremste leicht ab.

Gut hundert Meter vor ihnen legte der Mann eine Vollbremsung hin und stellte seinen Wagen quer.

»Haben wir Netz?«, schrie Sylvana. Sie berührte selbst das Telefon, das noch immer keinen Empfang hatte. »Drehen Sie um!«

Katja legte den Rückwärtsgang ein. Gleichzeitig stieg der Peiniger aus. Er hielt ein Gewehr in der Hand, mit dem er auf die Windschutzscheibe zielte.

»Scheiße!« Katja bremste abrupt.

»Was machen Sie?«

»Der knallt uns ab. Hätte ich Sie bloß nicht mitgenommen! Scheiße!«

»Steigt aus!«, schrie er. »Sonst seid ihr tot.«

Katja löste den Gurt und öffnete die Fahrertür.

»Nicht!«, flehte Sylvana. »Sie können sich nicht vorstellen, was er Ihnen antun wird.«

»Er hat ein Gewehr.« Katja stieg aus und ließ die Tür offenstehen.

»Leg dich mit dem Gesicht zu Boden hin«, brüllte er.

»Tun Sie mir nichts!«

»Hinlegen!«

Katja folgte dem Befehl. Konnte sie es irgendwie schaffen, sich ans Steuer zu setzen und den Rückwärtsgang einzulegen?

Er richtete das Gewehr auf sie. »Steig aus, oder ich schieß deiner Tochter den Kopf weg!«

»Okay«, sagte Sylvana geschlagen.

Sie hatte es versucht und würde dafür bitter bezahlen. Verzweifelt löste sie den Sicherheitsgurt und drückte ihr schluchzendes Mädchen noch stärker an sich. Sylvana öffnete die Tür und kletterte vorsichtig heraus. Kaum war sie draußen, kam der Kerl auf sie zu.

»Katja, bring dich in Sicherheit! Das ist deine letzte Chance«, schrie Sylvana.

»Wag es nicht!« Er griff in seine Jackentasche. Das Gewehr hielt er nur noch in einer Hand. Er holte ein Stofftuch und eine kleine Ampulle heraus, die er öffnete. Den Inhalt verteilte er auf dem Tuch.

»Was ist das?«, fragte Sylvana ängstlich.

»Das wird dir schöne Träume bescheren.«

Ein beißender Geruch drang zu ihr herüber.

»Setz deine Tochter ab!«

»Nein.«

»Willst du ihr Gehirn mit Chloroform schädigen? Sie könnte bleibende Schäden zurückbehalten.«

»Mama!«

Vorsichtig setzte Sylvana ihre Tochter ab. Der Entführer kam näher.

»Du wirst doppelt und dreifach leiden«, knurrte er, dann drückte er ihr das Tuch auf die Nase.

***

Er schleifte sein bewusstloses Opfer zum Auto.

»Bewegt euch beide nicht«, warnte er Merle und die fremde Fahrerin.

Er öffnete den Kofferraum, hob Sylvana hoch und warf sie hinein.

»Merle, komm zu mir!«, brüllte er.

»Nein«, widersprach die Kleine.

Allmählich verlor er die Geduld. Er rannte zu ihr und krallte die Finger in ihr Haar. »Du gehorchst mir gefälligst.«

Das Mädchen schrie wie am Spieß.

»Zum Wagen! In den Kindersitz!«

Sie stolperte hinter ihm her. Erst an der Tür lockerte er den Griff. Mühselig kletterte Merle hinein. Er legte den Sitzgurt an. »Jetzt muss ich nur noch eins erledigen.«

Mit dem Gewehr in der Hand ging er zur Fahrerin des SUV, die reglos am Boden lag.

»Tun Sie mir nichts.«

»Du hättest dich nicht einmischen dürfen«, sagte er laut.

Er legte das Gewehr an. Sekunden später schoss er.

9

Der zuständige Mitarbeiter des Kindergartenträgers empfing sie um kurz nach neun in seinem Büro. Angesichts der verantwortungsvollen Position, die Sebastian Brock bekleidete, wirkte er auf Drosten ziemlich jung. Er schätzte den bloß einen Meter siebzig großen Mann auf maximal Anfang dreißig. Er trug Jeans, Bikerstiefel und ein schwarzes Hemd.

»Warum kommen Sie zu viert?«, fragte Brock unfreundlich. »Ist das Ihre Variante eines Überfallkommandos? Ich hab nur zwei Besucherstühle, tut mir leid.«

Er machte keine Anstalten, weitere Sitzgelegenheiten zu besorgen. Stattdessen nahm er hinter dem Schreibtisch Platz und musterte die Beamten genervt.

Die Polizisten verständigten sich untereinander mit Blicken. Drosten und Kraft setzten sich. Sommer und Zurbrügge blieben stehen.

»Was wollen Sie eigentlich von mir?«, fragte Brock.

»Eine alleinerziehende Mutter und ihr Kind sind ...«

»Zwei Mütter und zwei Kinder«, korrigierte Drosten.

Brock runzelte die Stirn. Er zeigte auf Hauptkommissar Zurbrügge. »Er hat von einem Fall gesprochen.«

»Damals stimmte das noch«, erklärte Zurbrügge. »Inzwischen ermitteln wir in einem weiteren Vermisstenfall. In Wilhelmshaven. Sylvana Rehl und ihre Tochter Merle. Die Kleine besuchte in Wilhelmshaven einen Kindergarten, der ebenfalls von Ihnen betrieben wird.«

»Verdammt!«, fluchte Brock. »Das ist nicht gut.«

»Allerdings nicht«, stimmte Kraft zu.

»Wenn sich das rumspricht, überlegen es sich alleinerziehende Mütter zweimal, ob sie ihre Kinder zu uns schicken.«

Brock blies die Wangen auf. Für einen Moment erinnerte er Drosten an einen Frosch.

»Trotzdem verstehe ich nicht, was Sie hier wollen«, fuhr Brock fort. »Wir können sicher nichts dafür, wenn Alleinerziehende plötzlich das Weite suchen. Oder haben Sie handfeste Beweise, dass Verbrechen vorliegen?«

»Genau deswegen ermitteln wir«, sagte Drosten. »Uns würde interessieren, ob es beim Personal in den betreffenden Kindergärten Überschneidungen gibt. Wir benötigen Listen aller Mitarbeiter, die in Hamburg und in ...«

»Nein!«, unterbrach Brock die Aufzählung. »Ich kann Ihnen nicht einfach Mitarbeiternamen herausgeben. Das fällt alles unter den Datenschutz. Der ist mir persönlich übrigens sehr wichtig. Ich weiß, heutzutage pfeifen die Leute darauf, aber ich bin da anders. Ich nutze kein Facebook, habe keine Alexa zu Hause und schreibe am Handy SMS. Keine WhatsApp.«

»Wir versuchen, den Verbleib zweier Frauen herauszufinden«, appellierte Sommer an sein Verantwortungsgefühl.

»Das hat ja nichts mit meinen Mitarbeitern zu tun.«

»Bislang nutzten alle Vermissten die Kindergärten Ihrer Organisation«, erklärte Drosten. »Wenn Sie ...«

»Nein!«, wiederholte Brock. »Falls Sie die Daten brauchen, besorgen Sie sich einen richterlichen Beschluss.« Er verschränkte die Arme vor der Brust. »Heutzutage glauben Polizisten, Politiker und wer sonst noch alles, dass Privatsphäre nichts mehr zu bedeuten hat. Aber dann hätte man die Stasi auf ganz Deutschland ausweiten können. Mir ist das ein heiliges Gut.«

»Sie geben uns keine Auskünfte über Ihre Mitarbeiter?«, vergewisserte sich Sommer.

»Genau so ist es«, sagte Brock. »Und ich zweifle stark daran, dass Sie einen Richter auftreiben, der mich dazu verpflichtet.«

»Ich bin sicher, wir finden einen Vorgesetzten, der sich nicht so verdächtig verhält wie Sie. Haben Sie etwas zu verbergen?«, fragte Sommer.

»Das ist das Allerletzte!«, echauffierte sich Brock. »Typisch Polizeistaat. Weil man nicht kooperiert, wirkt man verdächtig. Lächerlich! Aber ich kenne meine Rechte. Und vergessen Sie's. Es gibt keinen

Vorgesetzten, der mich dazu zwingen könnte. Jetzt bitte ich Sie, mein Büro zu verlassen.« Er zeigte zur Tür.

»Warum verhalten Sie sich uns gegenüber so?«, hakte Sommer nach.

»Raus! Sonst erstatte ich Anzeige wegen Hausfriedensbruch.«

Vor dem Bürogebäude analysierten die Polizisten das Verhalten des Mannes.

»Er hat Dreck am Stecken«, sagte Sommer. »Wir versuchen, das Leben zweier Frauen und ihrer Kinder zu retten. Da kooperiert man doch, egal, was man über Polizisten denkt.« Sommer schaute zu den Fenstern hoch. Hinter einem tauchte Brock kurz auf. Am liebsten hätte Sommer ihm den Mittelfinger entgegengestreckt, wusste aber selbst, wie kindisch das gewesen wäre.

»Ich ruf die Zentrale an«, sagte Drosten. »Jemand soll seinen Namen durch den Computer laufen lassen. Vielleicht ist er früher aktenkundig geworden.«

»Sie fahren jetzt nach Wilhelmshaven weiter?«, vergewisserte sich Zurbrügge.

Drosten nickte. »Genau. Wenn wir etwas Neues herausfinden, erfahren Sie es unverzüglich.«

***

Am späten Mittag begrüßte sie Polizeioberkommissar Rainer Teckel in der Wilhelmshavener Polizeidienststelle. Die KEG-Beamten informierten ihn ausführlich über ihre Erkenntnisse aus Hamburg – inklusive des verdächtig wirkenden Mitarbeiters des Kindergartenträgers. Teckel hingegen hatte nichts Neues zu berichten. Seit dem letzten Telefonat hatte er keine Fortschritte erzielt.

»Fahren wir zur Wohnung von Frau Rehl und ihrer Tochter«, schlug der blonde Kommissar vor.

Vom Aussehen erinnere Teckel Drosten ein wenig an Hans Albers. Ob er auch ein solcher Frauenschwarm war? Zumindest lächelten ihm auf dem Weg nach draußen drei Frauen freundlich zu.

Die Fahrt dauerte nur zehn Minuten. Teckel erklärte ihnen, dass er Kontakt zu zwei Freundinnen von Sylvana Rehl aufgenommen hatte. Beide waren bereit, im Lauf des späten Nachmittags mit den neu hinzugezogenen Kommissaren zu reden. Teckel erkundigte sich nach den Aufgaben der KEG. Beeindruckt hörte er zu, als Drosten ein wenig von den Fällen berichtete, in denen sie zuletzt ermittelt hatten.

Die Wohnung lag im zweiten Stock eines vierstöckigen Mehrfamilienhauses. Vor der Wohnungstür standen Kinderschuhe, die Sommer einen Stich versetzten. Ob es der Trägerin gut ging? Er hoffte es.

»Ich habe bislang nichts verändert«, sagte Teckel, als er das Polizeisiegel löste. »Der Vermieter kooperiert zum Glück mit uns. Er hat sich einverstanden erklärt, die Wohnung während der Ermittlungsphase nicht zu betreten.«

Sylvana Rehl und ihre Tochter Merle hatten sich eine

Dreizimmerwohnung geteilt. Das Zimmer des Mädchens war liebevoll eingerichtet und aufgeräumt. Im Bett lagen diverse Kuscheltiere, die Wände waren rosafarben gestrichen und mit Tierpostern verziert. An einer Wand hing ein Regal voller Bilderbücher.

»Sie scheint sich gut um ihre Tochter gekümmert zu haben«, sagte Sommer.

Teckel nickte. »Ich habe bislang nichts Gegenteiliges vernommen. Jeder, der Frau Rehl kennt, meint, sie sei trotz der schwierigen finanziellen Umstände eine liebevolle Mutter.«

Sommer dachte an Carlas Theorie. Ein Muttertyp wie Sylvana Rehl wäre wohl eher bereit, sich für das Kind aufzuopfern, als manch anderer Zeitgenosse.

Die Polizisten öffneten die Kleiderschranktüren, ohne auf Gegenstände zu stoßen, die sie nicht erwartet hatten.

Teckel führte sie in das Schlafzimmer, das maximal halb so groß war wie das Kinderzimmer. Außer einem Bett und einem Kleiderschrank gab es hier kein weiteres Mobiliar. An den freien Wänden hingen Bilder von Sylvana und Merle. Die meisten stammten aus dem Krankenhaus in den Tagen nach der Entbindung.

Im Wohnzimmer zeigte Teckel auf ein WLAN-Modem. »Wir haben genau herausgefunden, wann Frau Rehl das letzte Mal in ihrem WLAN eingebucht war. Am Tag ihres Verschwindens um zwanzig nach acht abends. Die Menge des abgerufenen Datenvolumens ist unverdächtig.«

»Sie besaß einen Laptop, keinen großen PC?«,

vergewisserte sich Kraft.

»Genau. Leider ist das Gerät verschwunden. Ebenso ihr Handy.«

»Wie in Hamburg«, sagte Drosten. »Haben Sie die Ladekabel gefunden?«

»Lagen im Sideboard«, antwortete Teckel.

In den Schubladen des Sideboards suchten sie nach Hinweisen. Doch es gab weder ein Terminbuch noch einen anderen Gegenstand, der sie hätte weiterbringen können.

»Ich wüsste zu gern, ob Frau Rehl kürzlich ebenfalls einen Mann kennengelernt hat«, brummte Sommer.

***

Die 27-jährige Dörte Keil empfing die Kommissare in ihrem kleinen Haus nicht weit vom Nordseestrand entfernt. Sie führte sie in die Küche, wo bereits frisch gebrühter Tee auf einem Stövchen stand. Ohne die Gäste zu fragen, ob sie überhaupt Tee wünschten, schenkte Keil ihnen ein.

»Ich habe weißen und braunen Kandiszucker«, sagte sie. »Empfehlen würde ich Ihnen den braunen.«

Sie öffnete die Zuckerdose, in der eine kleine Zuckerzange steckte. Keil nahm ein Stück und ließ es in ihre Tasse fallen.

Die Besucher folgten dem Ritual.

»Wie lange kennen Sie Frau Rehl?«, fragte Drosten.

»Seit der Schule. Früher haben wir uns oft täglich

gesehen. Durch meine Heirat vor sieben Jahren und unsere Kinder ist das deutlich seltener geworden. In den letzten zwei Jahren hat sich unser Kontakt fast ausschließlich auf WhatsApp-Nachrichten beschränkt.« Sie pustete in die Tasse und trank einen kleinen Schluck.

»Kannten Sie Merles Vater?«, erkundigte sich Kraft.

»Flüchtig. Er hat Sylvana schon während der Schwangerschaft verlassen. Ein Mistkerl! Soweit ich weiß, lebt er inzwischen in Australien und züchtet Schafe! Das hätte er hier auch tun können, um seine Tochter zu unterstützen. Hach, Sylvana hatte es in den letzten Jahren nicht leicht.«

»Könnte sie einfach davongelaufen sein?«, fragte Drosten. »Immerhin hat sie fast zehntausend Euro Schulden angehäuft.«

»Kann ich mir nicht vorstellen. Sie ist so heimatverbunden. Lebt seit der Geburt hier an der Nordsee. Seit zwanzig Jahren in Wilhelmshaven. Wo soll sie denn hin? Weg von der See? Undenkbar für Menschen wie uns.«

»Vielleicht hat es sie heimlich zu einem neuen Mann verschlagen«, brachte Kraft eine Variante ins Spiel.

»Das habe ich mich auch schon gefragt. Wissen Sie, normalerweise nutzte Sylvana ein Porträtfoto von sich als Profilbild bei WhatsApp. Aber vor rund drei Wochen hat sie es ausgetauscht.« Keil griff zu ihrem Handy auf dem Küchentisch und öffnete das Chatprogramm. Sie scrollte ein bisschen, ehe sie das Profilfoto vergrößerte. Drosten nahm ihr das Handy ab.

Auf weißem Hintergrund stand in roten Buchstaben der Spruch: *Liebe ist, wenn man trotz der Ferne die Nähe spürt.*

»Ich befürchtete, dass sie wieder Kontakt zu Merles Vater aufgenommen hatte. Wegen der Ferne und der Nähe. Andererseits erschien mir das unwahrscheinlich. Na ja, irgendwie bin ich nicht dazu gekommen, mich bei ihr zu erkundigen. Wie hätte ich das auch anstellen sollen?« Keil simulierte mit den Fingern Tippbewegungen auf einem Handy. »Hi Sylvana, hab dein neues Profilbild gesehen. Wer ist der Glückliche?« Sie zuckte die Achseln. »Wäre ein bisschen plump gewesen, oder?«

Drosten bedauerte Keils Zurückhaltung. Vielleicht hätten sie so Hinweise erhalten, die sie in ihren Ermittlungen weitergebracht hätten. Zumindest deutete einiges darauf hin, dass auch Sylvana Rehl einen Mann frisch kennengelernt hatte. Warum sonst hätte sie ihr Profilbild wechseln sollen?

***

Am frühen Abend erhielt Drosten einen Anruf aus der Wiesbadener Zentrale, der Sebastian Brocks Verhalten in ein neues Licht rückte. Drosten bedankte sich für die Information, die er stichpunktartig notiert hatte. An der Bar des Wilhelmshavener Hotels setzte er seine Kollegen in Kenntnis.

»Falls Brock nichts mit dem Verschwinden der Frauen zu tun hat, liegt seine Aversion gegen uns wohl an seiner linksautonomen Einstellung.«

»Was hat die Zentrale herausgefunden?«, wunderte sich Sommer.

»Brock wurde mehrfach bei Demonstrationen registriert, die zu Krawallen führten. Stuttgart 21, der G9-Gipfel, sogar an Ausschreitungen in Davos war er beteiligt. Er hat wohl nie persönlich eine Straftat begangen, war aber häufig in der Nähe einiger Brandherde, weswegen er polizeilich erfasst wurde.«

»So jemand arbeitet in verantwortlicher Funktion eines Wirtschaftsunternehmens? Das nenne ich Heuchelei.« Sommer schürzte die Lippen. »Mein Gefühl sagt mir, wir sollten ihn im Auge behalten. Ich glaube, hinter seinem Verhalten steckt mehr als bloße Abneigung gegen den Polizeiapparat.«

10

Die Leiterin der Wilhelmshavener Kindertagesstätte empfing die Hauptkommissare morgens um halb zehn in ihrem kleinen Büro. Auf dem Weg in den Raum musterten mehrere Kinder die erwachsenen Neuankömmlinge. Manche lächelten scheu, andere zogen es vor, nach dem Blick schnell das Weite zu suchen.

Aufgrund ihres Alters konnte Bettina Glanz ihre verantwortungsvolle Position noch nicht lange innehaben. Sie sah aus wie frisch aus dem Pädagogikstudium entlassen. Drosten schätzte sie auf Mitte, höchstens Ende zwanzig. Die Leiterin hatte kurzes, blondes Haar, war hochgeschossen und wirkte sportlich.

»Wie oft hat man Ihnen schon gesagt, dass Sie wie Claire Underwood aussehen?«, fragte Verena Kraft.

Bettina Glanz lachte herzlich. »Meistens sagen das nur Männer, um in einer Bar das Eis zu brechen.«

Sommer begegnete Drostens verwirrtem Blick und grinste. »Hauptfigur einer ziemlich bekannten amerikanischen Netflix-Serie«, erläuterte er. »Der Skandal um Kevin Spacey? Kannst du dich daran erinnern?«

»Dunkel«, sagte Drosten.

Glanz hatte ihnen Stühle besorgt, wodurch der Raum komplett vollgestellt war. Die Polizisten nahmen Platz, und Glanz schloss die Tür.

»Wenn Ihnen aufgrund von Frischluftmangel schwindelig wird, sagen Sie Bescheid. Dann öffnen wir die Tür. Das habe ich hier schon erlebt.« Ein Fenster hatte das Büro nicht. »Wie kann ich Ihnen helfen? Gibt es Neuigkeiten wegen Frau Rehl?«

Oberkommissar Teckel hatte bereits einmal mit der Leiterin telefoniert, konnte jedoch aufgrund anderer Termine heute nicht anwesend sein.

»Wir sind auf Parallelen zu einem Fall in Hamburg gestoßen«, erklärte Drosten.

Glanz riss die Augen auf. »Noch ein vermisstes Kind?«

»Und eine alleinerziehende Mutter«, bestätigte er. »Auch der Junge namens Clemens ging in einen Kindergarten Ihrer Organisation.«

»Nein! Wie schrecklich. Was bedeutet das?«

»Das versuchen wir herauszufinden. Es gibt zwischen den Fällen einige Parallelen. Insofern könnten sie eine Bedeutung haben. Sicher ist das nicht. Wir haben in Hamburg mit Sebastian Brock gesprochen.«

»Ah, Sebastian. Ein netter Mann!«

Drosten runzelte die Stirn. Glanz schien das nicht ironisch zu meinen. »Zu uns nicht.«

»Wieso nicht?«, fragte sie verwundert. »Er hat mich vor zwei Monaten eingestellt und mir die Leitung hier zugetraut. Obwohl ich zuvor nur drei Jahre Berufserfahrung hatte.«

»Wir hatten ihn um Mitarbeiterlisten gebeten, um zu klären, ob es Angestellte gibt, die in beiden Kindergärten tätig waren. Er hat sich auf Datenschutzbestimmungen berufen und uns unverrichteter Dinge rausgeworfen.«

»Das verstehe ich nicht. Datenschutz halte ich für sehr wichtig, aber Sie ermitteln in Vermisstenfällen.« Mit ihren Fingern trommelte sie auf die Schreibtischplatte. »Ich werde ihn nachher kontaktieren. Vielleicht kann ich ihn überreden.«

»Das wäre super«, sagte Drosten erfreut. »Kannten Sie Frau Rehl?«

»Wie gesagt, ich habe erst vor zwei Monaten hier angefangen. Sie ist mir begegnet, aber ein längeres Gespräch haben wir nicht geführt. Da wäre Frau Fuchs die richtige Ansprechpartnerin. Sie ist die Verantwortliche der Möwen-Gruppe, in die Merle geht. Soll ich Sie zu ihr bringen?«

Arabella Fuchs war einige Jahre älter als ihre Chefin. Sie hockte mit drei Kindern an einem Basteltisch.

»Arabella?«, rief Glanz. »Kommst du kurz her?«

Die Angesprochene legte einen Klebestift beiseite und sagte leise etwas zu dem Kind links von ihr. Dann stand sie auf und trat zu den Besuchern.

»Was gibt's?«, fragte sie.

»Es geht um Frau Rehl und ihre Tochter Merle. Du kanntest die beiden besser als ich. Wärst du bereit, der Polizei Fragen zu beantworten? Am besten irgendwo, wo ihr ungestört seid. Vielleicht in meinem Büro. Ich passe solange hier auf.«

»Merle ist ein liebes Mädchen«, sagte Fuchs. »Gut erzogen, trotz der finanziell schwierigen Lage ihrer Mutter. Frau Rehl hat mir mal davon erzählt, als sie Hilfe für einen Kostenzuschuss benötigte.«

»Also kannten Sie Frau Rehl näher?«

»Ein bisschen. Sie hat sich gern von mir Tipps geben lassen für den Umgang mit dem Amt.« Die Erzieherin senkte kurz den Blick. »Ich sag's nur ungern«, fuhr sie stockend fort, »aber ich glaube, Frau Rehl war mit diesen Dingen überfordert. Das erleben wir häufiger bei Alleinerziehenden. Sie hat mir mal erzählt, Sie wäre viel in Internetforen unterwegs. Trotzdem fand sie nicht immer alle gesuchten Antworten oder interpretierte manche Informationen falsch.«

Der Hinweis auf die Internetforen passte ins Bild. War sie dort ihrem Entführer begegnet? »Wissen Sie, welche Foren Frau Rehl genutzt hat?«, fragte Drosten.

Die dunkelhaarige Erzieherin schüttelte den Kopf. »Das waren diverse. Mal findet man eine Antwort im Forum X, mal auf Seite Y.«

»Hat Sie eigentlich in letzter Zeit ein Fotograf besucht?«, wechselte Kraft das Thema.

»Sie wissen davon? Nils Düssel war vor drei Wochen bei uns. Er kommt einmal im Jahr. Besonders gern in der Vorweihnachtszeit. Da ist es wohl lukrativ.«

Drosten hatte den Internetauftritt des Fotografen bereits überprüft, der Spur jedoch noch keine große Priorität eingeräumt. Das änderte sich nun schlagartig. Ein Fotograf, der beide verschwundenen Kinder abgelichtet hatte – das war ein Hinweis, dem sie in jedem Falle nachgehen sollten. »Gibt es weitere Externe, die regelmäßig oder gelegentlich Kontakt zu den Kindern haben?«

Die Erzieherin knetete sich mit ihren Fingern die Unterlippe. »Nein. Mir fällt niemand ein.«

»Vielleicht ein Hausmeister?«, fragte Sommer.

»Wir haben ein städtisches Gebäude angemietet. Wenn es etwas zu tun gibt, wählen wir eine Servicenummer, und die schicken jemanden vorbei. Einen klassischen Hausmeister beschäftigen wir nicht.«

Nach dem Gespräch mit der Erzieherin kehrte die Kindergartenleiterin wieder mit den Beamten in ihr Büro zurück. Sie versuchte, Sebastian Brock telefonisch zu erreichen, doch es sprang nur ein Anrufbeantworter an.

»Sobald ich etwas bei ihm erreicht habe, melde ich mich«, versprach Glanz.

Die Polizisten verließen das mittlerweile stickige Büro. Vor der Tür ermahnte ein männlicher Erzieher zwei Jungen, die offenbar miteinander in Streit geraten waren.

Der Mann war der erste Erzieher, der Drosten während der Ermittlung begegnete. »Haben Sie kurz Zeit?«, fragte er.

Der Erzieher schaute erstaunt von ihm zu seiner Chefin, die aufmunternd nickte. »Klar. Worum geht's?«

»Merle Rehl. Hatten Sie Kontakt zu ihr?«

»Wer ist das?«

»Ach, richtig«, sagte Glanz. »Viktor hat erst vor zehn Tagen bei uns angefangen. Freiwilliges Soziales Jahr.«

»Hatten Sie vorher einen anderen männlichen Erzieher?«

Glanz nickte. »Der hat allerdings kurz nach meinem ersten Tag hier aufgehört. Seine Dienstzeit war zu Ende. Sobald ich Brock erreicht habe, suche ich Ihnen auch Alexanders Kontaktdaten heraus.«

***

Der Fotograf Düssel betrieb sein Fotostudio in der Bremerhavener Innenstadt. Nach einer anderthalbstündigen Autofahrt erreichten die Beamten ein Parkhaus, von dem sie nur wenige Minuten zu dem Studio laufen mussten. Sie hatten sich bewusst nicht angemeldet, auch wenn sie dadurch Gefahr liefen, ihn nicht anzutreffen.

Drosten öffnete die Tür. Hinter dem Verkaufstresen war ein Mann in eine Zeitschrift vertieft. Er hob den Blick. Drosten erkannte in ihm den Inhaber des Fotostudios – der Mann hatte auf seiner Homepage ein Foto von sich veröffentlicht.

»Herzlich willkommen«, sagte der Fotograf.

Da drei Personen eintraten, hoffte der schwarzhaarige Mann wohl auf ein gutes Geschäft. Drosten zückte seinen Dienstausweis und stellte sich als Kriminalhauptkommissar vor. Das Lächeln des Fotografen erstarb, und er fuhr sich mit den Fingern durch den Dreitagebart. »Was wollen Sie von mir?«

Drosten entnahm seinem Aktenordner das Bild von Clemens Waldner. Der Fotograf musterte es oberflächlich.

»Das stammt von Ihnen, oder?«

»Ja. Eine Auftragsarbeit. Ein Fotoshooting im Kindergarten. Das sehe ich anhand des Hintergrunds.«

»Können Sie sich an diesen Jungen erinnern?«, fragte Sommer.

Erneut warf Düssel einen Blick auf das Bild. »Nein. Wieso?«

»Wer hat Ihnen den Auftrag erteilt?«, fragte Sommer.

Düssel kniff die Lippen zusammen. Für einen Moment schien er nicht antworten zu wollen. Dann gähnte er und entschuldigte sich. »Sorry. War gestern eine lange Nacht. Ich arbeite mit einer ganzen Reihe von Kindergärten in Norddeutschland zusammen. Die Aufträge spreche ich mit einem Mitarbeiter der Zentrale der Einrichtungen ab.«

»Herrn Brock«, warf Drosten versuchsweise den Namen in den Raum.

»Sie kennen ihn. Ja, Herr Brock erteilt mir seit einigen Jahren die Aufträge. Wäre schlecht, wenn die irgendwann wegfallen. Die Fotografie ist in Zeiten der

Smartphones ein hartes Geschäft geworden. Da sind regelmäßig wiederkehrende Einnahmen besonders wichtig. Worum geht's überhaupt?«

»Wir ermitteln in zwei Vermisstenfällen. Sie haben die beiden verschwundenen Kinder fotografiert«, sagte Drosten.

»Ja, und?«

Drosten zeigte dem Mann ein Bild von Merle. »Erinnern Sie sich an das Mädchen?«

»Was werfen Sie mir vor? Bei einem solchen Termin fotografiere ich vierzig oder fünfzig Kinder. Herr Brock teilt mir Aufträge für zehn Kindergärten zu. Das ergibt fast fünfhundert Gesichter. Wieso sollte ich mich da an ein spezielles Mädchen oder einen Jungen erinnern? Ich verstehe das alles nicht.«

Drosten empfand die Reaktion als ungewöhnlich angriffslustig. Doch bevor er nachhaken konnte, öffnete sich die Ladentür. Eine Frau kam herein. Der Fotograf musterte sie interessiert, trat hinter dem Tresen zwei Schritte beiseite und wandte sich ihr zu.

»Wie kann ich Ihnen helfen?«

»Ich brauche Bewerbungsfotos. Geht das nur mit Termin oder auch kurzfristig?«, erkundigte sich die attraktive, junge Kundin.

»Das geht sofort«, versprach Düssel. Er wandte sich Drosten zu. »Sie entschuldigen mich? Ich kann Ihnen bei der Angelegenheit wirklich nicht weiterhelfen. Leider erinnere ich mich nicht an die beiden.«

»Danke für Ihre Hilfe.«

Gefolgt von seinen Kollegen verließ Drosten das Ladenlokal. Draußen vor der Tür griff er zum Handy. Er wollte in Wiesbaden nachfragen, ob jemals gegen den Fotografen ermittelt worden war. Nicht nur dessen angriffslustige Reaktion stimmte Drosten misstrauisch. Vor allem war es die Art gewesen, wie Düssel die Kundin gemustert hatte. Trotz der anwesenden Polizisten hatte er einen gewissen Raubtierausdruck in den Augen nicht unterdrücken können.

***

Sie setzten sich am späten Mittag in ein Bremerhavener Innenstadtrestaurant. Auf Sommers Wunsch hin hatten sie ein Steakhaus ausgesucht.

»Wisst ihr, an wen ich die ganze Zeit denken muss?«, fragte Kraft, nachdem sie ihre Bestellungen aufgegeben hatten.

»An deinen Nachbarn«, vermutete Sommer.

»Spinner! An den FSJler im Kindergarten. Beide Frauen waren frisch verliebt. Wo können sie den Mann ihrer Träume kennengelernt haben? Alleinerziehende haben kaum Gelegenheit, in Diskos oder Bars Ausschau zu halten.«

»Deshalb erscheinen uns ja die verschwundenen Laptops und Handys so wichtig«, sagte Drosten.

»Klar. Das ist eine Möglichkeit. Aber vielleicht übersehen wir das Offensichtliche. Stellt euch einen Erzieher vor. Der begegnet jeden Tag den Müttern der Kindergartenkinder. Manche von denen sind alleinstehend und sehr attraktiv. So wie Laura Waldner und Sylvana Rehl. Und einer Mutter würde doch vermutlich das Herz aufgehen, wenn sie einen Mann trifft, der liebevoll mit Kindern umgeht.«

Drosten gab ihr recht. Erzieher oder männliche FSJler wären eine interessante Spur. »Wir brauchen unbedingt die Mitarbeiterlisten. Hoffentlich gelingt es Frau Glanz, Brock umzustimmen.«

11

Carla Holtzmann dachte über ihren aktuellen Auftrag nach. Sie sollte das Cover für ein Fantasybuch erstellen. Darin ging es um Nixen, die an regnerischen Tagen die Fähigkeit besaßen zu fliegen. Vor ihrem inneren Auge sah sie ein mystisches Wesen aus einem Meer in die Höhe schießen, bevor es in den Wolken verschwand.

Wie könnte man so etwas grafisch darstellen? Eine Idee entstand in ihrem Kopf, die jedoch durch den Benachrichtigungston des Handys wie eine Seifenblase zerplatze.

Carla griff zu ihrem Telefon. Sie hatte eine Google-Benachrichtigung erhalten. Sie hatte vor einigen Jahren eine Funktion eingestellt, die sie automatisch benachrichtigte, wenn es eine neue Meldung über *Carla Holtzmann* gab. Je länger die Entführung zurücklag, desto seltener waren diese Mitteilungen geworden. Die letzte lag vier oder fünf Wochen zurück.

Im Pop-up-Fenster der Nachricht konnte sie nur einige Wörter lesen.

Was wurde aus Carla Holtzmann?, lautete die Schlagzeile.

Carla klickte den Link an. Es baute sich eine schlicht gestaltete Homepage auf. Grauer Hintergrund, auf dem in Schwarz die schon in der Benachrichtigung angezeigte Überschrift stand. Das Ganze wirkte nicht sehr professionell.

Neben der Schlagzeile gab es lediglich Links zu alten Zeitungsartikeln. Die meisten beschäftigten sich mit der Entführung, manche mit der Erschießung der beiden Polizisten. Carla rief sich ins Gedächtnis, dass offiziell zwei Polizeibeamte gestorben waren. Die Polizeibehörden hatten nie die Namen der Toten veröffentlicht. Somit existierte auch keine Veranlassung, die alten Meldungen zu korrigieren, als Lukas Sommer nach seiner Undercover-Tätigkeit wieder in den normalen Polizeidienst eingestiegen war. Berichte über Carlas glückliche Rückkehr waren ebenfalls verlinkt.

Carla fühlte sich unwohl. Erst der anonyme Anruf, nun eine solche Homepage. Das alles, kurz nachdem sie Hauptkommissar Sommer auf mögliche Verbrechen hingewiesen hatte. Am unteren Ende der Seite fand sie den Link zum Impressum. Sie klickte ihn an. Es öffnete sich eine Unterseite mit den gesetzlichen Angaben, die jeder Homepagebetreiber hinterlegen musste.

Carla erkannte sofort, dass der Homepageverantwortliche einen Impressumsservice nutzte. Einen kommerziellen Anbieter, der eingehende Schreiben an den Betreiber der Homepage weiterleitete, um dessen Identität zu schützen. Auch Carla nahm für ihre Homepage einen solchen Dienst in Anspruch.

»Verdammt«, flüsterte sie.

Es würde schwierig werden, den Verantwortlichen herauszufinden. Carla hatte bei der Einrichtung ihrer eigenen Webpräsenz viel recherchiert, um den besten Impressumsservice zu finden. Sie würde die echten Kontaktdaten wohl nur in Erfahrung bringen, wenn sie die Verletzung ihrer Persönlichkeitsrechte geltend machen konnte. Was derzeit nicht der Fall war.

Automatisch dachte sie an Hauptkommissar Sommer. Er hätte bestimmt ganz andere Möglichkeiten, den Betreiber der Homepage herauszufinden. Doch wie oft konnte sie ihn um Gefallen bitten, bevor er die Geduld mit ihr verlor? Sie wollte seine Hilfsbereitschaft nicht überstrapazieren.

Nachdenklich analysierte Carla den Inhalt der Seite. Harmloses Material, das jeder Grundschüler hätte herausfinden können. Nichts, worüber sie sich Gedanken machen musste. Zumindest noch nicht. Sie setzte sich ein Lesezeichen zu der Homepage, um sie zukünftig im Auge zu behalten. Wenn darauf keine neueren Informationen auftauchten, müsste sie mit der Existenz der Seite wohl leben.

Carla schloss den Browser und versuchte, sich wieder in das Coverprojekt einzudenken. Doch nach zehn Minuten gab sie frustriert auf. Eine Frage pochte quälend in ihrem Kopf: Wer hatte die Homepage ins Leben gerufen?

***

Merle hustete besorgniserregend. Sylvana berührte die Stirn ihrer Tochter. Sie war fiebrig heiß.

Die Kälte während des Fluchtversuchs hatte dem Mädchen gesundheitlich zugesetzt. Als Sylvana wieder zu sich gekommen war, hatte sie bereits an Merles trübem Blick erkannt, dass sich eine Erkältung anbahnte. Die war schneller als gewöhnlich ausgebrochen.

Was sollte sie tun?

Der Entführer hatte Sylvana zu ihrer eigenen Überraschung bislang nicht für den körperlichen Angriff bestraft. Bestimmt würde das nicht mehr lange auf sich warten lassen. Deswegen war Sylvana froh über jede Minute, die er nicht zu ihnen kam.

Wieder hustete Merle.

Sylvana erinnerte sich an das, was ihre Tochter erzählt hatte. Der Entführer hatte mit dem Gewehr geschossen. Merle wusste nicht, wieso. Woher auch? Sylvana hingegen konnte sich denken, was passiert war.

Noch einmal berührte sie die Stirn ihrer Tochter. War sie heißer als zuvor?

Vorsichtig erhob sich Sylvana vom Bett, ohne Merle zu wecken. Sie stellte sich in die Nähe des Kameraauges, das sie unbarmherzig beobachtete. Sie winkte mit den Armen, deutete zu ihrer Tochter und simulierte ein Husten.

»Merle braucht Medizin«, sagte sie, ohne zu wissen, ob der Entführer mit der Kamera auch den Ton übertrug. »Bitte.«

Sie setzte sich zurück aufs Bett. Hoffentlich beschloss er nicht, ihre Tochter zu bestrafen.

Es dauerte rund zwanzig Minuten, bis die Tür zum Kerker aufging. Merle schlief noch immer. Der Mann schaute sie wütend an. In der Hand hielt er das Gewehr vom Vorabend.

»Was willst du?«

»Merle ist krank. Sie hat Husten. Fieber, die Nase ist zu. Bitte, ich brauche Medizin für meinen Schatz.«

In diesem Moment hustete Merle so röchelnd, dass kein Zweifel an der Echtheit der Erkrankung auftreten konnte.

»Bitte«, wiederholte sie.

Sein Blick huschte zwischen ihnen hin und her. »Du hättest sie wohl nicht der beißenden Kälte aussetzen dürfen.«

»Es tut mir leid.«

»Du schlägst mich zu Boden, fliehst und ziehst eine unschuldige Frau in die Sache hinein. Ich musste sie deinetwegen töten. Weißt du, wie viel Arbeit das war, ihre Leiche zu vergraben? Die Erde ist gefroren, ich habe jetzt noch Schwielen an den Händen.«

Er streckte ihr eine Hand entgegen. Wegen der Entfernung erkannte sie nichts im matten Licht.

»Es tut mir leid.«

»Ich musste den Wagen verschwinden lassen. Alles deinetwegen.«

»Merle ist krank.«

»Deinetwegen! Hast du noch nichts gelernt? Eine verantwortungsvolle Mutter rennt nicht nachts mit einem leicht bekleideten Kind herum. War doch klar, dass sie sich erkältet.«

»Verzeihen Sie mir«, flehte Sylvana.

»Das ist alles deine Schuld, du verfluchtes Miststück.«

Er trat hinaus und verschloss die Tür. Am liebsten hätte sie ihm laut nachgerufen, dass sie alles für ein bisschen Medizin tun würde. Doch sie wollte Merle nicht wecken. Außerdem könnte er sich ohnehin alles von ihr nehmen.

Ob er das Mädchen im schlimmsten Fall sterben ließ? Oder würde er ihren Gesundheitszustand überwachen, um sie nicht als Druckmittel zu verlieren? Sylvana schaute sich um. Sobald Merle aufwachte, würde sie ihr mit den Handtüchern einen Wadenwickel anlegen. Vielleicht half ja dieses alte Hausmittel.

Nach ein paar Minuten, in denen sie besorgt ihre Tochter beobachtete, öffnete sich die Tür erneut. Der Entführer trat ein.

»Komm her!«

In seiner Hand erkannte sie Medizin. »Danke.« Sie rutschte vom Bett.

»Schön langsam herkommen«, warnte er sie. »Keine hektischen Bewegungen. Sonst schmeiße ich die Flasche zu Boden.«

»Nein! Versprochen!« Vorsichtig näherte sie sich ihm und blieb mit zwei Schritten Abstand stehen.

»Das ist Fiebersaft. Kannst du ihr zweimal am Tag geben. Außerdem habe ich dir für Kleinkinder geeignetes Nasenspray mitgebracht. Und Hustensaft. Streck mir deine Hände entgegen.«

Sylvana formte einen Trichter, in den er die Medizin hineinlegte.

»Ich kann dir eins versprechen. Du wirst für deinen Widerstand bitter bezahlen. Schon bald. Bild dir nicht ein, dass dir deine kranke Tochter eine Gnadenfrist verschafft. Wenn ich dich das nächste Mal zu mir hole, erleidest du die schlimmste Stunde deines Lebens.«

Sylvana schluckte. Doch vorläufig war ihr die Medizin wichtiger als seine Drohung. Hauptsache, Merle wurde gesund. Der Mann verschwand wieder. Sylvana begutachtete die Medikamente. Der Name des Fiebersaftes war ihr bekannt. Eine Erzieherin im Kindergarten hatte ihr das Medikament einmal empfohlen. Sie erinnerte sich, dass es beim letzten Mal gut angeschlagen hatte.

Doch es war verschreibungspflichtig. Im Gegensatz zu dem Nasenspray und dem Hustensaft.

Woher hatte ein Mann verschreibungspflichtige Medizin für Kinder?

»Mama?«, fragte Merle leise, ehe sie erneut ein Hustenanfall schüttelte.

»Ich bin hier, mein Schatz.« Sie ging zu ihrer Tochter. »Ich habe Medizin für dich. Die wird dir guttun.«

Glücklicherweise war die Flasche noch verschlossen. Es hätte ihr großes Unbehagen bereitet, Merle etwas aus einer bereits geöffneten Packung zu geben. Doch so musste sie nicht befürchten, dass der Entführer ein übles Spiel spielte.

12

»Das ist die Zentrale«, sagte Drosten. Eigentlich hatte er früher eine Rückmeldung wegen des Fotografen erwartet und deshalb in der letzten Stunde immer wieder überprüft, ob er einen Anruf verpasst hatte. »Drosten!«, meldete er sich.

»Rebekka hier«, sagte die Gesprächspartnerin. »Es geht um Nils Düssel. Hast du etwas zu schreiben?«

»Oh. Ist er etwa aktenkundig?«

»Allerdings.«

»Ich stell dich auf laut. Verena und Lukas sind bei mir.«

»Tach zusammen«, begrüßte die Verwaltungsangestellte der KEG die Polizisten flapsig. »Euer Düssel ist ein ganz schöner Dussel, wenn ihr mir dieses Wortspiel erlaubt.«

»Was hat er getan?«, fragte Sommer.

»Ein *Nein* bedeutet für ihn wohl nicht automatisch nein. Vor gut einem Jahr hatte er juristischen Ärger wegen Stalkings. Eine junge Frau namens Viktoria hatte Anzeige gegen ihn erstattet.«

»Wow«, sagte Drosten. »Hast du mehr über das Opfer herausgefunden?«

»Deswegen hat der Rückruf etwas gedauert. Mit vollem Namen heißt sie Viktoria Rottler. Vierundzwanzig, sehr attraktiv. Ihr findet sie in den sozialen Medien unter ihrem Namen *Rotti Hotti*.«

Kraft wiederholte amüsiert den Namen.

»Ich schätze, sie weiß, dass sie hübsch ist«, vermutete Rebekka.

»Ist sie eine alleinerziehende Mutter?«, hakte Drosten nach.

»Dazu habe ich nichts gefunden. Also auch keine Hinweise, die dafürsprechen. Sie lebt übrigens wie der Fotograf in Bremerhaven. Bestimmt wollt ihr die Adresse.«

Gemeinsam überprüften die Polizisten die Auftritte der Frau in den sozialen Medien. Sie besaß Konten bei Facebook, Instagram und Snapchat, die sie regelmäßig nutzte. Rottler studierte Germanistik, doch anscheinend arbeitete sie hauptsächlich an einer Karriere als Influencerin. Es verging kaum ein Tag, an dem sie nichts postete.

Die Frau war bildhübsch. Sie hatte hellblondes, glattes Haar, das ihr bis zu den Schulterblättern reichte. Strahlend blaue Augen, ein makelloses Gesicht mit kleiner Nase und vollem Mund. Außerdem wirkte sie durchtrainiert, und viele ihrer Bilder zeigten sie passenderweise beim Sport.

Kinder schien sie noch nicht zu haben. Ganz im Gegenteil. In einem Posting schrieb sie, dass sie ihre Nichte abgöttisch lieben würde, selbst aber kein Kind in eine vom Klimawandel bedrohte Welt setzen wolle.

Sommer gab ihre Adresse in Google Maps ein. »Die Frau wohnt nur zehn Minuten entfernt. Sollen wir es einfach probieren?«

***

»Wer ist da?«, fragte eine Frauenstimme.

»Hauptkommissar Drosten. Es geht um Ihre Anzeige gegen Nils Düssel wegen Nachstellung. Haben Sie einen Moment Zeit für uns?«

»Ich wohne im dritten Stock.«

Der Türsummer ertönte. Sommer steuerte direkt die Treppe an. Kraft folgte ihm. Augenrollend schaute Drosten ihnen nach. Er ließ sich nicht von ihrem Ehrgeiz beeinflussen und wählte den im Erdgeschoss wartenden Aufzug. Gleichzeitig mit seinen Kollegen kam er in der dritten Etage an.

»Fauler Sack«, sagte Sommer leise.

Eine der Türen öffnete sich, und Viktoria Rottler schaute heraus. Sie sah genau wie auf ihren Bildern aus. Allerdings trug sie an diesem kalten Dezembertag einen kuscheligen Pullover, Jogginghose und dicke Socken.

»Hauptkommissar Drosten?«, fragte sie.

»Das bin ich. Und das sind meine Kollegen Sommer und Kraft.«

»Kommen Sie rein. Lassen Sie mich raten. Düssel belästigt eine andere Frau, nachdem er sich an mir die Zähne ausgebissen hat.«

Sie führte die Polizisten in ein vollgestelltes, aber gemütlich wirkendes Wohnzimmer. An den Wänden hingen unzählige Kunstdrucke. Auf dem Boden lag ein flauschiger, rostfarbener Teppich. Neben einer Couchlandschaft und einem Fernseher hatte Rottler zwei Kommoden, einen Vitrinenschrank und einen Ohrensessel in dem gut zwanzig Quadratmeter großen Zimmer untergebracht, zudem eine moderne Stehleuchte und einen Couchtisch.

»Setzen Sie sich, wohin Sie wollen.«

Rottler nahm auf der Couch Platz und griff zu einer Teetasse, aus der es dampfte. Sie pustete hinein.

»Wir überprüfen Herrn Düssel im Rahmen einer anderen Ermittlung«, sagte Drosten bewusst vage. »So sind wir auf Ihre Anzeige gestoßen. Können Sie uns näher beschreiben, was damals passiert ist?«

»Das kann ich. Aber bevor wir anfangen: Wollen Sie etwas trinken? Tee? Wasser?«

Die Polizisten lehnten dankend ab.

»Ich bin sportlich ziemlich aktiv«, begann Rottler. »Unter anderem treibe ich Judo in einem Verein. Der BJV. Wir hatten letztes Jahr die Ehre, die Landesmeisterschaft austragen zu dürfen. Das heißt: für alle Vereine Bremerhavens und Bremens. Unser Vereinsvorsitzender kam auf die Idee, für das zweitägige Event einen professionellen Fotografen zu engagieren. Seine Wahl fiel bedauerlicherweise auf Düssel.« Sie trank einen Schluck. »Die Veranstaltung begann eigentlich erst Samstagmorgen. Aber unser Verein setzte für Freitagabend eine Vorbesprechung in der Turnhalle an, zu der auch Düssel eingeladen war. Ziemlich schnell merkte ich, dass er mich immer wieder ansah. Manchmal schmeichelt einem solch offenkundiges Interesse, manchmal nervt es. Bei ihm war es eher unangenehm. Nach der Besprechung kam er sofort zu mir und stellte belanglose Fragen. Versuchte es mit schlechten Sprüchen. Ich blieb freundlich, erteilte ihm Auskunft und fuhr nach Hause. An den nächsten beiden Tagen erledigte er zwar seinen Job, aber es gab wohl niemanden, den er öfter als mich fotografierte. Als ich im Viertelfinale knapp verlor und ausschied, kam er sofort zu mir, um mich zu trösten. Da ich zum offiziellen Organisationsteam gehörte, blieb ich bis Sonntagabend vor Ort. Je weiter der Uhrzeiger vorrückte, desto mehr hing er wie eine Klette an mir. Das war sehr ätzend.« Wieder griff sie zur Tasse und trank einen Schluck. »Na ja. Als die Meisterschaft endete, kam er zu mir und fragte mich, ob ich an einem privaten Shooting interessiert sei, das er mir kostenlos anbieten könnte. Ich lehnte dankend ab. Doch statt die Botschaft zwischen den Zeilen zu verstehen, lud er mich zu einem Abendessen ein. Zu diesem Zeitpunkt war keiner meiner Vereinskameraden in der Nähe. Deshalb nahm ich kein Blatt vor den Mund und sagte, seine penetrante Art würde mir seit zwei Tagen gehörig auf die Nerven fallen.

Außerdem wäre er nicht mein Typ. Kaum hatte ich das gesagt, funkelte er mich zornig an, packte seine Sachen und ging.«

»Das war wahrscheinlich nicht das Ende der Fahnenstange«, vermutete Kraft.

»Leider erst der Anfang. Gegen Mitte der Woche bekam der Verein die Fotos zur Verfügung gestellt. Auf keinem einzigen Bild war ich zu sehen, obwohl er das Objektiv bestimmt hundert Mal auf mich gerichtet hatte. Fand ich ärgerlich, aber nicht zu ändern. In meiner Fantasie malte ich mir aus, was er mit den Bildern anstellen würde.« Sie schüttelte sich leicht. »Leider wurde es in den Folgewochen noch schlimmer. Ohne dass ich es bemerkt habe, ist er mir wohl mehrfach gefolgt und hat heimlich Fotos geschossen. Unter anderem bei einem Ausflug mit Freunden an einen Nordseestrand, wo ich wegen des guten Sommerwetters nichts als einen knappen Bikini trug. Ich fand Abzüge der Bilder ohne Vorankündigung in meinem Briefkasten. Beigelegt hatte er einen handgeschriebenen Zettel, dass er das Beste aus mir herausholen könnte. Ich bin ziemlich aktiv in den sozialen Medien und habe viele tausend Follower. Er bot mir an, meine Bilder auf ein anderes Level zu heben. Sollte ich ihn aber weiter abblitzen lassen, könnte er auch eine Schmutzkampagne gegen mich starten. Möchten Sie das Schreiben sehen?« Ohne die Antwort abzuwarten, erhob sich Rottler und trat an eine der Kommoden. Sie öffnete die oberste Schublade und holte eine Plastiktüte mit Fotos und handgeschriebenen Zetteln heraus. »Ich ging zur

Polizei, um ihn anzuzeigen. Mit den sozialen Medien verdiene ich mir mein Studium, die Drohung hatte durchaus Gewicht. Kollegen von Ihnen nahmen die Anzeige auf und versprachen mir, sich darum zu kümmern. Ein paar Tage später hatte ich dieses Bild in meinem Briefkasten.«

Rottler zog eine zweite Tüte aus der Schublade, entnahm ihr den Brief, den sie zuletzt erhalten hatte, und reichte ihn Drosten. Auf dem ausgedruckten Foto war eine überfahrene Radfahrerin zu sehen, darunter die Worte *Beim Abbiegen wird man so leicht übersehen.* Aus einem für Drosten nicht nachvollziehbarem Grund hatte der Absender die Notiz handschriftlich verfasst.

Rottler gab ihm den ersten Brief, der definitiv in derselben Handschrift geschrieben war. »Ich ging wieder zur Polizei, erstattete erneut Anzeige wegen Nachstellung, und Ihre Kollegen versprachen, ihn noch einmal ins Gebet zu nehmen. Ich weiß nicht, wie sie es geschafft haben, aber seitdem hatte ich zum Glück Ruhe. Verraten Sie mir mehr über Ihre Ermittlungen?«

***

Im Dienstwagen tauschten sie sich darüber aus, was sie von der Studentin erfahren hatten.

»Sie hat sich erfolgreich gegen ihn zur Wehr gesetzt«, sagte Sommer. »Ob er sich deswegen Alleinerziehenden zugewandt hat? Die sind für Drohungen gegen ihre Kinder viel empfänglicher. Wagen es nicht unbedingt, die Polizei einzuschalten.«

»Überzeugt mich nicht«, widersprach Kraft. »Ihr dürft eine Sache nicht vergessen. Rottler hat seine Annäherungsversuche von Anfang an abgeschmettert. Ich schätze, er ist so ein Typ, der Frauen auf sehr unangenehme Weise anstarrt. Wodurch er seine Chancen radikal verschlechtert.«

»Denkt an die Kundin, die heute unser Gespräch sabotiert hat. Auch die hat er ziemlich unverfroren angestarrt«, fügte Drosten hinzu.

»Die verschwundenen Frauen hingegen waren vermutlich beide frisch verliebt. Das passt für mich nicht zusammen – in einen dreisten Fotografen verliebt sich doch niemand«, fuhr Kraft fort.

Sommer schaute auf seine Armbanduhr. »Noch müsste sein Fotostudio geöffnet haben. Was haltet ihr davon, wenn wir das Gespräch fortsetzen?«

Schon aus einiger Entfernung sahen sie, dass sie sich getäuscht hatten. Im Gegensatz zu den umliegenden Geschäften brannte in dem Fotostudio kein Licht mehr. Zu allem Überfluss entdeckten sie an der Eingangstür einen Zettel.

Verehrte Kunden,

aus betrieblichen Gründen bleibt das Geschäft bis zum 6. Januar geschlossen. Ich wünsche meiner Kundschaft ein frohes Weihnachtsfest und einen guten Rutsch ins neue Jahr. Vielen Dank für Ihre Treue.

Ihr Fotograf Nils Düssel

In einer kleinen Zeile darunter stand eine Handynummer, die man in wichtigen Fällen kontaktieren sollte.

»Wie kann man nur in der Weihnachtszeit seinen Laden schließen?«, wunderte sich Drosten.

Sommer tippte auf die Handynummer. »Wir könnten ihm eine stille SMS schicken, um seinen Aufenthaltsort zu erfahren. Ist es Zufall, dass er kurz nach unserem Besuch einfach verschwindet?«

»Wäre gar nicht schlecht zu wissen, wo er sich aufhält«, stimmte Drosten zu. »Aber gibt es genügend Verdachtsmomente gegen ihn, um die Maßnahme zu rechtfertigen?«

»Er ist wegen Stalkings aktenkundig, war als uns einzig bekannter Mann im Kontakt zu beiden Kindern, außerdem verschwindet er direkt, nachdem wir mit ihm sprechen. Klingt für mich nach genügend Anhaltspunkten.«

Drosten überlegte, ob sie deswegen juristischen Ärger riskierten. Doch bei Ortungen hatten Polizeibehörden seit einigen Jahren weitreichende Befugnisse, wenn schwere Straftaten im Raum standen. In diesem Fall ging es um das Leben zweier vermisster Mütter und deren Kinder. Bevor er eine Entscheidung getroffen hatte, klingelte sein eigenes Telefon und übertrug eine Hamburger Nummer.

»Drosten«, meldete er sich.

»Sebastian Brock«, sagte der Anrufer. »Sie haben mich um eine Mitarbeiterliste gebeten. Ich war zwar anfangs dagegen, hab es mir aber anders überlegt. Wenn Sie die Daten noch benötigen, könnte ich Ihnen eine Liste der Mitarbeiter zukommen lassen, die zum Zeitpunkt des Verschwindens in den Stätten arbeiteten. Außerdem auch, welche Externen damals Kontakt zu den Einrichtungen hatten.«

»Ich bin überrascht und erfreut zugleich. Wie kommt es zu Ihrem Sinneswandel?«

»Bettina Glanz und ich haben heute lange miteinander telefoniert. Sie hat mich überzeugt. Ich habe die Liste fertig. Holen Sie die ab oder soll ich sie Ihnen zuschicken?«

»Geht es per E-Mail?«

»Wie lautet Ihre E-Mail-Adresse?«

13

Polizeioberkommissar Rainer Teckel hatte es geschafft, rechtzeitig Feierabend zu machen, um mit seiner Frau und seinen beiden Söhnen gemeinsam Abendbrot zu essen. Keine Selbstverständlichkeit in den letzten Jahren – schon gar nicht an Werktagen. Entweder fehlte einer der Teenager, oder Renata hatte einen unaufschiebbaren Termin – oder er konnte sich nicht von der Arbeit loseisen.

Während Maximilian eine Anekdote aus der Theater-AG von sich gab, klingelte Teckels Diensthandy. Renata verzog leicht verärgert ihre Lippen.

»Sorry«, sagte Teckel.

»Was ist das für ein Klingelton?«, erkundigte sich Richard.

Erst durch den Hinweis des 17-Jährigen fiel Teckel auf, dass ein anderer Klingelton aus dem Handylautsprecher drang als sonst. »Weiß ich nicht. Ich hab ihn so nicht eingestellt.«

Synchron verdrehten die Söhne die Augen. Teckel erhob sich rasch. Er schaute aufs Display. Es handelte sich um einen umgeleiteten Anruf. Teckels Neugier stieg. Er hatte kurz nach Frau Rehls Verschwinden einen Gerichtsbeschluss erwirkt, der den Netzbetreiber verpflichtete, eine automatische Weiterleitung aller Anrufe einzurichten. Seitdem wurden die Anrufe theoretisch zu seinem Diensthandy umgeleitet. Praktisch war dies das erste Mal, dass es tatsächlich dazu kam. Im Display stand eine Wilhelmshavener Rufnummer.

»Hallo«, meldete er sich.

»Guten Abend, Zacharias Computer Design und Reparatur. Frank Zacharias am Apparat. Ist Frau Rehl zu sprechen? Oder können Sie ihr etwas ausrichten?«

»Worum geht es?«

»Sie hat vor zweieinhalb Wochen einen Laptop bei uns zur Reparatur gegeben. Der ist jetzt fertig und wieder voll einsatzfähig. Wenn sie ihn abholt, soll sie bitte an die Rückgabe des Leihgeräts denken. Richten Sie ihr das aus?«

»Mein Name ist Polizeioberkommissar Teckel. Frau Rehl wird vermisst, ich leite die Ermittlungen.«

»Oh«, entfuhr es dem Mann.

»Der Laptop könnte wichtige Informationen enthalten. Wo haben Sie Ihr Ladengeschäft? Ich komme sofort.«

»Noch heute Abend? Ich wollte eigentlich Feierabend machen.«

»So leid es mir tut, den müssen Sie verschieben.«

Entschuldigend blickte er zu seiner Familie. Renata

nickte verständnisvoll, die Jungs waren bereits in ein Gespräch vertieft.

Wenig später betrat Teckel das kleine Ladenlokal. Hinter der Theke saß ein Mittzwanziger, der ihn neugierig musterte.

»Kommissar Teckel?«, vergewisserte er sich.

»Der bin ich, und Sie müssen demnach Herr Zacharias sein.«

Teckel zückte seinen Dienstausweis. Der Inhaber musterte ihn eingehend. »Scheint seine Richtigkeit zu haben.«

Zacharias griff zu einem Schlüsselbund und schloss einen Schrank auf, dem er einen silberfarbenen Laptop entnahm.

»Wann genau hat Frau Rehl ihn zur Reparatur gebracht?«

Zacharias schaute auf den Auftragszettel und nannte das exakte Datum.

»Können Sie sich an Frau Rehl erinnern?«

»Kann ich. Sie gefiel mir äußerlich ziemlich gut. Normalerweise bringen Männer die PCs zur Reparatur. Insofern war das eine nette Abwechslung. Allerdings war sie völlig verzweifelt, als ich erklärte, dass es rund zweieinhalb Wochen dauern würde. Sie schien ihren Laptop dringend zu brauchen.«

»Wieso hat das überhaupt so lange gedauert? War etwas Größeres defekt?«

»Ich bin ein Ein-Mann-Betrieb. Und in der Weihnachtszeit erhalte ich besonders viele Aufträge,

Computer zusammenzustellen. Die beste Zeit des Jahres. Daran verdiene ich deutlich mehr als an Reparaturaufträgen. Na ja. Sie bat mich inständig, ihre Reparatur vorzuziehen, womit ich ihr allerdings nicht dienen konnte. Ich bot ihr ein Leihgerät für pauschal zwanzig Euro an. Als sie erfuhr, dass sie damit ins Internet gehen konnte, war sie beruhigt. Apropos. Was ist eigentlich mit dem Leihgerät?«

»Gemeinsam mit Frau Rehl verschwunden. Zumindest haben wir in ihrer Wohnung keinen Computer gefunden.«

»Scheiße!«, brummte Zacharias. Sein Blick fiel auf den silbernen Laptop. Ihm stand ins Gesicht geschrieben, dass er ihn am liebsten nicht herausgeben wollte.

»Vergessen Sie's. Den Laptop brauche ich zu Ermittlungszwecken.«

»Und wer bezahlt die Reparatur?«

»Was war kaputtgegangen?«

»Ich musste das Motherboard austauschen. Einhundertzwanzig Euro Materialkosten plus meine Arbeitszeit. Bezahlen Sie das?«

»Ich quittiere es Ihnen. Je nachdem, wie die Ermittlungen ausgehen, bleiben Sie mit etwas Glück nicht auf den Kosten sitzen.«

»Na super. Sie *quittieren* es mir.« Der Mann seufzte.

»Hat Ihre Reparatur Einfluss auf die vorher installierte Software oder den Browserverlauf?«

Zacharias wirkte amüsiert. »Sie sind kein Computerexperte. Nein. Sie finden alles so vor wie vor zweieinhalb Wochen.«

»Perfekt!« Er griff zum Handy. Drosten und seine Kollegen würden bestimmt sofort ins Präsidium kommen wollen.

***

Anderthalb Stunden später saßen sie in einem Besprechungsraum der Polizeiinspektion zusammen. Drosten hatte im vorausgehenden Telefonat Teckel um Geduld gebeten und ihn überzeugen können, den Laptop erst in ihrer Anwesenheit hochzufahren.

Teckel drückte den Startknopf. Das Betriebssystem fuhr in Sekundenschnelle hoch.

»Darf ich?«, fragte Kraft.

Die Männer nickten.

Kraft verschaffte sich einen Überblick über die installierten Programme, ohne auf etwas Ungewöhnliches zu stoßen. Also öffnete sie den Browser und rief den Verlauf auf. Am heutigen Tag hatte jemand ein paar Seiten aufgerufen – offenbar der Computerexperte zu Testzwecken. Davor gab es einen zweiwöchigen Leerlauf. Doch im Zeitraum, in dem Sylvana Rehl den Laptop benutzt hatte, fiel ihnen eine besonders häufig besuchte Seite ins Auge.

Sommer googelte mit seinem Handy die Homepage. Rasch fand er die benötigte Information. »Das ist ein Forum für Alleinerziehende.«

»Loggen wir uns ein?«, fragte Teckel.

»Lieber nicht«, entschied Drosten. »Zumindest nicht mit Rehls Zugangsdaten. Wer weiß, ob ihr Entführer das Forum beobachtet. Falls es etwas mit ihrem Verschwinden zu tun hat ...«

»Wie lautet Ihr alternativer Plan?«

Die Polizisten beratschlagten sich über die Möglichkeiten. Schließlich schlug Drosten vor, die Computerexperten des BKA um ihre Meinung zu bitten. Drosten entschied sich, Kommissarin Jessica Baron zu kontaktieren. Während seiner Zeit beim BKA hatte er mit ihr erfolgreich in einigen Ermittlungen zusammengearbeitet. Er wählte ihre Nummer, und trotz der Uhrzeit meldete sie sich nach wenigen Sekunden Freizeichen.

»Hallo, Robert. Bei welchem Computerproblem soll ich dir helfen?«

Er schmunzelte über ihre direkte Art. »Blamier mich nicht zu sehr vor meinen Kollegen, die gerade zuhören.« In knappen Worten schilderte er ihr das Problem.

Baron dachte nur kurz nach. »Ladet bitte eine Software auf den Laptop, damit ich ihn fernsteuern kann. Scheint mir der schnellste Weg zu sein.«

Fünf Minuten später sahen die Polizisten dabei zu, wie Jessica Baron von ihrem Büro in Wiesbaden den Computer in Wilhelmshaven fernsteuerte. Sie wechselte im Browser in den Inkognito-Modus, um in dem Forum ein neues Profil anzulegen.

»Wisst Ihr, wie sich die verschwundene Mutter genannt hat?«, fragte sie nach der Anmeldeprozedur.

»SR91«, antwortete Kraft. Die Information hatten sie dem Verlauf der besuchten Seiten entnommen.

Nach ein paar Sekunden brummte Baron unzufrieden. »Einen solchen User gibt es in dem Forum nicht.«

»Haben wir uns vertan? Hieß sie vielleicht anders?«, fragte Drosten.

»Nein. Ich vermute eher, sie oder jemand anders hat sie abgemeldet. Das Forum bietet einen datenschutzrechtlich bedenklichen Unterpunkt an. Darin sieht man die aktiven Nutzer der letzten vier Wochen. Ein Profil mit dem genannten Namen ist dort aufgeführt. Klicke ich darauf, lande ich jedoch auf einer Seite, die mir verrät, dass es sich um einen abgemeldeten User handelt.«

Sie führte ihnen das Ganze vor.

»Also hat entweder sie sich selbst kurz vor dem Verschwinden abgemeldet, oder der Entführer hat das übernommen«, schlussfolgerte Drosten. »Kriegen wir raus, mit wem sie in dem Forum gechattet hat?«

Baron schwieg. Drosten kannte ihre nachdenkliche Art und legte einen Finger auf die Lippen, damit die anderen sie nicht im Denkprozess störten.

»Ich bin in einem ähnlichen Forum angemeldet«, sagte sie schließlich. »Keins für Alleinerziehende, aber der Seitenaufbau ist vergleichbar. Wahrscheinlich eine ähnliche Plattform. Wartet kurz. Vielleicht ...«

Die Polizisten in Wilhelmshaven sahen, wie sich der Mauszeiger zu den abgespeicherten Lesezeichen bewegte. Schnell hatte Baron gefunden, was sie suchte. Ein Lesezeichen für einen kostenfreien E-Mail-Anbieter. Sie klickte darauf, und die entsprechende Homepage baute sich auf. Zufrieden sah Drosten, dass Rehl ihr Passwort gespeichert hatte. Baron klickte den E-Mail-Eingangsordner an. Sie scrollte sich durch die

Nachrichten. In den Tagen seit dem Verschwinden waren lediglich zahlreiche Newsletter und sonstige Werbemails eingetroffen, aber keine persönlichen Mails.

»Da ist es«, sagte sie zufrieden.

Der Mauszeiger fuhr über eine E-Mail. Drosten achtete auf den dazugehörigen Text. Der Absender war der Webmaster des Forums. Im Betreff stand *Thomas94 hat dir eine Nachricht geschickt.*

»Dieser Thomas94 hat ihr ziemlich viele Nachrichten geschickt.« Baron filterte die E-Mail-Eingänge nach diesem Betreff und erzeugte eine ellenlange Liste.

»Kann man sehen, was er geschrieben hat?«, fragte Drosten.

Baron klickte eine Nachricht an. Leider enthielt die Benachrichtigung nicht den Inhalt der Konversation, sondern verwies die Nutzerin auf den Posteingang im Forum. Der dazugehörige Link führte jedoch ins digitale Nirwana, weil der Account mittlerweile gelöscht war. »Ach übrigens. Thomas94 ist auch kein aktiver User mehr.«

»Thomas94«, brummte Drosten. »Findest du heraus, wer dahintersteckt?«

»Gib mir bis morgen Zeit. Ich versuche mein Glück.«

Kaum hatten sie sich voneinander verabschiedet, diskutierten die Polizisten ihre neue Erkenntnis. Der Chatpartner konnte natürlich völlig unschuldig sein und auf Nachrichten von Sylvana Rehl warten. Doch dass er sich ebenfalls abgemeldet und sogar noch am Abend ihres Verschwindens mit ihr gechattet hatte, sprach gegen die Unschuldsvermutung.

»Nehmen wir an, er ist der Entführer. Also löscht er ihren und seinen Account im Forum. Aber dazu muss er sich von ihrem Laptop, beziehungsweise dem Ersatzlaptop eingeloggt haben. Wieso hat er vergessen, die E-Mail-Benachrichtigungen zu löschen?«, fragte Teckel.

»Vielleicht liegt das an dem Ersatzgerät«, spekulierte Kraft. »Es ist ihm wohl durchgegangen, weil Rehl darauf keine Lesezeichen zu ihrem E-Mail-Postfach gespeichert hat.« Sie zuckte mit den Achseln. Das war eine denkbare Möglichkeit – mehr jedoch nicht und reichlich spekulativ.

»Wir werden es wohl erst erfahren, wenn wir ihn verhören«, sagte Drosten. »Aber falls Jessica tatsächlich Hinweise darauf findet, wer sich hinter dem Forumsnamen versteckt, sind wir ein großes Stück weitergekommen.«

***

Nachdem Drosten im Hotelzimmer kurz mit Dana und deutlich länger mit Melanie gesprochen hatte, erinnerte er sich an Brocks Zusicherung, ihm eine Mitarbeiterliste zu schicken. Also fuhr er seinen Laptop noch einmal hoch und prüfte den E-Mail-Eingang. Tatsächlich fand er eine Nachricht von Brock.

Sehr geehrter Herr Drosten,

wie telefonisch besprochen, finden Sie im Anhang die

gewünschten Daten.

Mit freundlichen Grüßen

Sebastian Brock

»Ziemlich schreibfaul«, brummte Drosten.

Er klickte den Anhang an. Im nächsten Moment erschien eine Warnung des Virenschutzprogramms auf dem Bildschirm. Sie riet ihm dringend davon ab, den Anhang zu öffnen, da sich dahinter ein Trojaner verbarg.

»Scheiße!« Drosten griff zu seinem Handy.

14

Carla Holtzmann überlegte, welche Suchbegriffe sie noch verwenden konnte. Vielleicht musste sie die Suche nur weit genug ausdehnen, um neue Vermisstenfälle zu finden. Sie trank einen Schluck der besonders koffeinhaltigen Cola, um das Schlafbedürfnis im Zaum zu halten. Je früher sie im Bett lag, desto größer die Wahrscheinlichkeit, dass sie mit Albträumen mitten in der Nacht aufwachte und sich anschließend schlaflos herumwälzte. Vier oder fünf traumlose Stunden, mehr wünschte sie sich nachts seit der Befreiung vor drei Jahren nicht. Ein Wunsch, der sich leider nur selten erfüllte.

Das Gedankenkarussell setzte wieder ein. Sie saß in ihrem Gefängnis, die Tür öffnete sich, ihr Peiniger trat ein. Manchmal schon nackt, so wie in dieser Erinnerung. Mit einem fiesen Grinsen im Gesicht. Er liebte es, ihr eine bestimmte Frage zu stellen.

»Kümmerst du dich darum, oder soll das diesmal

dein kleiner Bruder übernehmen?«

Natürlich wusste sie, dass er sein erigiertes Geschlechtsteil meinte.

Ob der Entführer der alleinerziehenden Mütter ähnlich vorging? Es erschien ihr fast logisch.

Um die Bilder zu verdrängen, wechselte sie zu einer Videoplattform und gab den Namen ihres Lieblingscomedians ein. Das System listete ihr die neuesten hochgeladenen Videos auf. Tatsächlich gab es zwei neue Clips. Carla lächelte voller Vorfreude. Die jeweils fünfminütige Abwechslung wäre nun genau das Richtige, um ihre angespannten ...

Das Klingeln an der Wohnungstür erschreckte sie so sehr, dass sie sich an der Cola verschluckte und sie teilweise verschüttete.

»Scheiße!«

Carla wischte sich mit dem Handrücken über den Mund und schaute zur Zeitanzeige des Betriebssystems. Es war fast neun Uhr abends. Was hatte das zu bedeuten?

Erneut klingelte es. Also war das wohl kein Klingelstreich.

Carla stand auf und lief in die Diele. Bei ihrem Einzug hatte sie darauf geachtet, dass eine Türsprechanlage mit Videosystem installiert war. Ansonsten hätte sie die Wohnung nicht angemietet. Sie drückte den Knopf, um die Kamera an der Haustür zu aktivieren.

Statt auf dem Bildschirm die Person zu sehen, die vor dem Eingang stand, blickte sie auf einen großen Briefumschlag. Darauf hatte jemand ihren Namen geklebt – in unterschiedlichen Lettern wie bei einem schlechten Erpresserbrief. Die unbekannte Person füllte mit dem großformatigen Brief das Sichtfeld des Kameraauges aus.

»Wer ist da?«

Niemand antwortete. Sie stierte den Umschlag an.

Unvermittelt erlosch der Videobildschirm. Das System schaltete sich automatisch nach zwanzig Sekunden aus. Dieser normale Vorgang überrumpelte Carla. Es dauerte viel zu lange, bis sie die Taste erneut betätigte. Der Bildschirm erwachte zum Leben. Diesmal deckte niemand das Kameraauge ab. Genauso wenig wie noch jemand vor der Haustür wartete.

»Verdammt!«

Carla schluckte die Tränen herunter. Wer terrorisierte sie da? Hing das mit den verschwundenen Müttern zusammen?

Sie hatte nach ihrer Befreiung einen Vorsatz gefasst. Niemals würde sie ängstlich durchs Leben gehen, denn vor der Entführung war sie überhaupt nicht ängstlich gewesen. Diesen Triumph gönnte sie ihrem Peiniger nicht.

Bestimmt hatte der unbekannte Besucher den Umschlag in den Briefkasten geworfen und dann fluchtartig das Weite gesucht. Carla wollte sich nicht um den Schlaf bringen, indem sie sich fragte, was wohl in dem Umschlag steckte. Zugleich jedoch traute sie sich nicht, zum Briefkasten zu gehen. Sie schlüpfte in Sneakers und öffnete die oberste Schublade der Dielenkommode. Darin lag eine Dose Reizgas. Dass sie nicht feige war, bedeutete noch lange nicht, dass sie dumm war. Zu ihrer eigenen Sicherheit nahm sie das Gas an sich. Dann betrat sie den Hausflur und lief nach unten.

Vor dem Eingang wartete niemand. Sie schloss den Briefkasten auf und sah ihre Vermutung bestätigt. Der unerwünschte Besucher hatte ihr den Umschlag hinterlassen. Carla atmete tief durch und griff nach dem Brief. Ohne ihn zu öffnen, kehrte sie in die Wohnung zurück.

Sollte sie erst Sommer konsultieren, ehe sie ihn öffnete? Das erschien ihr übertrieben. Immerhin war es nur eine Briefsendung.

Carla legte den Umschlag auf den Schreibtisch. Sie entdeckte ein paar Tropfen Cola und holte aus der Küche einen feuchten Lappen, mit dem sie die Getränkespuren wegwischte. Erst danach schlitzte sie den Rand des Umschlags auf und zog den Inhalt heraus.

Es war ein einzelnes Foto.

»Du mieses Schwein!«

Das Foto zeigte ihren Bruder Simon. Die Aufnahme konnte noch nicht sehr alt sein, denn am Straßenrand lag Schnee. Das Bild war aus einiger Entfernung aufgenommen. Simon kam darauf mit dem Schulrucksack auf dem Rücken nach Hause.

War das eine Drohung gegen ihren Bruder?

Carla griff zum Handy und wählte Sommers Nummer.

»Hallo, Carla«, meldete er sich. »Ist es wichtig? Ich stecke gerade mitten ...«

»Sehr wichtig«, unterbrach sie ihn.

»Was ist los?«, fragte er alarmiert.
Sie erzählte ihm ausführlich, was passiert war.
»Fotografiere das Bild und den Umschlag. Schick es mir aufs Handy. Ich ruf dich zurück.«

Fünf Minuten nach dem ersten Telefonat klingelte Carlas Handy und übertrug Sommers Mobilfunknummer.
»Was halten Sie davon?«, fragte sie.
»Gefällt mir gar nicht. Ich nehme an, das Foto ist aktuell?«
»Hier hat es vorgestern geschneit.«
»Shit!«
Carla nickte zustimmend, ohne etwas zu sagen. Auch Sommer gegenüber wollte sie nicht zu ängstlich wirken.
»Ich spreche mit den Frankfurter Kollegen und sorge dafür, dass deine Familie in den nächsten Tagen unauffällig überwacht wird. Soll ich das Gleiche für dich organisieren?«
»Das ist nicht nötig. Aber da ist noch etwas Anderes, was ich Ihnen bislang nicht erzählt habe.« Sie berichtete von der Homepage.
»Carla, du hättest mich sofort anrufen sollen.«
»Ich wollte nicht unnötig die Pferde scheu machen.«
»Beim nächsten Mal gibst du direkt Bescheid. Egal, um was es geht. Egal, wie spät es ist. Versprichst du mir das?«
»Ja«, antwortete sie zögerlich.
»Ich melde mich spätestens morgen Mittag.«

***

Am nächsten Vormittag nutzten die Polizisten denselben Besprechungsraum der Wilhelmshavener Dienststelle wie am Vorabend. In den knapp zwölf Stunden hatte sich viel ereignet.

Drosten übernahm die Gesprächsleitung.

»Gestern hegten wir gegen maximal zwei Männer einen schwachen Anfangsverdacht. Die Zahl der Verdächtigen hat sich quasi über Nacht verdoppelt.«

»Wow«, sagte Teckel. »Sie haben ein Gespür dafür, Erwartungen zu schüren. Ich bin ganz Ohr.«

Drosten griff zu einer Flasche Wasser und trank einen Schluck.

»Robert!«, rief Kraft. »Sitz!«

Die Anwesenden lachten. Drosten fühlte sich einen Moment an die alten BKA-Zeiten erinnert. Auch damals hatten sie gefährliche Serienmörder gejagt und es trotzdem immer wieder geschafft, die Stimmung in der Gruppe durch kleine Scherze aufzulockern. Er war dankbar, dass dies mit der KEG ebenfalls gelang.

»Beginnen wir mit dem Fotografen Nils Düssel, der mitten im Weihnachtsgeschäft sein Fotostudio schließt und nicht mehr anzutreffen ist. Tatsächlich hält er sich aktuell nicht in Bremerhaven auf, sondern im knapp sechzig Kilometer entfernten Delmenhorst. Was er dort macht, ist derzeit unbekannt. Wie wir damit umgehen, sollten wir im Laufe unserer Besprechung festlegen.« Er trank noch einen Schluck Wasser. »Kommen wir auf Sebastian Brock zu sprechen.

Bislang hat er sich ja wenig kooperativ gezeigt und dann aus heiterem Himmel eine Mitarbeiterliste zugesagt. Die E-Mail kam wie versprochen an meine dienstliche Adresse. Als ich sie am Laptop öffnen wollte, erschien eine Warnung, dass sich hinter der Datei ein Trojaner versteckt.«

»Ernsthaft?« Teckel wirkte fassungslos.

Drosten nickte. »Dank des BKA sind unsere Laptops mit einem ausgeklügelten Sicherheitssystem ausgestattet. Ich habe Rücksprache mit Kollegen in Wiesbaden gehalten, und die haben mir Folgendes mitgeteilt: Eine handelsübliche Schutzsoftware hätte wohl keinen Alarm geschlagen. Der Trojaner ist vermutlich in Asien entwickelt worden. Korea oder China. Es ist nicht völlig ausgeschlossen, dass Brock gar nicht wusste, was er mir schickt. Trotzdem wirkt das Ganze suspekt und macht ihn nicht weniger verdächtig.«

»Jemand spioniert den PC eines Kindertagesstättenträgers aus?«, fragte Teckel. »Was soll das bringen?«

»Eventuell sind wir durch Zufall auf die heimliche Verbreitung neuer Schadsoftware gestoßen. Institutionelle Rechner werden von ihr zunächst nur infiziert. Bis eine kritische Menge erreicht ist. Das BKA nimmt sich der Sache an. Sie haben mir eine bereinigte Datei zur Verfügung gestellt und mich gebeten, Brock vorläufig nicht über den Trojaner in Kenntnis zu setzen. Dank der Mitarbeiterliste sind wir auf eine interessante Spur gestoßen. Die Leiterin der Gruppe, in die Merle geht, Arabella Fuchs, hat eine Zeit lang in Hamburg ausgeholfen. Und zwar bis zwei Monate vor

Clemens' Verschwinden. Insgesamt hat sie drei Monate in Hamburg gearbeitet.«

»Herrje! Wieso erwähnt sie das nicht?«, fragte Teckel.

Kraft lehnte sich vor. »Bislang sind wir ja von folgender Theorie ausgegangen: Der Entführer bringt Mutter und Kind in seine Gewalt, wobei es ihm ... oder ihr ... um die Mutter geht. Das Kind nutzt er als Faustpfand, damit sie sich nicht auflehnt. Vielleicht ist die Annahme falsch. Nehmen wir an, es geht der Entführerin ... oder dem Entführer ... um das Kind.«

»Dann wäre die Mutter nur Beifang«, stellte Teckel fest.

»Das sollten wir in die Überlegungen mit aufnehmen«, stimmte Sommer zu. »Und uns fragen, wie wir unsere Ermittlung auf diesen Ansatz anpassen.«

»Bevor wir das klären, möchte ich gern den vierten Verdächtigen offiziell vorstellen. Er heißt Thomas Stern, ist fünfundzwanzig Jahre alt und arbeitet als Erzieher in einer Kita in Oldenburg, wo er auch lebt.«

»Wie haben Ihre Kollegen ihn so schnell identifiziert?«, fragte Teckel beeindruckt.

»Jessica Baron hat es mir heute Morgen erklärt. Angefangen hat es, indem sie den Namen Thomas94 als Suchbegriff eingegeben hat. So stieß sie auf Bilder, die sie für eine tiefergehende Recherche benutzen konnte. Irgendwann fand sie in einem anderen Forum für Alleinerziehende einen User, der sich Thomas94 nennt, und von da an war es nur eine Formsache.«

»Sind wir sicher, dass es sich bei diesem Thomas

Stern um den Mann handelt, der mit Frau Rehl kommuniziert hat?«, hakte Teckel nach.

»Nein«, bekannte Drosten. »Auch das müssen wir noch herausfinden.«

***

Sommer schaute auf sein Handy. Er hatte seine Schnittstellen kontaktiert, um den Betreiber der Homepage zu ermitteln, die Carla ihm genannt hatte. Noch hatte er keine Antwort erhalten. Lange konnte das nicht mehr dauern.

Die Polizisten hatten beschlossen, sich aufzuteilen. Teckel würde Arabella Fuchs unter die Lupe nehmen, Kraft sich um Brock kümmern. Drostens Weg würde ihn nach Oldenburg führen, während Sommer nach Delmenhorst aufbrechen würde. Vorher wollte er jedoch Carla eine erste Rückmeldung geben. Was sollte er ihr mitteilen? Die Frankfurter Polizei hatte sich schnell bereit erklärt, die Familie Holtzmann unauffällig zu beschützen. Zumindest bis zum 23. Dezember. Danach wäre die Personaldecke über die Feiertage zu dünn, als dass sich die Überwachung fortsetzen ließe. Zu wenig Fortschritte, um Carla zu beruhigen.

Endlich klingelte Sommers Telefon und übertrug eine Wiesbadener Rufnummer.

»Sommer!«

»Ich habe herausgefunden, wer den Impressumsservice nutzt.«

»Ich höre!«

»Ein gewisser Adam Zimmermann. Als Unterangabe hat er ein Gymnasium in Frankfurt angegeben. Die Schillerschule.«

»Bist du dir sicher? Adam Zimmermann von der Schillerschule?«

»Du kennst den Mann offenbar.«

»Ja. Er ist der Informatiklehrer meines Sohnes.«

»Das heißt?«

»Jeremias hat mir mal erzählt, dass die Schüler bei der Erstellung von Homepages Lehrer als rechtlich Verantwortliche angeben dürfen.«

»Dann solltest du dich mit deinem Sohn unterhalten, ob er etwas über dieses spezielle Projekt weiß.«

Sommer brummte zustimmend. Doch er befürchtete etwas ganz anderes. Hatte Jeremias die Webseite ins Leben gerufen?

15

Nils Düssel beobachtete aus sicherer Entfernung die Frau, die er vor zwei Monaten zufällig bei einem Erntedankfest kennengelernt hatte. Er hatte viele Jahre in Delmenhorst gelebt und besuchte noch immer gern die eine oder andere Veranstaltung, die er schon aus seiner Kindheit kannte. Allerdings war ihm dabei nie zuvor eine solche Weltklassefrau begegnet. Anfang dreißig, obwohl er sie maximal auf fünfundzwanzig geschätzt hätte. Langes, hellbraunes Haar, sportliche Figur. Sie arbeitete halbtags bei einem Steuerberater. Nachmittags kümmerte sie sich um ihren siebenjährigen Sohn.

Er hatte in der Nähe ihrer Arbeitsstelle geparkt. Nils wollte die Angelegenheit bis Weihnachten oder allerspätestens Silvester geregelt haben.

Um drei Minuten nach zwölf trat sie aus dem Bürogebäude und wandte sich nach rechts, einen Jutebeutel in der Hand.

Natürlich hatte Nils in den vergangenen Wochen viel über sie herausgefunden. Der Zufall hatte ihm dabei gehörig in die Hände gespielt. Sie war seit vier Jahren geschieden und musste sich finanziell stark einschränken, weshalb sie unter anderem kein Auto besaß. Bei gutem Wetter fuhr sie mit dem Rad zur Arbeit, sonst nutzte sie den Bus. Einen neuen Partner oder auch nur einen Anwärter auf den Platz an ihrer Seite gab es derzeit nicht. Ohnehin pflegte Marina Kohl keine ausgeprägten sozialen Kontakte. Sie konzentrierte sich auf ihren Job und die Erziehung ihres Sohnes Julian. Insofern war sie für sein Projekt eine perfekte Kandidatin.

Nils ahnte, wohin es sie verschlug. Er startete den Motor, fuhr aber nicht sofort los. Als Marina an der nächsten Straße links abbog, sah er seine Vermutung bestätigt – sie war unterwegs zum Supermarkt. Er wartete zwei Fahrzeuge ab, dann reihte er sich in den fließenden Verkehr ein. Nils überholte sie, erreichte den Parkplatz und stellte seinen Wagen in einer Parklücke ab. Er musste keine Minute warten. Marina lief im schnellen Tempo zum Eingang. Rasch folgte er ihr.

Nils steckte eine Münze in das Fach des Einkaufswagens und zog den Wagen heraus. Dann ging er durch die gläserne Eingangstür. Hinter den Pfandautomaten und der Durchgangssperre lag die sogenannte Vitaminabteilung. Sofort erblickte er Marina, die einen Sack Clementinen kritisch prüfte. Um zumindest etwas im Einkaufswagen vorzuweisen, legte er einen kleinen Beutel Kartoffeln hinein. Dann näherte er sich unauffällig seiner Zielperson.

»Hey, gibt's denn das?«, rief er. »Marina?«

Die Angesprochene drehte sich zu ihm um. Es dauerte zwei oder drei Sekunden, bis sie ihn erkannte. Dann lächelte sie. »Nils!«

»Hi. Was für ein schöner Zufall.«

Er trat an sie heran und hauchte ihr einen Kuss auf die Wange. Weder zuckte sie zurück, noch machte sie sonstige Anstalten, seine Annäherung abzuweisen. Im Gegenteil. Auch sie deutete einen Wangenkuss an und berührte ihn leicht am Arm. Unauffällig sog er tief den Atem ein und nahm Spuren ihres blumigen Parfüms wahr.

»Was machst du in der alten Heimat?« Sie schob ihren Wagen zu den verschiedenen Apfelsorten vor.

»Weihnachtsfamilienbesuche.«

»Ist das nicht ein bisschen früh?«

»Steht noch in den Sternen, ob ich es über die Weihnachtstage schaffe. Mir ist ein super Projekt angeboten worden. Dann wäre ich ab dem ersten Weihnachtstag in Dubai.«

»Wow! Das klingt cool.«

»Meine Eltern sind leider nicht ganz so begeistert.«

»Hoffentlich wirkt sich das nicht auf meine Miete aus«, sagte Marina lachend – das war eine Anspielung darauf, dass sie in einer Eigentumswohnung von Düssels Eltern wohnte.

»Keine Sorge. Bislang habe ich ihnen verschwiegen, dass wir uns näher kennen.«

Gemeinsam gingen sie durch die Abteilung. Um nicht aufzufallen, packte Nils noch Porree und einen frischen Weißkohl ein. Er bemerkte ihren fragenden Blick.

»Der Einkaufsauftrag ist für meine Mutter.«

»Und ich dachte schon, du würdest ein ganz spezielles Weihnachtsmenü vorbereiten.«

»Glaubt Julian eigentlich noch an den Weihnachtsmann?«

»Nein. Den Zahn musste ich ihm vor der Einschulung ziehen. Er war echt schockiert, dass ihn seine Eltern deshalb jahrelang angelogen hatten.«

Nils grinste amüsiert. »Wie witzig! Holst du ihn gleich ab? Oder wann hat er Schulschluss?«

»Um halb eins. Von der Schule braucht er eine Viertelstunde, bis dahin sollte ich idealerweise die Portion Bolognese fertig haben. Heute ist mal wieder einer der Tage, an denen mir der Zeitfresser begegnet. Ich muss am Nachmittag mit Julian zum Kieferorthopäden. Bin echt froh, wenn das Jahr um ist. 2020 kann nur besser werden.«

Oh ja, dachte er. *Dafür kann ich sorgen.*

Laut hätte er einen solchen Gedanken niemals ausgesprochen. Man durfte Frauen nicht zu schnell über Zukunftspläne ins Bild setzen. Das wirkte zu oft abschreckend. Er berichtete ein bisschen von angeblichen Aufträgen, die er fürs nächste Jahr bereits in der Pipeline hatte. Sie sollte ihn für einen fleißigen, gut verdienenden Mann halten.

»Klingt super. Am meisten beneide ich dich darum, dass du keinen Chef hast. Das muss ein Traum sein.«

»Ist es auch. Ich hab gestern spontan beschlossen, mein Studio in der Stadt bis Neujahr zu schließen. Alles, was ich jetzt noch verdiene, bekäme eh nur Vater Staat.«

»Weißt du eigentlich, wie gut du es hast?«

»Meistens schon. Mir fehlt halt bloß ...« Er brach mitten im Satz ab und mied ihren Blick.

Sie lächelte. Gemeinsam näherten sie sich dem Kassenbereich. Nils überließ ihr den Vortritt an der geöffneten Kasse.

»Danke. Der nächste Bus kommt in sieben Minuten. Wird knapp.«

»Bist du nicht mit dem Auto da?«

»Ich habe gar kein Auto.«

»Dann kommst du ja fast zeitgleich mit Julian zu Hause an, oder?«

»Wenn's gut läuft, bin ich ein paar Minuten eher da.«

»Oh je.«

Die Kassiererin zog die ersten Sachen über den Scanner.

»Soll ich dich gleich fahren?«, fragte er.

Überrascht schaute sie ihn an. »Das kann ich nicht von dir erwarten.«

»Quatsch! Würde mich total freuen. Dann hätten wir noch ein paar Minuten zusammen, bevor ich wieder in die Mutterhölle, äh -höhle zurückkehre.«

Sie lächelte. »Meinetwegen gerne. Aber nur, wenn es dir wirklich nichts ausmacht.«

»Ganz im Gegenteil. Meine Mutter kann noch ein bisschen warten.«

Am Auto öffnete Nils den Kofferraum und nahm ihr die Einkäufe ab. Mittlerweile war es Viertel nach zwölf.

»In welche Schule geht dein Kleiner?«, fragte er scheinbar beiläufig.

Sie nannte ihm den Namen der Grundschule. Natürlich hatte er auch das schon herausgefunden.

»Sollen wir ihn abholen?«

»Von der Schule?«

»Warum nicht? Ich hab sogar einen Kindersitz. Wegen meines Neffen.« Er deutete durch die Windschutzscheibe auf die Rückbank.

»Wie cool! Aber das kann ich nicht verlangen.«

»Machst du doch gar nicht, Marina. Ich biet's dir freiwillig an.«

Sie dachte nicht lange nach. »Wäre nicht schlecht, ein paar Minuten mehr Zeit zu haben.«

»Na dann! Bitte einsteigen! Der Zug nach Hogwarts startet in wenigen Augenblicken von Gleis neundreiviertel.«

***

Drosten beobachtete, wie die Frau zum Fotografen ins Auto stieg. Anscheinend gut gelaunt. Zumindest lachte sie, bevor sie auf der Beifahrerseite einstieg. Anders als vermutet schreckte Düssel die Frauen wohl doch nicht mit seinem Gebaren ab. War der lauernde Blick auf die neue Kundin in seinem Studio ein Aussetzer gewesen, oder hatte er dazugelernt?

Mit Hilfe der Kollegen vom BKA hatte Drosten Düssels Standort orten lassen und behielt ihn seit einer Dreiviertelstunde im Auge. Der Verdächtige hatte seinerseits die Frau eindeutig beobachtet. Sein nächstes Stalkingopfer? Oder vielleicht mehr? Ob er behauptet hatte, ihr im Supermarkt rein zufällig zu begegnen?

Musste Drosten jetzt schon reagieren? Oder wäre das zu früh?

Nach kurzem Überlegen entschied er sich dagegen. Er würde dem Fotografen hinterherfahren. Vielleicht fand er so mehr über das Vorgehen des Verdächtigen heraus.

***

»Da vorne musst du rechts abbiegen«, sagte Marina.

»Ich hab den Eindruck, hier war ich noch nie.« Eine glatte Lüge, immerhin hatte er vor gar nicht langer Zeit den Sohn der Frau beobachtet.

Er setzte den Blinker.

»Gleich da vorn ist der Parkplatz.«

An einigen Fahrzeugen standen bereits wartende Mütter. Das hatte er nicht in seine Überlegungen einkalkuliert. Hoffentlich erkannte ihn niemand wieder. Er steuerte eine freie Lücke an.

»Am besten steige ich aus, oder? Nicht, dass Julian an uns vorbeiläuft. Mit dem Taxiservice rechnet er ja nicht.«

»Mach das! Ich bleibe sitzen.«

Doch entgegen ihrer Ankündigung blieb auch sie vorläufig im Auto. »Draußen ist es mir noch zu kalt. Dich schickt heute wirklich der Himmel.«

Nils mied ihren Blick und lächelte bloß. Seine Augen sollten ihn nicht verraten. Aus den letzten Fehlschlägen hatte er gelernt. Es war schwer, den eigenen Blick zu kontrollieren.

»Was hast du da?« Marina fuhr sich mit dem Finger über die Stirn, um ihm die Stelle zu zeigen.

Er wusste genau, was sie meinte. »Eine kleine Beule. Habe mir vor Kurzem den Kopf gestoßen.«

»Autsch!«

»Manchmal bin ich ein bisschen ... gedankenverloren. Und dann ... zack ... ist es passiert.«

Sie lachte. »Das finde ich bei einem Mann sympathisch. Bis gleich.«

Er sah ihr hinterher. Die Sache entwickelte sich besser als erhofft. Rasch fuhr er das Beifahrerfenster herunter. »Marina?«

Sie beugte sich zu ihm. »Ja?«

»Wenn es dir hilft und du vielleicht eine Kleinigkeit zu essen übrig hast, könnte ich euch nachher zum Kieferorthopäden fahren.«

»Was ist mit deiner Mutter und ihren Einkäufen?«

Lässig winkte er ab. »Das ist erst für morgen gedacht.«

Nachdenklich kratzte sie sich am Nacken. »Ich frage Julian, was er davon hält. Wir hatten seit dem Umzug keinen Mann zum Mittagessen. Ich will ihn nicht verstören.«

»Natürlich.«

Ihm fiel es schwer, die Enttäuschung zu unterdrücken. Merkte sie ihm das an, oder warum runzelte sie die Stirn?

»Ich seh ihn schon!« Sie trat vom Wagen weg.

***

Unbehaglich beobachtete Drosten, wie Düssel mit seiner Begleitung auf dem Parkplatz einer Grundschule hielt. Die beiden unterhielten sich noch ein wenig, danach stieg die Frau aus. Der Fotograf fuhr nicht davon.

Obwohl es nicht zum bisherigen Vorgehen des Entführers passte, fühlte sich Drosten beim Gedanken unwohl, eine Mutter mit ihrem Kind bei Düssel einsteigen zu lassen. Sollte er eingreifen und das verhindern?

Die Frau winkte mit beiden Armen und rief einen Namen. Ein Junge blieb verwirrt stehen. Dann erkannte er seine Mutter und beschleunigte seinen Schritt.

Drosten stieg aus und ging rasch auf den wartenden Fotografen zu.

***

»Fuck!«, zischte Nils leise.

Das war eindeutig einer der Bullen, die ihn im Geschäft belästigt hatten.

Ohne darüber nachzudenken, startete er den Motor und fuhr los.

***

Marina blickte über die Schulter. Warum haute Nils ab?

»Nils?«, rief sie und winkte mit ihren Armen.

»Was ist denn, Mama?«

»Der Mann hat unsere Einkäufe im Kofferraum.«

»Nils!«, rief sie noch einmal. Was hatte das zu bedeuten?

Verwirrt schaute sie zu dem näherkommenden Mann, der in seine Jackentasche griff und einen Ausweis zückte.

»Hauptkommissar Robert Drosten. Haben Sie kurz Zeit für mich?«

16

Lukas Sommer erreichte die Adresse, an der Thomas Stern gemeldet war. Er schaute auf seine Uhr. Falls Stern heute arbeitete, wäre er vermutlich noch nicht zu Hause. Er dachte an die Informationen aus Wiesbaden. Alles sprach dafür, dass Jeremias irgendwie an der Homepage beteiligt war. Hatte er sich die Mühe gemacht, sie zu erstellen, das Foto zu schießen und anonym bei Carla anzurufen? Oder gab es eine andere Erklärung?

Sommer trommelte mit den Zeigefingern auf das Lenkrad. Die Homepage war das schwerwiegendste Indiz. Jemand, der nicht zur Schillerschule ging, konnte nichts von dem Impressumsservice wissen oder ihn in Anspruch nehmen. Es führte kein Weg an einem schwierigen Vater-Sohn-Gespräch vorbei. Momentan saß Jeremias allerdings noch in der Schule. Also konnte er das auf einen späteren Zeitpunkt verschieben.

Sommer zog den Zündschlüssel, packte seine Schultertasche und verließ das Auto. Er wollte zumindest einen Versuch bei dem Erzieher wagen. Vielleicht hatte der einen freien Tag oder früher Feierabend gemacht. Er näherte sich dem Haus und rief sich die Informationen ins Gedächtnis, die das BKA herausgefunden hatte.

An der Haustür drückte er die Klingel mit dem Namen des Erziehers. Nach wenigen Sekunden leuchtete eine grüne Lampe an der Gegensprechanlage auf.

»Hallo?«, fragte eine männliche Stimme.

»Thomas Stern?«

»Wer sind Sie?«

»Hauptkommissar Lukas Sommer. Öffnen Sie mir bitte?«

»Wieso?«

»Das möchte ich nur ungern an der Haustür besprechen.«

Das grüne Licht erlosch. Sekunden später ertönte der Türsummer. Lukas Sommer drückte mit seiner Schulter gegen die Tür und betrat den Hausflur. Stern wohnte in der obersten Etage des dreistöckigen Gebäudes und erwartete ihn an der Wohnungstür.

»Polizei?«, vergewisserte sich der Erzieher. »Können Sie sich ausweisen?«

Sommer musterte den Mann. Sein Aussehen entsprach dem Profilfoto. Er war gut einen Meter neunzig groß, hatte markante Gesichtszüge und schwarze Haare. Er war gebräunt. Alleinerziehende Mütter würden bei seinem Anblick wahrscheinlich reihenweise Bauchflattern bekommen. Sommer legitimierte sich mit dem Dienstausweis, den der Erzieher eingehend musterte.

»Was wollen Sie von mir?« Er trat einen Schritt von der Tür zurück und bat Sommer herein.

»Es geht um eine polizeiliche Ermittlung, in der Ihr Name aufgetaucht ist.«

»Egal, was es ist, ich habe damit nichts zu tun.« Stern lachte nervös. »Gehen wir ins Wohnzimmer. Entschuldigen Sie die Unordnung, ich bin erst gestern aus dem Urlaub zurückgekommen.«

Sie kamen an einem Hauswirtschaftsraum vorbei, in dem eine Waschmaschine schleuderte. Außerdem bemerkte Sommer einen kleinen Wäscheberg vor der Maschine.

»Wo waren Sie?«

»Zwei Wochen in der Dominikanischen Republik. Es war ein viel zu schnell vergangener Traum. Als der Flieger gestern in Hamburg landete, wäre ich am liebsten sofort umgedreht und zurückgekehrt.«

Falls die Angabe stimmte, hätte Stern ein wasserdichtes Alibi für den Zeitpunkt von Rehls Verschwinden.

»Setzen Sie sich.«

Sommer nahm an einem Esstisch Platz. Bevor er etwas sagte, holte er seinen Laptop aus der Schultertasche. Stern beobachtete ihn dabei aufmerksam.

»Sind Sie viel im Internet unterwegs?«, fragte Sommer.

Stern runzelte die Stirn. Wahrscheinlich versuchte er, sich einen Reim auf die Frage zu machen.

»Normal. Bisschen YouTube, Onlineshopping, Nachrichtenportale. E-Mails. Instagram. Wieso?«

»Nutzen Sie das Internet, um Frauen kennenzulernen?«

»Worauf wollen Sie hinaus, verdammt noch mal?«

Sommer nannte ihm den Namen des Alleinerziehendenforums, in dem er ein aktives Profil besaß. »Wie oft sind Sie da unterwegs?«

»Gar nicht. Ich möchte nicht eingebildet klingen, aber wenn ich eine Frau kennenlernen will, muss ich nicht ins Internet. Ist das eine Partnerbörse? Wahrscheinlich geht es mir wie Ihnen, oder? Attraktive Männer brauchen so was nicht, um heiße Geschosse aufzureißen.«

Sommer deutete auf seinen Ehering. »Ich bin verheiratet.«

»Dumm gelaufen!« Stern grinste.

Sommer fuhr den Laptop hoch. »Ich möchte Ihnen etwas zeigen, denn Ihre Aussage verwundert mich.« Er startete den Browser, aktivierte die Mobilfunkverbindung per Passworteingabe und rief das Forum auf.

»Was wird das?«

»Haben Sie einen kurzen Moment Geduld.« Er gab den Usernamen ein und klickte auf das Profilfoto, das Stern im Freien vor einer Musikbühne zeigte. »Das sind eindeutig Sie.«

Er drehte den Laptop herum. Stern reagierte mit einem Stirnrunzeln.

»Was soll die Scheiße? Das bin ich nicht.«

»Das sind nicht Sie?«, wiederholte Sommer

ungläubig. »Haben Sie einen Zwillingsbruder?«

»Das bin schon ich auf dem Bild. Ich meine das Profil«, korrigierte sich Stern. »Aber ich nutze solche Foren nicht. Darf ich mal?«

Sommer nickte. Der Mann schaute sich ein paar Unterseiten an.

»Verstehe ich das richtig? Ein Forum für Alleinerziehende?«

»So ist es.«

»Gott bewahre! Mit denen habe ich während der Arbeitszeit genug zu tun. Wieso sollte ich mir das in meiner Freizeit antun?«

»Um Frauen kennenzulernen?«

Stern lachte. »Nichts für ungut. In meiner Kitagruppe sind sieben, nein, acht Kinder alleinerziehender Mütter. Das ist heutzutage der Normalfall. Drei davon sind attraktive Frauen. Aber die haben alle eine Macke, sorry. Denen geht es immer bloß darum, möglichst schnell wieder einen Versorger zu finden. Alleinerziehende fallen nicht in mein Beuteschema.«

Trotz der Arroganz, von der die Worte des Mannes zeugten, schien er die Aussage völlig ernst zu meinen. Oder war er lediglich ein guter Schauspieler?

»Aber selbst, wenn das mein Profil wäre, wieso interessiert sich die Polizei dafür?«

»Nutzen Sie das Foto im Internet für andere Zwecke?«

»Nein. Das ist ... puh. Keine Ahnung. Kann mich gar nicht daran erinnern.«

»Scheint bei einem Konzert oder Open-Air-Festival

aufgenommen worden zu sein.«

»Ja. So etwas besuche ich regelmäßig. Ist eins meiner Hobbys. Vielleicht hat mich da jemand unbemerkt fotografiert.«

»Sie schauen direkt in die Kamera«, widersprach Sommer.

»Na und? Heißt ja nicht, dass ich es mitbekommen habe.«

»Sie waren zwei Wochen in der Karibik?«

»Bin gestern wiedergekommen.«

Sylvana und Merle Rehl waren noch keine zwei Wochen verschwunden. Somit würde Stern als Täter nicht infrage kommen.

»Können Sie das beweisen? Dann wären Sie mich los.«

»Ohne dass Sie mir erzählen, worum es überhaupt geht?«

»Jemand nutzt offenbar Ihr Profilbild, um Frauen im Internet kennenzulernen. Uns liegen Beschwerden vor.« Stern musste nicht das ganze Ausmaß der Ermittlungen kennen, falls er unschuldig war.

»Shit! Klar kann ich Ihnen das beweisen. Ich hole eben meinen Reisepass.«

Stern ging in die Diele und öffnete eine Schublade. Mit dem Pass in der Hand, in dem noch weitere Dokumente steckten, kehrte er zurück. »Reicht Ihnen das?«

Sommer prüfte den Flugschein. Stern war gestern aus der Dominikanischen Republik zum Hamburger Flughafen geflogen. Die Stempel im Reisepass bestätigten seinen Aufenthalt in dem Karibikstaat. Ein abgestempeltes Bahnticket die Rückfahrt von Hamburg.

»Wunderbar. Damit sind Sie aus dem Schneider. Aber Sie haben wirklich keine Idee, wer das Bild gemacht haben könnte?«

»Nein«, sagte Stern bedauernd.

»Falls es Ihnen einfällt, rufen Sie mich bitte an.« Er reichte dem Erzieher eine Visitenkarte.

Im Auto schickte Sommer eine kurze Nachricht an Drosten und Kraft. Dann dachte er wieder an seinen Sohn. Mittlerweile dürfte der aus der Schule nach Hause zurückgekehrt sein, während Jennifer noch bei der Arbeit wäre. Vielleicht war das der richtige Moment für ein Gespräch. Kurzentschlossen wählte er Jeremias' Handynummer.

»Hey, Dad«, meldete sich sein Sprössling gut gelaunt. »Wo bist du?«

»In Oldenburg. Eine hübsche Stadt in Niedersachsen. Wie war die Schule?«

»Wir haben die letzte Klausur in diesem Jahr geschrieben. In Deutsch. War okay.«

»Super! Hör mal, ich muss eine unangenehme Sache mit dir besprechen. Es geht um Carla Holtzmann. Belästigst du sie?« Sommer erzählte ihm kurz, was passiert war.

»Du glaubst, *ich* sei das?« Die Verärgerung in Jeremias' Stimme war unüberhörbar und klang echt. »Ist das dein Ernst?«

»Es muss jemand ...«

»Vielleicht war sie das selbst«, unterbrach Jeremias seinen Vater. »Bestimmt hat sie das manipuliert. Ihre nächste Falle, so wie damals. Warum hilfst du ihr überhaupt?«

»Jeremy, ich verstehe ja, dass du dir ihretwegen Sorgen machst, aber dazu gibt es keinen Grund.«

»Sagst du! Offensichtlich plant sie etwas, sonst würde sie keine falschen Spuren legen. Papa!«

»Das ergibt keinen Sinn. Natürlich könnte sie selbst ihren Bruder heimlich fotografieren. Oder behaupten, jemand würde mit unterdrückter Rufnummer bei ihr anrufen. Aber die Homepage hätte sie nicht auf Herrn Zimmermanns Namen anmelden können. Ausgeschlossen. Eure Schule nutzt einen Impressumsservice. Da ist eine Betrügerei fast unmöglich. Sag es mir bitte, wenn du das warst.«

»Ich war es nicht!«, echauffierte sich Jeremias. »Toll, dass du lieber ihr als mir glaubst.«

»Natürlich glaube ich dir. Du bist mein Sohn.«

»Danke.«

»Hast du mit jemandem darüber gesprochen? Über Carlas Auftauchen?«

Jeremias zögerte. »Mit meiner Clique. Das weißt du doch.«

»Wer genau gehört dazu?«

»Annika, Niklas, Hendrik und Tim. Aber von denen ...«

»An deiner Stelle würde ich deine Freunde auch verteidigen. Trotzdem ist das die einzige logische Erklärung. Vielleicht glaubt einer von ihnen, dir einen

Gefallen zu tun. Ist Annika nicht sogar begeisterte Fotografin?«

»So etwas würde sie nie machen.«

»Auch nicht, um dir zu imponieren? Bestimmt ist sie verknallt in dich.«

»Papa!«

»Sprich bitte mit ihr. Und mit den anderen. Wenn Carla Holtzmann noch einmal belästigt wird, muss ich die Ermittlungen an die Frankfurter Kollegen übergeben. Dann kann ich niemanden rausboxen, weil das kein harmloser Schulstreich ist.«

»Das war keiner meiner Freunde«, versicherte Jeremias ihm.

»Sprichst du mit ihnen?«

»Mach ich.«

»Danke! Ich muss jetzt weiterarbeiten. Du brauchst Mama davon nichts zu erzählen. Ich melde mich.«

Fünf Minuten später erreichte Sommer Carla am Telefon.

»Es tut mir leid«, entschuldigte er sich gleich zu Beginn. »Ich fürchte, die Clique meines Sohnes steckt dahinter.«

»Jeremias?«

Sommer erzählte ihr von dem Telefonat. Zu seiner großen Erleichterung nahm Carla die Neuigkeit gelassen auf.

»Hauptsache, es hat niemand auf mich oder meinen Bruder abgesehen.«

»Ich spreche mit den Frankfurter Kollegen.

Wahrscheinlich stoppen wir die heimliche Beobachtung. Bist du einverstanden?«

»Natürlich. Haben Sie wegen der vermissten Mütter Neuigkeiten?«

»Es gibt ein paar Verdachtsmomente, denen wir momentan nachgehen. Konkret ist davon bislang nichts.«

17

Thomas Stern hatte sich den Namen des Forums genau eingeprägt. Der Polizist verließ die Wohnung, und in der nächsten Sekunde eilte Stern zu seinem Computer, verband ihn mit dem Internet und gab den Forumsnamen ein. Um das mit seinem Foto eingerichtete Fakeprofil zu finden, musste er lediglich den benutzten Usernamen eingeben.

Nachdenklich betrachtete er das Profilbild. Er hatte behauptet, nicht zu wissen, wer es aufgenommen haben könnte. Doch das stimmte nicht ganz. Zwar gehörte es zu seinen Hobbys, mehrfach im Jahr an Wochenenden Musikfestivals zu besuchen. Auch schloss er es keineswegs aus, dass ihn jemand unbemerkt fotografiert hatte, trotzdem gab es möglicherweise eine einfache Erklärung für die Sache. Das T-Shirt, das er auf dem Bild trug, hatte er vor zwei Jahren beim letzten Umzug entsorgt. Also war das Foto mindestens so alt. Damals hatte er drei oder vier Festivals mit einem

Freund besucht, der denselben Musikgeschmack teilte.

Thomas dachte an Marko Schwarzkopf, mit dem er gemeinsam die Ausbildung beendet hatte. Sie waren eine gewisse Zeit richtig gut miteinander ausgekommen. Bis sich eine Kleinigkeit zwischen ihnen aufgebauscht und zu einer Lawine entwickelt hatte, die ihre Freundschaft für immer begrub.

Konnte er der Mann sein, der in dem Forum unter seinem Namen postete? Leider war sich Stern nicht sicher, ob der Verdacht zu weit hergeholt war. Er überflog einige Beiträge, die *Thomas94* verfasst hatte. Sie könnten von einem Erzieher stammen.

Stern erinnerte sich an Schwarzkopf. Seines Wissens hatte Marko trotz der abgeschlossenen Ausbildung nie in einem Kindergarten gearbeitet. Oder hatte sich das geändert, seit sie den Kontakt abgebrochen hatten?

Marko war kein schlecht aussehender Kerl. Er hätte es nicht nötig, ein fremdes Profilbild zu benutzen. Was hatte der Polizist gesagt? Es gab Beschwerden? Sein ehemaliger Freund war eher ein zurückhaltender Charakter. Es fiel Stern schwer, zu glauben, dass er im Internet Frauen belästigte.

Hätte er Schwarzkopfs Namen erwähnen müssen? Immerhin hatte Marko damals die Freundschaft beendet. Trotzdem fühlte sich Stern ihm gegenüber verpflichtet. Bevor er ihn verpfeifen würde, wollte er erst seine Sicht der Dinge hören.

Sein Handy lag in der Diele. Hoffentlich hatte er Markos Nummer nicht gelöscht. Er nahm das Telefon zur Hand und suchte zuerst erfolglos unter dem Nachnamen. Schließlich fand er die Kontaktdaten unter dem Vornamen. Ob Marko in der Zwischenzeit die Rufnummer gewechselt hatte? Stern malte sich eine passende Begrüßung aus. *Hi Marko, du alter Internetlustmolch, die Polizei redet schon über dich.* Er grinste. Wäre bestimmt ein gelungener Einstieg, nachdem man zwei Jahre lang nichts mehr voneinander gehört hatte.

Was sollte passieren? Falls er Marko erreichte und der unverschämt werden würde, könnte Stern den Polizisten kontaktieren. Oder es war der Neubeginn einer Freundschaft, die früher lohnend gewesen war.

Er baute die Verbindung auf. Zumindest kam nicht die Ansage, dass die Nummer nicht existierte. Stattdessen erklang ein Freizeichen.

»Hallo?«, meldete sich jemand.

»Bist du das, Marko?«, vergewisserte sich Stern.

»Thomas? Ernsthaft? Was für eine Überraschung.«

Marko klang nicht verärgert. Ganz im Gegenteil. Stern schlenderte ins Wohnzimmer und setzte sich hin.

»Alter, wie geht's dir?«

»Super! Hab zwar gerade beruflich viel um die Ohren, aber das sind ja selbstgemachte Leiden. Und du? Noch immer in Oldenburg versackt? In der schrecklichen Kita?«

»Klar. Da bleibe ich im schlimmsten Fall bis zur Rente.« Stern lachte. »Nein, ernsthaft. Manchmal gucke ich mich um, aber was besser Bezahltes habe ich bisher nicht gefunden. Und bei dir?«

»Weswegen rufst du an?«

»Was treibst du so im Internet? Ich hatte gerade Besuch von einem Bullen.«

»Ich versteh nur Bahnhof.«

»Ging mir am Anfang genauso. Thomas94. Sagt dir das etwas?«

Sein Zögern verriet Schwarzkopf. »Äh, wieso?«

»Alter, was machst du im Internet für Sachen? Und warum benutzt du ein Bild von mir? Ich will alle schmutzigen Einzelheiten.«

»Keine Ahnung, Thomas.«

»Hör auf, mich anzuschwindeln.«

Thomas berichtete von dem Besuch des Polizisten und dass ihm schnell klar geworden sei, wann das Foto aufgenommen worden war. »Also wusste ich sofort, dass du dahintersteckst.«

»Hast du mich beim Bullen verpfiffen?«

»Natürlich nicht! Wobei ich mir das offenhalte. Was hast du angestellt?«

»Der Bulle hat gesagt, es gäbe Beschwerden?«

»Genau.«

»Scheiße! Das war bestimmt diese verheiratete Kuh.«

»Erzähl mir alles. Aber vor allem: Wieso benutzt du mein Profilbild? Du bist doch kein hässlicher Kerl. Was bringt es dir, dich mit fremden Federn zu schmücken? Sobald du dich mit den Weibern triffst, fliegt alles auf. Ich verstehe den Sinn nicht.«

Marko kicherte. »Ich treffe mich ja gar nicht mit ihnen.«

»Sondern?«

»Boah, ist mir das peinlich. Ich habe Online-Sex mit den Tussis. Manchmal telefonieren wir. Aber meistens schreiben wir Schweinereien während des Chats. Das geilt mich total auf. Und ja, ich bin schuldig. Ich habe dein Profilbild benutzt. Sieht halt nicht jeder so aus wie ein Adonis, mein schöner Freund.«

»Spinner.«

»Ist doch so. War schon früher so. Dich haben die Tussis in der Disko oder auf Festivals fast angesprungen. Ich habe höchstens das Fallobst abbekommen.«

Stern verdrehte die Augen. So im Ungleichgewicht war es zwischen ihnen nie gewesen.

»Hast du eine Ahnung, wer sich über dich beschwert haben könnte?«

»Sie heißt Manuela. Hat behauptet, sie wäre geschieden. Leider stimmt das nicht, wie ich dank einer unfreundlichen Mail des Ehemanns weiß. Daraufhin habe ich Manuela blockiert. Aber die Gute hat sich total in mich ... also dich ... verschossen.«

»Was für ein Drama!« Stern schmunzelte. »Mehr war da nicht? Wieso geht sie mit so einem Scheiß zu den Bullen?«

»Keine Ahnung. Hör mal, anderes Thema, vielleicht ist das ein Wink des Schicksals, dass du mich angerufen hast.«

»Warum?«

»Bist du zufrieden in deinem Job? Sei ehrlich. Denn ansonsten hätte ich eine Alternative für dich.«

»Du?«

»Tu nicht so überrascht! Ich habe dir schon früher erzählt, hoch hinauszuwollen. Für dich wären locker fünfhundert brutto mehr drin.«

»Im Monat?«

»Natürlich. Oder glaubst du, bei solchen Summen rede ich vom Jahreseinkommen?«

»Ich bin ganz Ohr!«

»Nur ein paar Eckpunkte, wir sollten das nicht am Telefon bequatschen. Ich baue gerade mit Geschäftspartnern eine neue Kindertagesstätte auf. Wir haben Platz für mindestens einhundert Kinder. Das Projekt startet spätestens Ostern. Was uns fehlt, sind fähige Erzieher. Bisher haben wir erst drei Festverträge abgeschlossen. Du wirst nach Tarif bezahlt. Richtig?«

»Klar.«

»Machen wir auch. Geben aber übertarifliche Zulagen. Wir wollen die Besten! Vor allem ein paar fähige männliche Erzieher. Eltern erwarten heutzutage Rollenvorbilder.«

»Wo wird die Kita eröffnet? Hier in Oldenburg? Ich habe noch nichts davon gehört.«

»Wie schon gesagt. Am Telefon rede ich darüber nur ungern. Treffen wir uns. Je schneller, desto besser. Wie sieht's heute Abend aus? Ich könnte nach Oldenburg kommen.«

»Du hast es ja eilig.«

»Wenn man Chancen erkennt, sollte man zugreifen. Ich sag's noch mal: Wink des Schicksals, dass du dich gemeldet hast.«

Stern überlegte. Die Aussicht auf eine höhere Bezahlung lockte ihn. Eine Kindertagesstätte mitaufzubauen reizte ihn allerdings weniger. Manchmal dauerte es Jahre, bis alle Startschwierigkeiten ausgeräumt waren, oder die Behörden schlossen die Einrichtung wegen gravierender Mängel.

»Gib dir einen Ruck. Ich möchte dir das Projekt lieber persönlich vorstellen. Neunzehn Uhr? Gibt's unser früheres Stammcafé noch?«

»Klar. Die haben schließlich mich als guten Kunden.« Fünfhundert brutto klangen wirklich nicht schlecht. »Du bezahlst die Rechnung. Schon allein wegen des Identitätsdiebstahls.«

»Jetzt wirst du zwar sehr dramatisch, aber ich bin einverstanden. Dann bis heute Abend. Ich freue mich darauf.«

Schwarzkopf beendete das Gespräch. Nachdenklich legte Stern das Handy auf den Tisch. Was für eine seltsame Wendung. Er hatte wegen des gestohlenen Profilbilds angerufen, und nun lag vielleicht eine neue berufliche Chance vor ihm. Im Kopf überschlug er die Summe, die bei seinem neuen Gehalt nach Abzug der Steuern herauskommen würde. Viertausend Euro könnten es werden. Stern war gespannt auf den abendlichen Termin. Vorläufig würde er den Hauptkommissar nicht darüber verständigen, dass er wusste, wer hinter Thomas94 steckte. Falls sich

Schwarzkopf jedoch als Schaumschläger erwiese, würde er seine Meinung ändern.

18

Verena Kraft nutzte eine Überrumpelungstaktik. Sie kannte den Weg zu Sebastian Brocks Büro und kündigte sich nicht vorher an. Brock sollte sich nicht vorbereiten oder sogar die Begegnung verhindern.

Sie klopfte nicht einmal an seine Tür, als sie um halb zwei eintrat. Erschrocken zuckte der Mann zusammen und drückte hastig eine Taste. Erst dann schaute er zu ihr hoch.

»Können Sie gefälligst ...« Er hielt inne. »Sie?«

»Die Polizei, dein Freund und Helfer.« Kraft lächelte süffisant. »Störe ich bei etwas Wichtigem?«

»Was erlauben Sie sich?« Er stand auf und deutete demonstrativ zur Tür. »Gehen Sie! Ich bin beschäftigt.«

Kraft schloss die Bürotür.

»Haben Sie mich nicht verstanden? Muss ich den Sicherheitsdienst rufen?«

»Mir ist hier im Gebäude noch keiner aufgefallen. Tun Sie sich keinen Zwang an.«

Kraft setzte sich und starrte ihn an. Brock öffnete den Mund, sagte jedoch nichts. Er wirkte völlig überrumpelt.

»Setzen Sie sich«, schlug sie vor. »Dann reden wir in Ruhe. Ich bin extra ohne Hauptkommissar Zurbrügge gekommen. Wenn Sie sich einem Gespräch verweigern, kostet es mich ein Fingerschnippen, um Sie verhaften zu lassen.«

Er runzelte die Stirn, wodurch sich seine Augenbrauen fast berührten. »Verhaften? Was reden Sie da?« Langsam setzte er sich. »Ich schicke Ihnen eine ausführliche Mitarbeiterliste, und das ist Ihr Dank?«

»Um Ihre E-Mail geht es. Wie Sie garantiert wissen.«

»Was ist damit?«

Kraft beobachtete Brock genau. Seine Verwunderung wirkte nicht gespielt. Er wich auch nicht ihrem Blick aus.

»Haben Sie geglaubt, wir würden das nicht bemerken?«

»Wovon reden Sie, herrje?«

»Ihrem schlechten Versuch, uns einen Trojaner unterzujubeln.«

Brock schüttelte den Kopf. »Einen Trojaner?«

»Hätten Sie sich nicht denken können, dass wir unsere Computer schützen?«

»Wieso sollte ich der Polizei eine verseuchte Mail schicken?«

»Das will ich von Ihnen wissen!«

»Verzeihen Sie meine Wortwahl, aber Sie spinnen!«

Brock wirkte tatsächlich überrascht. Unschuldig. War er ein guter Schauspieler? Wortlos starrte Kraft ihn an. Rasch unterbrach er den Blickkontakt. Er schlug ein kleines Notizbuch auf und blätterte darin herum.

»Wonach suchen Sie?«

»Nach der Handynummer unseres EDV-Verantwortlichen. Wir haben vor drei Wochen den Mobilfunkanbieter gewechselt. Hab sie mir noch nicht eingespeichert. Ich kann Ihnen beweisen, wie lächerlich Ihre Anschuldigung ist.« Er griff zu seinem Telefon und tippte die Nummer ein. Dann aktivierte er die Mithörfunktion. Kraft vernahm das Freizeichen. Nach wenigen Sekunden meldete sich eine sonore Stimme.

»Müller.«

»Ich bin's. Sebastian Brock. Kannst du mal in mein Büro kommen?«

»Ist es wichtig? Ich bin gerade ...«

»Sehr. Mir unterstellt eine Polizistin, ich würde mit Trojanern verseuchte Mails verschicken.«

»Verdammt! Ich bin in fünf Minuten da.« Der Mitarbeiter beendete das Gespräch.

Müller benötigte nur die Hälfte der angekündigten Zeit. Die Tür flog auf, und eine imposante, gut zwei Meter große Gestalt betrat den Raum. Er nickte Kraft zu und trat an den Schreibtisch.

»Was ist los?«

»Herr Brock hat uns eine E-Mail geschickt, die einen Trojaner enthielt.«

»Ausgeschlossen!«, widersprach Brock.

»Lass mich an deinen Schreibtisch.«

Brock räumte den Platz und quetschte sich zwischen Stuhl und Wand. Müller setzte sich. Flink huschten seine Finger über die Tastatur. Kraft beobachtete seine Miene, die sich verfinsterte.

»Scheiße!«, brummte Müller schließlich. Vorwurfsvoll blickte er zu Brock. »Was hast du gemacht?«

»Ich? Gar nichts!«

»Sie haben den Trojaner gefunden?«

Müller nickte. »Das wird mich Stunden kosten, den Mist aus unserem Netzwerk zu bekommen. Fantastisch, Sebastian!«

»Vielleicht hat ihn mir jemand weitergeleitet. Da kann ich doch nichts für.«

»Nein! Den hast du dir vor zwei Wochen im Internet eingefangen. Ich will gar nicht wissen, auf welchen Seiten du warst. Bete, dass ich ihn gelöscht bekomme. Sonst muss ich das dem Vorstand melden.« Er erhob sich. »Brauchen Sie mich noch?«

Kraft schüttelte den Kopf. Eilig verließ Müller den Raum und warf die Tür hinter sich zu. Brock sah ihm nach.

»Das ist übel«, murmelte er.

»Was haben Sie getan?«

Er rieb sich übers Gesicht, ehe er ihren Blick erwiderte. »Private Nutzung der PCs ist uns nicht verboten. Zum Beispiel in Mittagspausen. Das ist vom Betriebsrat mit der Geschäftsführung schriftlich vereinbart.«

»Reden Sie nicht um den heißen Brei herum. Ihre Verteidigungsrede können Sie sich für Ihre Vorgesetzten aufsparen.«

»Na ja, ich ...« Er schnaubte. »Zur Entspannung. Manchmal in meinen Mittagspausen.«

Flehentlich sah er sie an, um nicht weitersprechen zu müssen. Doch so leicht machte es Kraft ihm nicht.

»Ganz selten gucke ich mir ein oder zwei kurze Pornoclips in Mittagspausen an. Das löst Druck.« Er zuckte die Schultern.

»Also haben Sie sich dabei die Schadsoftware eingefangen?«

»Eine andere Erklärung gibt's nicht. Ich wollte Ihnen garantiert nichts unterjubeln. Es tut mir leid. Hat der Trojaner bei Ihnen ...«

»Nein. Unsere PCs sind vor solchen Bedrohungen bestmöglich geschützt.«

»Zum Glück!«

Kraft glaubte ihm. Brock wirkte ehrlich erschüttert. Ihm stand die Angst vor drohendem Ärger ins Gesicht geschrieben. Ob sie seine Gemütslage ausnutzen konnte?

»Uns ist bei der Liste etwas aufgefallen. Es geht um Arabella Fuchs. Sie hat uns verschwiegen, dass sie in beiden Einrichtungen tätig war, in denen wir ermitteln.«

»Ist ja'n Ding!«

»Was können Sie uns über Frau Fuchs verraten?«

Noch vor einer Viertelstunde hätte Brock bei einer solchen Frage auf einen richterlichen Beschluss bestanden. Nun wandte er sich seinem PC zu.

»Was wollen Sie wissen?«

»Wieso hat sie in Hamburg gearbeitet und lebt jetzt in Wilhelmshaven? Ist sie umgezogen? Erzählen Sie mir am besten alles, was Sie über Frau Fuchs wissen.«

Brocks Finger huschten in fast demselben Tempo über die Tastatur wie zuvor beim EDV-Experten. Offenbar war er ein routinierter Computernutzer. Kraft störte ihn nicht durch Zwischenfragen.

»Frau Fuchs arbeitet seit mittlerweile fünf Jahren bei uns. Anhand der Steuerklasse sehe ich, dass sie unverheiratet und kinderlos ist. Ich erinnere mich an ein Gespräch mit ihr vor zwei, maximal zweieinhalb Jahren. Sie hatte mir damals auf einem Betriebsausflug anvertraut, ungewollt kinderlos zu sein. Ich weiß nicht mehr genau, woran es lag. Irgendeine Krankheit. Hat mich als Personalverantwortlichen durchaus gefreut. Ausfallzeiten durch Schwangerschaften sind bei uns ein bestimmendes Thema. Ende letzten Jahres wurde sie krank. Der Beginn einer mehrmonatigen Krankheitsphase, die sich bis ins aktuelle Kalenderjahr zog. Sechs Monate. Solche langen Zeiten haben bei Erzieherinnen oft zwei Gründe. Entweder orthopädische Probleme, zum Beispiel wegen der Stühle, auf denen die Kolleginnen einen Großteil des Tages verbringen, oder es gibt psychische Auslöser. Der Beruf ist sehr stressig. Orthopädische Gründe wiederholen sich im Laufe der Zeit. Frau Fuchs ist seit der Krankschreibung nicht länger als drei Tage am Stück ausgefallen. Daher vermute ich einen psychischen Grund.«

»Und warum wurde sie in Wilhelmshaven ...«

»Das hatte mit ihrer Wiedereingliederung nach der Krankheitsphase zu tun. In Wilhelmshaven hätten wir das zum Zeitpunkt ihrer Rückkehr nicht vernünftig regeln können. Deswegen haben wir ihr angeboten, in Hamburg in den Arbeitsalltag zurückzufinden. Frau Fuchs hatte nichts dagegen, weil sie hier in Hamburg bei Freunden unterkommen konnte. Sie hat sich sogar über die Abwechslung gefreut.«

»Wir hatten die Leiterin in Hamburg, Frau Wehner, gefragt, ob es jemand geben würde, der in beiden Einrichtungen gearbeitet hat. Das hat sie verneint. Absichtlich?«

»Nein. Deswegen passte Hamburg so gut. Frau Wehner war in der Zeit der Wiedereingliederung selbst erst krankgeschrieben und dann in einer sechswöchigen Kur.«

***

Im Wagen wählte Kraft die Telefonnummer von Polizeioberkommissar Teckel und informierte ihn über ihre neuesten Erkenntnisse. Sie vereinbarten, sich in zwei Stunden im Wilhelmshavener Präsidium zu treffen. Teckel wollte bis dahin weitere Informationen sammeln. Nach diesem Telefonat schickte sie Sommer und Drosten Nachrichten. Ihren beiden Kollegen sollten wissen, dass sie Brock zwar für unschuldig hielt, die Fahrt nach Hamburg trotzdem nicht umsonst gewesen sei.

Auf der Rückfahrt dachte sie viel über Arabella Fuchs nach. War es für eine Frau, die den ganzen Tag von Kindern umgeben war, besonders schlimm, keinen eigenen Nachwuchs bekommen zu können? Oder trösteten die fremden Kinder darüber hinweg? Würden die Polizisten mehr über den Grund für ihre lange Krankheitsphase herausfinden? Nicht ohne einen konkreten Verdacht und einen Richter, den sie davon überzeugen könnten.

***

Teckel traf erst nach Kraft an seinem Arbeitsplatz ein.

»Sie sehen zufrieden aus«, sagte sie.

»Bin ich nur teilweise«, bekannte er. »Ich habe Frau Fuchs knapp am Kindergarten verpasst. Sonst wäre ich ihr hinterhergefahren, um ihren aktuellen Aufenthaltsort herauszufinden. Denn bei sich zu Hause ist sie momentan so gut wie nie.«

»Von wem wissen Sie das?«

Teckel massierte sich mit einer Hand den Nacken. »Von einer Nachbarin. Ich hab mich einfach mal ein bisschen umgehört. Die ältere Dame wohnt in der gleichen Etage wie Fuchs. Sie hat mir erzählt, dass sie ihr seit einigen Wochen nicht im Flur begegnet. Außerdem würde Frau Fuchs den Pflichten des Putzplans nicht mehr nachkommen. Keller- und Flurreinigung. Die Nachbarin war nicht erfreut.«

»Ich nehme an, Fuchs wohnt in einem normalen Mietshaus?«

Der Wilhelmshavener Kollege verstand den Sinn der Frage. »Sie könnte dort unmöglich eine Frau mit Kind gegen deren Willen festhalten.«

»Und nur das Kind?«

Teckel schüttelte den Kopf. »Die Nachbarin hätte das bemerkt. Außerdem wäre Fuchs dann ja regelmäßig anwesend.«

»Und von der Nachbarin sind Sie zum Kindergarten gefahren?«

»Wenn wir wissen wollen, wo sie sich nach Feierabend aufhält, müssen wir ihr bloß hinterherfahren. Vielleicht gibt es ja eine harmlose Erklärung. Sie könnte jemanden kennengelernt haben, bei dem sie seit Wochen übernachtet.«

Das war zweifelsohne richtig. Trotzdem könnten hinter Fuchs' Wohnortwechsel gewichtigere Gründe stecken.

»Das sollten wir in größerer Runde besprechen«, sagte Kraft. »Wenn wir sie nur mit einem einzigen Auto observieren, fällt ihr das schnell auf. Ehrlich gesagt bin ich froh, dass Sie Fuchs heute verpasst haben.«

19

Im Parkhaus des Einkaufszentrums Jute-Center atmete Nils Düssel das erste Mal richtig durch. Hinter ihm lag eine Irrfahrt durch Delmenhorst und die angrenzenden Gemeinden. Eine Rückkehr nach Bremerhaven hatte er rasch verworfen, denn dort würden die Bullen zuerst nach ihm suchen. Irgendwann hatte er sich an das Einkaufszentrum erinnert. Ein idealer Ort, um von der Bildfläche zu verschwinden – zumindest für ein paar Stunden. Düssel schaute auf seine Armbanduhr. Es war mittlerweile fünf Uhr nachmittags. Nun müsste er die Frau eigentlich erreichen.

Er überprüfte die Netzanzeige des Handys. Im Parkhaus hatte er keinen Empfang. Er wusste nicht viel über die Ortungsmöglichkeiten, die den Bullen zur Verfügung standen. Wenn die Krimiserien, die er sich anschaute, keinen totalen Quatsch erzählten, benötigte die Polizei ein ins Netz eingebuchtes Telefon zur Ortung eines Gesuchten. Auch deshalb war ihm das

Parkhaus ideal vorgekommen, denn er wusste von früher, wie oft der Empfang hier ausfiel.

Er legte das Smartphone unter den Fahrersitz und griff zu dem Netbook, das im Handschuhfach der Beifahrerseite steckte. Der benötigte Kopfhörer war in der Klinkenbuchse eingestöpselt.

Düssel stieg aus dem Wagen und verriegelte die Tür. Für einen Moment dachte er an die Einkäufe im Kofferraum. Dass eine Mutter und ihr Kind nun ohne Lebensmittel dastanden, war nicht seine Schuld. Warum hatte der miese Bulle seine Pläne durchkreuzt?

Vom Parkhaus ging er direkt in das Restaurant Riva. Eine Kellnerin begrüßte ihn am Eingang.

»Herzlich willkommen. Möchten Sie essen oder nur etwas trinken?«

»Eine Kleinigkeit wäre nicht schlecht.« Er hob das Netbook in die Höhe. »Haben Sie einen ruhigen Platz frei? Ich muss einmal skypen und möchte keine Gäste belästigen.«

»Kein Problem. Folgen Sie mir einfach.« Sie nahm eine Karte vom Empfangstisch und führte ihn in eine Ecke des leeren Restaurants, in der niemand saß.

»Perfekt. Danke! Bringen Sie mir ein Ginger Ale und eine Portion Nachos Riva mit Sour Cream.«

»Kommt sofort.«

Düssel nahm mit dem Gesicht zur Tür Platz und musterte die anwesenden Gäste. Keiner von ihnen würdigte ihn eines Blickes. Also musste er während des Telefonats bloß darauf achten, wer das Lokal betrat.

Die Kellnerin brachte ihm das Getränk. »Die Nachos mit den Putenbruststreifen dauern ungefähr zehn Minuten.«

»Bis dahin halte ich durch.«

Er klappte das Netbook auf und verband sich mit dem kostenfreien WLAN des Restaurants. Danach öffnete er Skype und gab den Namen der Gesprächspartnerin ein. Das System baute eine Sprachverbindung auf.

»Nils?«

»Hi! Wir haben ein Problem.« Er sprach leise.

»Was ist passiert?«

»Die Bullen haben mich erwischt. Ich bin vor ihnen abgehauen.«

»Dein Ernst?«

»Tut mir leid.«

»Scheiße! Wie oft habe ich dir gesagt ...«

»Für deine Belehrungen ist es zu spät. Was soll ich jetzt tun? Mich den Bullen stellen? Bringt das Pluspunkte?«

»Ich muss wissen, was genau passiert ist. Danach entscheiden wir. Kannst du herkommen?«

Düssels Magen knurrte. Er hatte in den letzten Stunden nichts gegessen und wollte sich die Nachos nicht entgehen lassen.

»In einer Dreiviertelstunde.«

»Ich warte auf dich. Das ist total verrückt! Du bist verrückt!« Sie trennte die Verbindung.

***

Robert Drosten wartete in rund fünfhundert Metern Entfernung zu dem Bistro, in das sich Düssel zurückgezogen hatte. Ihn unterstützten Einsatzkräfte der Delmenhorster Polizei, außerdem behielt das BKA das Mobiltelefon des Fotografen im Auge. Das war zwar momentan nicht eingebucht, doch hatten die Techniker ohne Probleme Düssels Fluchtweg nachstellen können, der ihn in das Parkhaus des Einkaufszentrums geführt hatte.

Drosten hatte von den Kollegen ein Funkgerät bekommen, über das er mit den insgesamt sechs Einsatzkräften kommunizierte.

»Die Kellnerin stellt dem Verdächtigen Essen auf den Tisch«, sagte eine männliche Stimme.

Drosten versuchte, sich einen Reim darauf zu machen. Zuerst hatte Düssel mit jemandem über ein Netbook geredet, jetzt aß er in Seelenruhe.

Er wirkte nicht wie ein Entführer auf der Flucht. Sollten sie einen Zugriff wagen? Drosten hatte die Strategie vorgegeben, eine Verhaftung an einem öffentlichen Ort zu vermeiden. Lieber wäre es ihm, den Mann in der Tiefgarage festzunehmen. Er wollte unter allen Umständen ein Geiseldrama verhindern.

»Weiterhin bloß beobachten«, wies er an. »Wenn er das Bistro verlässt, entscheide ich neu.«

Mit wem hatte Düssel per Computer Kontakt aufgenommen? Hatte er einen Komplizen? Vielleicht sogar die Erzieherin Fuchs? Die Informationen, die Verena in

Hamburg und Wilhelmshaven zusammengetragen hatte, waren nicht uninteressant.

***

Düssel bezahlte die Rechnung und legte der sympathischen Kellnerin zwei Euro Trinkgeld obendrauf. Für den kurzen Weg, der ihm bevorstand, benötigte er kein Auto.

Er verließ das Restaurant und orientierte sich. Inzwischen war es dunkel geworden, doch der Bereich um das Einkaufszentrum war gut genug ausgeleuchtet.

Er wandte sich nach rechts. Einem Impuls folgend schaute er nach ungefähr hundert Metern über die Schulter. Düssel bemerkte einen Mann, der abrupt stehenblieb und auf seinem Handy herumwischte.

Zufall?

Düssel ging weiter. Erst im normalen Tempo. Nach wenigen Sekunden rannte er los.

***

»Der Verdächtige hat mich bemerkt. Er läuft zum Park. Soll ich ihn festnehmen?«

Drosten fluchte. Er hätte Düssel direkt nach Verlassen des Restaurants verhaften sollen. Doch die Frage, ob er eventuell eine Komplizin hatte, stand unbeantwortet im Raum.

»Ja! Nehmen Sie ihn fest. Ich versuche, ihm den Weg abzuschneiden!«

»Verstanden!«

Er verließ den Wagen und rannte los. Zwar war der Park nicht sonderlich groß, trotzdem wäre es besser, Düssel vorher abzufangen.

***

Düssel rannte trotz der roten Fußgängerampel über die Straße.

»Stehen bleiben!«, ertönte es hinter ihm.

Er schaute über die Schulter. Der Bulle hatte kaum aufgeholt. Offensichtlich zahlte sich das regelmäßige Training aus. Wenn er es irgendwie in den Park schaffte, könnte er sich vielleicht in der Dunkelheit in Sicherheit bringen.

Plötzlich bemerkte er einen Mann, der auf ihn zurannte. Das war der Bulle, den er an der Schule gesehen und der ihn im Fotostudio aufgesucht hatte. Ohne auf die Umgebung zu achten, schlug Düssel einen Bogen nach rechts.

»Vorsicht!«, schrie jemand warnend.

Er schaute zur Seite. Auf dem Radweg schoss ein Mann auf einem E-Scooter auf ihn zu. Zum Ausweichen war es zu spät. Düssel hielt mitten im Sprint inne, im nächsten Moment prallte der E-Scooter mit ihm zusammen. Die Wucht des Zusammenstoßes schleuderte ihn zurück und riss ihn von den Beinen. Hart schlug er mit dem Kopf auf dem Boden auf. Düssel verlor das Bewusstsein.

***

»Ich konnte nicht ausweichen«, jammerte der E-Scooter-Fahrer, der den Aufprall unbeschadet überstanden hatte. »Was hatte der Mann auf dem Radweg verloren?«

Drosten beugte sich zu Düssel hinab und fühlte dessen Puls. Der Polizist, der den Fotografen seit dem Verlassen des Restaurants verfolgt hatte, kam zu ihm.

»Rufen Sie einen Notarzt.«

»Wie sieht's aus?«

»Nur ein schwacher Puls. Bewusstlos. Ich fühle ein wenig Blut am Hinterkopf.«

»Ich konnte nicht ausweichen«, wiederholte der Fahrer.

»Niemand gibt Ihnen die Schuld an dem Unfall.« Die jammernde Art des Mannes zerrte an Drostens Nerven. Trotzdem bewahrte er die Ruhe. »Ihnen fehlt wirklich nichts?«

»Nein. Ich bin rechtzeitig zur Seite gesprungen.«

Der Delmenhorster Kollege telefonierte mit dem Notarzt. »Bewusstloser Mann, eventuell mit Platzwunde am Hinterkopf nach einem Zusammenstoß mit einem E-Scooter. Sein Hinterkopf ist auf die Bordsteinkante geknallt. Also kann ich auch keinen Schädelbruch ausschließen.« Er gab ihren Standort durch und verabschiedete sich kurz darauf. »Der Notarzt ist in ungefähr fünf Minuten hier. Was sollen wir in der Zwischenzeit unternehmen?«

»Bringen wir ihn in die stabile Seitenlage. Dann kann ich mir seinen Hinterkopf genauer ansehen.«

20

Nervös trat Jeremias an der Haustür von einem Bein aufs andere. Er hatte gewartet, bis seine Mutter zu ihrer Spätschicht aufgebrochen war. Sie sollte nicht wissen, wohin es ihn an diesem Abend verschlug.

»Hallo?«, erklang eine weibliche Stimme durch die Gegensprechanlage.

»Hallo, Frau Treller. Ich bin's. Jeremias Sommer. Ist Annika da?«

»Natürlich. Komm rein!«

Jeremias stemmte sich mit der Schulter gegen die Tür. Der Türsummer war kaum zu hören – das wusste er von seinen früheren Besuchen. Tatsächlich sprang die Haustür abrupt auf. Er betrat den Flur, woraufhin sich prompt die Wohnungstür der Erdgeschosswohnung öffnete.

Annika schaute ihn entsetzt an. Sie trug eine rote Jogginghose, Wollsocken und einen kuscheligen

Pullover. »Ich glaub's nicht. Bist du verrückt? Du kannst doch nicht einfach unangemeldet vorbeikommen.«

Jeremias grinste. Ihre Aufgebrachtheit war lediglich aufgesetzt. Es war nicht das erste Mal, dass sie einander unangekündigt besuchten. Annika lächelte und schien erfreut, ihn zu sehen. Hoffentlich lag er mit seinem Verdacht richtig, denn ein falscher Vorwurf könnte ihrer Freundschaft schaden.

»Wir müssen reden«, sagte er und fügte leise hinzu: »Ungestört.«

Er betrat die Wohnung. Annikas Mutter wartete an der Türschwelle zur Küche.

»Schön, dich zu sehen, Jeremias. Ist ja ein paar Wochen her.«

»Schon gut, Mama. Wir sind in meinem Zimmer.«

Annika packte Jeremias an der Hand und führte ihn in ihr Reich, wo der PC lief. Sie drückte die Zimmertür zu. »Hab gerade Netflix gestreamt. Wundere dich nicht, meine Mutter wird mindestens zweimal reinschauen, um uns Kekse oder Saft anzubieten.« Sie schloss den Browser und fuhr den PC herunter. »Worüber musst du reden? Kapierst du Mathe mal wieder nicht?«

»Ich habe heute lang mit meinem Vater telefoniert.«

Annika sah ihn besorgt an. »Wollen sich deine Eltern trennen?«

»Nein! Wie kommst du denn darauf? Es geht um Carla Holtzmann.«

»Was ist mit der Bitch? Ist sie schon wieder zu euch gekommen?«

»Jemand hat eine Homepage über sie ins Netz gestellt. Ihr ein heimlich aufgenommenes Foto ihres Bruders in den Briefkasten geworfen. Bei ihr anonym angerufen. Solche Dinge.«

Er musterte sie genau. Annika wich seinem Blick aus und kratzte am Nagellack ihres Daumens.

»Die Homepage ist über unsere Schuldomain ins Netz gestellt worden.«

»Oh.«

»Steckst du dahinter?«

Nun sah sie ihn an. »Wie kommst du denn darauf? Als würde ich ...«

»Mein Vater reißt mir den Kopf ab, wenn ich nicht herausfinde, wer das war.«

»Dann wärst du ja noch kleiner.« Sie grinste schief.

Es klopfte an der Tür. Annika verdrehte die Augen. »Ja!«

Frau Treller betrat den Raum, eine Glasschüssel mit Spritzgebäck in der Hand. Teilweise war das Gebäck mit Schokolade verziert. »Hast du Hunger, Jeremias? Annika und ich haben die gestern gebacken.« Ohne Vorwarnung stimmte sie das Lied *In der Weihnachtsbäckerei* an.

»Mama!«, stöhnte Annika. »Das ist so peinlich.«

Ihre Mutter stellte die Schüssel auf den Schreibtisch. »Lasst es euch schmecken.« Pfeifend verließ sie das Zimmer.

Jeremias griff beherzt zu. »Wow, die sind lecker.«

Annika grinste stolz. »Das Rezept ist ganz einfach.«

»Auf jeden Fall fände ich es echt cool, wenn jemand mir zuliebe Carla erschreckt hätte.«

Annika wirkte überrascht. »Meinst du das ernst?«

»Klar. Das wäre ja voll die Arbeit gewesen.«

Nun lächelte sie. »Und du bist nicht sauer?«

Er schüttelte den Kopf. »Wieso sollte ich?«

»Weil dein Vater rumstresst?«

»Der regt sich schon wieder ab. Du warst es, oder?«

Sie nickte. »Die tut mir voll leid. Schlimm, was sie erlebt hat. Aber die kann doch nicht einfach zu euch kommen und deinen Vater anbetteln. Das ist so bitchy. Hab ja gesehen, dass du dir Sorgen gemacht hast. Deswegen ...«

»Du bist so cool«, flüsterte er.

Sie schauten sich tief in die Augen. Ihre Münder näherten sich einander an. In diesem Moment klopfte es erneut. Rasch beugten sich beide zurück.

Annika stöhnte genervt. »Mama!«

»Kinder, ihr müsst etwas trinken.« Sie brachte ihnen eine Flasche Orangensaft und zwei Gläser. »Oder wollt ihr lieber Tee?«

***

Nils Düssel schlug die Augen auf. Er lag in einem Bett, rechts neben ihm piepste es monoton.

»Willkommen zurück«, sagte eine männliche Stimme. Neben ihm stand ein lächelnder Pfleger. »Wie geht es Ihnen?«

Düssel schaute sich um. Die Tür zu dem Raum war geöffnet. Im Gang entdeckte er den Bullen, vor dem er abgehauen war.

»Kopfweh.«

»Das ist normal«, beruhigte ihn der Pfleger. »Aber ich hole einen Arzt. Der wird Ihnen alles erklären.«

Düssel sah dem Mann hinterher. Der Bulle sprach den Pfleger an, woraufhin der nur den Kopf schüttelte.

Sollte er aufgeben? Oder konnte er sich irgendwie aus der Situation manövrieren?

Aufgeregt spielte er die einzelnen Varianten durch. Die Bullen hatten ihn nicht verhaftet. Also war es auch kein Verbrechen, sich aus dem Staub zu machen. Andererseits ...

»Wie geht es Ihnen?«

Ein grauhaariger Mann, den die Aura eines Chefarztes umgab, betrat den Raum.

»Wo bin ich?«

»Im Josef-Hospital. Woran erinnern Sie sich?« Der Arzt zückte aus seinem Kittel eine kleine Taschenlampe, mit der er ihm in die Augen leuchtete.

»Ich war essen«, sagte er nachdenklich. »Danach? Keine Ahnung!«

»Sie erinnern sich nicht an den Unfall?«

»Unfall? Etwa ein Auto?«

»Nein. So schlimm war es nicht. Sie haben den Weg eines E-Scooters gekreuzt und sind beim Sturz auf einer Bürgersteigkante aufgeschlagen. Wir sollten mit einer Computertomographie klären, ob es Blutungen im Gehirn gibt.«

»Woran liegt es, dass ich mich nicht erinnere?«

»Das finden wir heraus. Ein Pfleger holt Sie gleich ab.« Der Arzt lächelte ihm aufmunternd zu.

***

Drosten wartete ungeduldig, bis der Arzt den Behandlungsraum verließ.

»Wie geht es Herrn Düssel?«

»Er hat Erinnerungslücken.«

Drosten schnaubte ungläubig. »Simuliert er das nur?«

Der Arzt runzelte die Stirn. »Wie kommen Sie darauf?«

»Er steht im Verdacht, zwei Mütter und deren Kinder entführt zu haben. Als ich mit ihm reden wollte, hielten sich eine weitere Mutter und ihr Sohn in seiner Nähe auf. Er wollte sie in seinen Wagen locken. Dann ist er Hals über Kopf vor uns geflohen. Nun leidet er unter Gedächtnisverlust. Das ist wirklich praktisch.«

»Er ist hart mit dem Kopf aufgeschlagen. Erinnerungslücken wären da nicht ungewöhnlich.«

»Darf ich ihn sprechen?«

Der Arzt schaute auf seine Uhr. »Nur kurz. Ich schicke ihn zum CT.«

»Danke!«

»Überanstrengen Sie ihn nicht.«

Drosten betrat den Raum und blieb zwei Meter vom Bett entfernt stehen. »Warum sind Sie vor uns geflohen?«

Der Mann schaute ihn an. »Wer sind Sie?«

Drosten lachte. »Sie sind ein so schlechter Schauspieler. Wo halten Sie Laura Waldner und Sylvana Rehl versteckt? Wo sind Clemens und Merle?«

»Von wem reden Sie?«

»Selbst wenn der Sturz einen kurzzeitigen Gedächtnisverlust verursacht hat, müssten Sie sich an unser erstes Gespräch in Ihrem Fotostudio erinnern. Aber was soll's. Ich bleibe einfach hier, bis man Sie entlässt. So schnell werden Sie mich nicht los. Außerdem habe ich ja noch Ihr Netbook, um mir die Zeit zu vertreiben.«

Erschrocken schaute der Fotograf ihn an. »Das dürfen Sie nicht!«

»Interessante Reaktion für einen Mann, der an Gedächtnisverlust leidet.«

Drosten drehte sich um und verließ den Behandlungsraum. Leider hatte Düssel recht. Ohne eine richterliche Genehmigung durfte er das Netbook nicht unter die Lupe nehmen. Trotzdem hatte er das Gerät natürlich hochgefahren. Schließlich könnte er jederzeit behaupten, der Computer sei eingeschaltet gewesen. Allerdings hatte Düssel das Login mit einem Passwort geschützt.

Was befand sich darauf, dass der Fotograf so erschrocken reagierte?

***

Düssel sah dem Bullen verzweifelt nach. Wenn der sich tatsächlich illegal Zugriff auf das Netbook verschaffte und die Kameraaufnahmen fände, wäre er erledigt. Er schaute aus dem Fenster des Behandlungszimmers. Momentan trug er nichts weiter als ein Patientenhemd. Draußen herrschten Temperaturen knapp über dem Gefrierpunkt. Trotzdem musste er versuchen, irgendwie aus dem Krankenhaus zu fliehen und danach mit ihr Kontakt aufzunehmen. Ob sie sich fragte, wo er blieb?

21

Thomas Stern saß an einem Zweiertisch und behielt den Ausgang im Auge. Er war eine Viertelstunde vor der vereinbarten Zeit erschienen. Marko sollte sich wie ein geladener Gast fühlen. Nicht wie der alles bestimmende Gastgeber.

Eine Kellnerin trat an seinen Tisch. »Hallo. Was darf's sein?«

Stern schaute sie kurz an und bestellte einen Latte macchiato. Er war nicht in Flirtstimmung, obwohl er sonst Gesprächen mit attraktiven Kellnerinnen nie abgeneigt war. Seine Konzentration galt dem bevorstehenden Treffen. Stern hatte in den vergangenen Stunden herumgerechnet. Er kam zwar mit seinem Nettogehalt hin, große Sprünge waren aber nicht drin. Für die Reise in die Karibik hatte er zwei Jahre gespart. Wäre es nicht viel schöner, so etwas jeden Winter zu unternehmen? Für zwei Wochen raus aus dem deutschen Schmuddelwetter? Insofern interessierte ihn das Jobangebot sehr. Außerdem hoffte er, bei der Kita, die erst in wenigen Monaten eröffnete, ein Mitspracherecht bei den erzieherischen Ansätzen zu erhalten. Darüber müsste er ebenfalls mit Marko sprechen. Das würde die Nachteile einer neu gegründeten Tagesstätte durchaus ausgleichen.

Die Kellnerin brachte ihm das Getränk. Zuerst nahm er den Keks, tunkte ihn in den Milchschaum und steckte ihn sich genüsslich in den Mund. Die selbstgebackenen Kekse waren fast das Beste an der Kaffeespezialität.

Die Tür öffnete sich. Obwohl sie sich seit knapp zwei Jahren nicht mehr gesehen hatten, erkannte Stern seinen früheren Freund sofort wieder. Er erhob sich. Marko lächelte und kam zu ihm an den Tisch. Die beiden umarmten sich kurz.

»Alter, gut siehst du aus«, sagte Stern.

Es fiel ihm schwer, seine Überraschung zu verbergen. Schwarzkopf hatte früher immer deutlich zu viele Kilos mit sich herumgetragen. Seit ihrer letzten Begegnung hatte er etwa zehn Kilo abgenommen. Sein früherer Hüftring war komplett verschwunden, außerdem wirkte das Gesicht nicht mehr aufgedunsen. Marco sah aus wie ein normaler Mittzwanziger. Umso unverständlicher fand Stern den Identitätsdiebstahl. Dafür gab es keinen einleuchtenden Grund.

»Danke. Du aber auch.« Schwarzkopf setzte sich.

»Wie viel hast du abgenommen?«

»Zwölfeinhalb Kilo.«

»Wie hast du das geschafft?«

Die Kellnerin unterbrach ihren Smalltalk. Schwarzkopf bestellte einen Pfefferminztee und wartete, bis sie wieder ungestört waren.

»Hauptsächlich Ernährungsumstellung. Dazu ein bisschen Ausdauersport. Ich jogge dreimal die Woche zehn Kilometer.«

»Respekt! Aber umso weniger verstehe ich, wieso du dich mit meinem Profilbild schmückst. Das hast du gar nicht nötig. Nicht mehr.« Stern zwinkerte ihm zu.

»Idiot!« Schwarzkopf lachte. »Sorry, sei bitte nicht sauer. Die Mädels stehen einfach auf dein Äußeres. Wenn ich ihnen dann noch erzähle, dass ich Erzieher bin, habe ich gewonnen.«

»Was bringt's dir? Du kannst dich ja nicht mit ihnen treffen.«

»Will ich doch gar nicht. Für eine echte Beziehung habe ich keine Zeit. Vielleicht nächsten Sommer wieder. Aber mit diesen Frauen intime Dinge auszutauschen ist so viel besser, als Pornos anzugucken.«

»Würde mir nicht reichen.«

»Wie ist eigentlich dein Beziehungsstatus?«

»Seit drei Monaten Single. Aber ich komme gerade aus der Dom Rep, da hatte ich viel Spaß mit einer allein reisenden Amerikanerin.«

»Du warst schon früher ein Aufreißer und bist es noch immer. Wechseln wir lieber das Thema, bevor ich vor Neid erblasse.«

»Dann erzähl mir von deinem Projekt. Mit wem stellst du das auf die Beine?«

»Ein paar solvente Geschäftsleute aus Niedersachsen. Mit einer privat geführten Kindertagesstätte lässt sich gut Geld verdienen, wenn man es professionell aufzieht und Geduld hat.«

»Wie hast du die Leute kennengelernt? Du hast dich früher nicht in Kreisen herumgetrieben, in denen das große Geld floss.«

»Vielleicht hat sich das ja geändert.« Schwarzkopf hob zweimal die Augenbrauen.

Auf Stern wirkte die Mimik übertrieben arrogant. Das hatte ihn schon früher an seinem Kumpel gestört. Offenbar hatte der noch immer nicht gelernt, sich in der Öffentlichkeit sympathisch zu präsentieren. »Kannst du mir Namen nennen?«

»Du lernst unsere Financiers kennen. Versprochen. Vielleicht irgendwann nächste Woche. Vorausgesetzt, du hast Interesse.«

»Wäre ich sonst hier?«

Die Kellnerin brachte den Tee und fragte, ob Stern noch etwas trinken wollte – was er verneinte.

»Dann sollte ich dich wohl in die Einzelheiten einweihen. Wir haben ein großes Grundstück gekauft. Fast zweitausend Quadratmeter Land.«

»Wow.«

»Du sagst es. Gibt nicht viele Kitas, die so viel Platz bieten. Darauf entstehen gerade insgesamt vier Gebäude. Zwei sind schon fertig. Wir werden Hühner und Katzen halten. Eventuell sogar Therapiepferde. Wobei das noch nicht entschieden ist. Unsere Kinder werden echtes Landleben kennenlernen. Wir hoffen, einige Städter mit dem Konzept abzuholen.«

»Wo liegt das Grundstück?«

»Das ist der einzige Wermutstropfen. Von hier aus fährst du zwanzig Minuten. Bei der Größe musste es abgelegen sein, sonst hätten wir es nicht finanzieren können.«

»Das wird viele Eltern abschrecken.« Sterns Zuversicht sank ein wenig. Konnte ein solches Konzept funktionieren?

»Dieser Nachteil ist uns bewusst. Aber wir kontern ihn mit besonders langen Öffnungszeiten. Von halb sieben morgens bis halb sieben abends. Genug Zeit für alle Eltern, die dreißig Minuten Fahrtzeit einplanen müssen. Gerade deswegen suchen wir mehr Beschäftigte, als man in Kitas normalerweise antrifft. Sechzig Stunden in der Woche kannst du nicht mit fünf Erziehern abdecken. Wir wollen mit einem Dutzend Angestellten starten.«

»Wie viele Gruppen?«

»Am Anfang drei Gruppen à fünfzehn Kinder. Wir schaffen Platz für einhundertzwanzig Kinder.«

Stern überschlug die Angaben im Kopf. Vier Erzieher pro Gruppe klang bei solchen Öffnungszeiten angemessen. »Und ihr zahlt allen über Tarif?«

Schwarzkopf nickte. »Allerdings nicht jedem so viel, wie ich dir angeboten habe. Dich will ich halt unbedingt bekommen. Da lege ich noch ein paar Scheine obendrauf.« Er trank einen Schluck Tee und seufzte genüsslich.

»Du bist ein richtiger Genießer.«

»Worauf du Gift nehmen kannst.« Ohne Vorwarnung streckte er die rechte Hand aus. »Wie sieht's aus? Sind wir im Geschäft?«

»Nicht so schnell. Ich will mir das Grundstück erst ansehen. Hast du eine Adresse?« Er zückte sein Telefon. »Ich guck's mir auf Google Maps an.«

»Sorry, ohne einen Deal zwischen uns gebe ich die Adresse nicht raus.«

»Dein Ernst?«

»Wir können hinfahren. Noch heute Abend.«

»Draußen ist es dunkel.«

»Wir haben eine megageniale Flutlichtanlage installiert. Du wirst staunen.«

»Flutlicht?«

»Klar! Wir wollen auch im Winter im Dunkeln mit den Kindern raus. Was bringt der schönste Spielplatz, wenn er wegen fehlenden Lichts nur ein paar Stunden am Tag nutzbar ist?«

Stern schaute auf sein Handy. »Wir fahren zwanzig Minuten?«

»So ungefähr.« Schwarzkopf trank den Tee in drei großen Zügen aus. Dann winkte er die Kellnerin herbei. »Hattest du nur den einen Latte?«

Stern nickte. Aus der Hosentasche zog Schwarzkopf ein Bündel Geldscheine, das in einer Klammer steckte. Er reichte der Kellnerin einen Zehner. »Stimmt so.«

»Was ist denn mit dir los? Eine Geldklammer?«

»Thomas, wenn wir uns einig werden, machst du einen gewaltigen Sprung nach oben. Meine

Geschäftspartner sind sehr solvent. Und großzügig. Kommst du mit?«

Stern überlegte nur kurz. Offenbar schien Marko wirklich in Geld zu schwimmen. »Okay.«

»Perfekt!« Schwarzkopf strahlte vor Begeisterung. »Du bist bestimmt zu Fuß hier?«

»Natürlich! Ich wohne doch bloß ein paar hundert Meter weg.«

»Dann nehmen wir meinen Wagen, und ich bringe dich hinterher nach Hause. Ey, das ist so toll, dass wir bald zusammenarbeiten.«

»Abwarten.«

»Das wird dich umhauen. Und wenn nicht, war es trotzdem schön, dich mal wieder getroffen zu haben.«

Sie verließen das Café. Schwarzkopf zeigte nach links.

»Bei deinem Auftritt hätte ich jetzt fast mit einem Mercedes gerechnet.«

»Quatsch! Autos sind mir noch immer nicht wichtig. Egal, wie viel Kohle ich zur Verfügung habe.«

Schwarzkopf entriegelte den Wagen und stieg ein. Stern folgte ihm. Er sah einen Kindersitz auf der Rückbank.

»Wofür ist der Kindersitz?«

»Kundenservice. Manchmal fahre ich interessierte Eltern mit ihren Kindern nach draußen, damit die sich das Gelände in Ruhe ansehen können.«

»Aber die brauchen doch einen eigenen Wagen, um zu euch zu kommen.«

»Für feste Zusagen mache ich alles.« Er startete den Motor. »Schnall dich an. In zwanzig Minuten bist du an deinem neuen Arbeitsplatz.«

***

Der Pfleger schob Nils Düssel in einem Rollstuhl von der Computertomographie zurück zum Behandlungsraum im Erdgeschoss. Dabei folgte ihnen ununterbrochen ein Bulle, der ihn nicht aus den Augen ließ. Falls Düssel wirklich fliehen wollte, schloss sich langsam das Zeitfenster. Sie kamen an einem WC vorbei. Düssel zeigte darauf.

»Ich muss mal.«

Der Pfleger bremste den Rollstuhl ab. »Schaffen Sie das allein?«

»Logisch! Ich kann nur unbeobachtet pinkeln.«

Der Pfleger schmunzelte. »Und Sie haben kein Schwindelgefühl? Ich könnte mit reinkommen.«

»Lieber nicht.«

Düssel erhob sich. Langsam schritt er zur Tür und verschwand im Inneren des Waschraums. Wie lange würde ihm der Bulle Zeit lassen, bis er nach dem Rechten sah? Er musste sich beeilen. Düssel beäugte den Raum und ballte triumphierend die Faust. Die Männertoilette verfügte über rechteckige Fenster. Es würde knapp werden, doch wahrscheinlich würde er sich durch den Rahmen nach draußen quetschen können. Stellte sich bloß die Frage, wie er auf den gut anderthalb Meter hohen Fensterabsatz klettern sollte.

Hektisch schaute er sich um. Ob ihn der Abfalleimer tragen würde?

***

»Ist Ihr Job nicht superätzend?«, fragte der Pfleger Drosten, der in unmittelbarer Nähe zum Waschraum auf Düssels Rückkehr wartete. »Was soll der Mann angestellt haben?«

»Eventuell hat er zwei Frauen und deren Kinder entführt.«

»Echt? Kann ich mir gar nicht vorstellen. Der wirkt wie ein Lamm.«

»Leider sieht man den Menschen immer nur vor den Kopf. Sonst wäre mein Job viel leichter.«

»Jetzt hängen Sie also den ganzen Abend hier herum, um ihn zu beobachten.«

»Ich schätze, so lange wird das nicht mehr dauern. Der Mann simuliert. Das CT wird das ...«

Aus dem Waschraum ertönte ein Poltern. Drosten reagierte sofort. Er rannte in den Raum. Düssels Oberkörper steckte bereits im Freien. Ein umgekippter Abfalleimer lag am Boden. Der Fotograf stemmte sich hinaus.

»Hiergeblieben!« Drosten lief zum Fenster und umschlang die Beine des Verdächtigen. Der strampelte und traf ihn mit einem blanken Fuß am Hals. Drosten taumelte zurück, erholte sich aber schnell von dem Treffer. Diesmal packte er an den Hüften zu und riss den Mann ins Innere.

Düssel schrie vor Schmerz und kippte nach hinten. Nun eilte der Pfleger ebenfalls zur Hilfe herbei. Er stützte Drosten ab, damit der nicht das Gleichgewicht verlor. »Was machen Sie für einen Scheiß?« Mit seinen muskulösen Armen packte der Pfleger den strampelnden Verdächtigen und verhinderte jeden weiteren Fluchtversuch.

22

Thomas Stern schaute verstohlen auf sein Handy, das ihm bei gesperrtem Display die Uhrzeit anzeigte. Sie waren seit gut fünfundzwanzig Minuten unterwegs. Sobald eine längere Gesprächspause drohte, hielt Marko die Unterhaltung mit oberflächlichem Geplapper aufrecht.

»Hast du eigentlich noch Kontakt zu den anderen? Vor allem zu Francesca oder Paula? Die beiden fand ich besonders nett.«

Marko sprach von zwei hübschen Frauen, die mit ihnen die Ausbildung abgeschlossen hatten.

»Paula habe ich vor anderthalb Jahren getroffen. Da war sie schwanger.«

Marko lachte. »Im Ernst? Oh Gott! Viel zu früh. Mit einundzwanzig.«

»Zweiundzwanzig«, korrigierte Stern. »Hör mal, wir sind länger unterwegs, als du angekündigt hast. Fast eine halbe Stunde. Du meintest zwanzig Minuten.«

»Wir sind gleich da. Versprochen. Aus Oldenburg habe ich die Fahrtzeit ein bisschen unterschätzt.«

Stern schaute in die Dunkelheit hinaus. Sie fuhren seit mindestens zehn Minuten auf einer Landstraße, an der nur vereinzelt Wohnhäuser lagen.

»Ihr habt wirklich schon fünfundvierzig feste Anmeldungen?«

»Hab ich doch gesagt! Am ersten April geht's los. Ganz ohne Witz!«

»Ich kann's mir nicht vorstellen. Sorry, Kumpel.«

Verdutzt sah Schwarzkopf ihn an. »Was kannst du dir nicht vorstellen?«

»Dass ihr so viele feste Zusagen habt. Wer fährt schon morgens sein Kind eine halbe Stunde in die Kita? Das ist Wahnsinn. Vor allem, wenn Schnee liegt. Oder bei schweren Stürmen.«

»Wie oft kommt das im Jahr vor? An zehn Tagen? So pessimistisch kenne ich dich gar nicht. Wir haben die Eltern mit unserem Konzept überzeugt.«

»Ich kann meinen sicheren Job nicht für ein Hirngespinst aufgeben. Tut mir leid. Wenn die erst mal ein paar Wochen den Weg gefahren sind, suchen sie nach Alternativen.«

»Wir sind gleich da. Warte einfach ab.«

»Wie lange noch?«

»Zwei Minuten.« Diesmal sagte er die Wahrheit, und tatsächlich deutete er wenig später nach links. »Da vorne!« Marko schaltete das Fernlicht ein.

Sterns schon eingeschlafenes Interesse erwachte wieder. Das Gelände, auf dem wie angekündigt zwei

Gebäude standen, wirkte im Scheinwerferlicht wirklich sehr geräumig.

»Was denkst du?«, fragte Schwarzkopf.

»Zumindest hast du bei der Größe ausnahmsweise nicht übertrieben. Wie es sonst deine Art ist.«

»Spinner! Wir haben das Grundstück für'n Appel und 'n Ei bekommen. Verstehst du jetzt, warum wir so weit außerhalb liegen?«

»Ändert nichts daran, dass die Eltern herfahren müssen. Viele Kinder haben gar keine Lust auf Autofahrten. Es gibt genügend, die kotzen nach zehn Minuten.«

Stern schaute sich um. Er sah weder Spielplätze noch eine Flutlichtanlage. »Habt ihr die Spielplätze schon angelegt?«

»Natürlich! Aber die siehst du von hier nicht. Sie liegen hinter dem Hauptgebäude.«

»Und wo ist die Flutlichtanlage?«

»Das, mein Freund, ist überhaupt das Allergeilste. Modernste Technik. Man kann die fünf Meter hohen Masten im Boden versenken.«

»Echt?«

Schwarzkopf nickte. »Dann stehen sie im Sommer nicht herum. Die Technik dafür befindet sich in der Scheune. Komm! Ich zeig's dir.«

Schwarzkopf stieg aus und lief auf die Scheune zu. Stern schaute ihm nach. Sein kurz aufgeflackertes Interesses verebbte schon wieder. Auch wenn Marko beleidigt wäre, würde er seinen Job nicht aufgeben. Das Projekt war zum Scheitern verurteilt – davon war er absolut überzeugt. Er löste den Sicherheitsgurt. Marko war bereits am Scheunentor und schob es beiseite. Er verschwand im dunklen Inneren.

»Warum wartest du nicht?«, rief Stern genervt.

»Hast du Angst im Dunkeln? Komm her!«

Stern verdrehte die Augen. Ob Marko selbst Geld in das Projekt gesteckt hatte? Schwang in seiner kindlichen Begeisterung Verzweiflung mit? Oder fehlte Stern einfach die Vorstellungskraft, dass ein solches Vorhaben funktionieren konnte?

Nach wie vor lag die Scheune im Dunkeln. Wieso schaltete Marko keine Lampen ein oder fuhr die angeblich sensationelle Flutlichtanlage aus dem Boden? Langsam näherte er sich der Scheune.

***

Der behandelnde Arzt schaute auf die Ergebnisse der Computertomographie.

»Können Sie etwas erkennen, was die Erinnerungslücken erklärt?«, fragte Drosten. »Ich glaube nach wie vor, Düssel simuliert. Wieso hätte er sonst fliehen sollen?«

»Ich erkenne nichts«, bekannte der Arzt zögerlich. »Das bedeutet nicht unbedingt ...«

»Ich möchte ihn in der Polizeiinspektion verhören. Nicht hier im Krankenhaus. Geben Sie mir Ihr Einverständnis?«

Nach ein paar Sekunden Bedenkzeit nickte der Arzt. »Bei den ersten Anzeichen einer Verschlechterung seines Zustands erwarte ich die richtige Reaktion von Ihnen.«

»Worauf Sie sich verlassen können.«

Eine halbe Stunde später saß Drosten zusammen mit einem Delmenhorster Polizeioberkommissar dem Verdächtigen gegenüber. Der trug wieder seine normale Kleidung und verschränkte die Arme vor der Brust. Das ihm angebotene Wasser hatte er nicht angerührt.

»Das ist doch alles Schikane. Ich will meine Anwältin sprechen.«

Konnte Drosten ihn davon abbringen? Da sie ihn als Verdächtigen und nicht als Zeugen vernahmen, hatte er ein Recht auf anwaltliche Vertretung.

»Wie heißt Ihre Anwältin?«

»Melanie Kauz. Ich war ohnehin auf dem Weg zu ihr.«

»Wann?«

»Als ich Ihretwegen mit dem E-Scooter zusammengestoßen bin.«

»Sie erinnern sich wieder. Halleluja!« Drosten wandte sich dem Oberkommissar zu. »Kennen Sie die Anwältin?«

»Ihr Name sagt mir etwas. Sie vertritt gerne die schweren Jungs der Stadt.«

»Dann sollten wir sie schnellstmöglich herbeordern.«

***

Die Rechtsanwältin traf bereits nach zwanzig Minuten in der Polizeiinspektion ein. Sie war fast so groß wie Drosten, trug ihr dunkelblondes Haar schulterlang und bevorzugte offenbar legere Kleidung. Die Kombination aus Jeanshose, Ballerinas und dem rotkarierten Holzfällerhemd wirkte untypisch für eine Anwältin.

Im ersten Moment wirkte sie sympathisch. Doch ließ sie an ihrer beruflichen Härte von Beginn an keinen Zweifel.

»Liegt gegen meinen Mandanten ein Haftbefehl vor?«

»Nein«, bekannte Drosten.

»Also nehme ich ihn mit, und wir spazieren hier raus.«

»Wir verdächtigen ihn, zwei Mütter und deren Kinder entführt zu haben.«

»Nils?« Die Anwältin lachte. »Niemals!«

»Sie kennen sich persönlich?«

»Delmenhorst ist ein Kaff. Wir sind gemeinsam aufgewachsen. Wie kommen Sie überhaupt zu Ihrem absurden Verdacht?«

Drosten legte einige Einzelheiten ihrer Ermittlungen offen. Aufmerksam hörte Kauz zu und schüttelte mehrfach den Kopf.

»Das ist ein blöder Zufall«, sagte sie. »Ich weiß, wie wichtig diese Kindergartenaufträge für ihn sind. Wie gesagt, wir kennen uns seit unseren Kindergartenzeiten. Er kann nichts dafür, wenn ausgerechnet aus diesen Einrichtungen ...«

»Sie wissen von seinem juristischen Ärger im letzten Jahr?«

Die Anwältin nickte. »Ich habe ihn auch damals anwaltlich vertreten.«

»Trotzdem schließen Sie eine Beteiligung an den Entführungen aus.«

»Hören Sie, vielleicht hat Nils Probleme, zu erkennen, wann eine Frau kein Interesse hat. Aber er würde nie ... Nein! Ich möchte mich ungestört mit ihm besprechen, dann wird er aussagen. Das verspreche ich Ihnen.«

Die Unterredung zwischen Anwältin und Mandant dauerte eine knappe Viertelstunde. Danach signalisierte Kauz, dass der Fotograf gesprächsbereit sei.

»Er hat mit den Entführungen nichts zu tun«, informierte sie Drosten vorab. »Trotzdem hat er leider Mist gebaut.«

Gemeinsam betraten sie den Raum, in dem Düssel wie ein Häufchen Elend saß. Bei seinem Anblick gewann Drosten ebenfalls den Eindruck, dass der Verdächtige nicht in die Entführungen verwickelt war.

Drosten setzte sich dem Anwalt-Mandanten-Gespann gegenüber. Mit seinem Smartphone zeichnete er das Gespräch auf. Zunächst ergriff die Anwältin das Wort.

»Herr Düssel hat mich heute am späten Nachmittag über Skype kontaktiert und um meinen Rat gebeten. Er war auf dem Weg zu mir, als er Sie bemerkt hat, und ist deswegen unüberlegt geflohen.«

»Weswegen hatten Sie das Gefühl, vor uns fliehen zu müssen?«

»Ich hatte letztes Jahr juristischen Ärger wegen Frau Rottler.«

»Um genau zu sein, wegen Ihrer Nachstellung«, konkretisierte Drosten.

Die Anwältin stöhnte theatralisch.

»Wie auch immer«, sagte Düssel. »Ich hatte damals eine fanatisch feministische Oberkommissarin gegen mich. Die hat mir das Leben zur Hölle gemacht. Klar habe ich mich gegenüber Viktoria nicht korrekt verhalten. Trotzdem bin ich kein Schwerverbrecher. Leider hat mich die Kommissarin wie einer behandelt. Deswegen sind Polizisten für mich ein rotes Tuch.«

Drosten nickte höhnisch. »Ich verstehe! Die Polizei ist schuld.«

»Hören Sie einfach weiter zu«, empfahl Kauz. »Je früher wir hier fertig sind, desto früher können wir nach Hause. War für uns alle ein langer Tag.«

Düssel trank einen Schluck Wasser. »Marina Kohl wohnt mit ihrem Sohn in einer Eigentumswohnung meiner Eltern. Als ich sie vor ein paar Monaten näher kennenlernte und mich für sie zu interessieren begann, habe ich das natürlich ziemlich schnell herausgefunden. Das erschien mir wie ein Wink des Schicksals.« Er schaute betreten zu Boden.

»Und dann?«

Düssel zögerte mit seiner Antwort. »Scheiße, wenn das die Alten erfahren. Die enterben mich.«

»Was haben Sie getan?«

»Marina und ihr Sohn Julian waren in den Herbstferien eine Woche an der Nordsee. Das wusste ich, weil sie mir davon erzählt hatte. Ich hab ihre Abwesenheit genutzt, um ...«

Drosten ahnte, was der Fotograf sagen würde. Geduldig wartete er ab, um ihn nicht in die falsche Richtung zu drängen.

»Meine Eltern haben von allen Mietwohnungen Ersatzschlüssel. Ich habe mir Marinas Schlüssel geborgt und drei winzige Kameras installiert.«

»Wo genau?«

»In Wohnzimmer, Schlafzimmer und Bad.«

»Sie haben Frau Kohl heimlich beobachtet?«

»Ich wollte nicht so einen Reinfall wie bei Viktoria erleben. Deswegen habe ich mir einen Informationsvorsprung verschafft. Es tut mir so leid.«

Es fiel Drosten schwer, dem Mann keine Beleidigungen an den Kopf zu werfen. Er dachte an die schrecklichen Tage zurück, als er selbst gezwungen gewesen war, unter ständiger Kameraüberwachung zu leben. »Haben Sie über das Netbook Zugriff auf die Kameras?«

»Ja.«

»Zeigen Sie's mir.« Er zog das Netbook aus einer Tasche und reichte es Düssel.

Der fuhr den Browser hoch und loggte sich ein. Kurz darauf gab der Fotograf das Netbook zurück. Drosten schaute auf eine ahnungslose Frau, die gemeinsam mit ihrem Sohn vor dem Fernseher saß. Er wischte durch die verschiedenen Ansichten. Die Kamera im

Badezimmer war so angebracht, dass Düssel jederzeit in die Duschkabine schauen konnte.

Das alles bewies allerdings nicht seine Unschuld in den Entführungsfällen Waldner und Rehl.

»Ich unterrichte Frau Kohl hierüber persönlich. Das wird juristische Konsequenzen haben. Vielleicht sogar für Ihre Eltern.«

»Scheiße! Es tut mir so leid.«

»Kommen wir auf die verschwundenen Mütter und ihre Kinder zu sprechen. Nur weil Sie sich als Spanner outen ...«

»Hauptkommissar Drosten, hören Sie auf, solche diffamierenden Begriffe zu benutzen. Wir reden über Voyeurismus ...«

»... und einen Einbruch in die Wohnung von Frau Kohl. Ihr Geständnis bedeutet nicht automatisch, dass ich Sie als Verdächtigen in den Entführungsfällen vom Haken lasse. Haben Sie für folgende Daten Alibis?« Drosten nannte die Tage, an denen die Frauen und ihre Kinder verschwunden waren.

23

Von draußen fiel durch das noch immer eingeschaltete Fernlicht des Wagens genügend Helligkeit in die Scheune. Marko Schwarzkopf griff zu der Spitzhacke, die er vor seinem Aufbruch nach Oldenburg neben den Eingang gestellt hatte. Er presste sich an die Wand.

Stern war ein unvermeidliches Opfer. Jemand, der eine Gefahr darstellte. Sie waren zwar früher befreundet gewesen, trotzdem verspürte Schwarzkopf keinerlei Skrupel. Er würde Stern nicht leiden lassen. Ihm Gnade erweisen. Aber an seinem Tod führte kein Weg vorbei.

»Thomas, wo bleibst du? Ich muss dir die Anlage hier drinnen vorführen, sonst wirst du es nicht glauben.«

Er hob die Spitzhacke über den Kopf. Erinnerungen an seinen ersten Mord stiegen in ihm hoch. Er hatte sich wie Gott gefühlt, als er der Schlampe die Hände um den Hals gelegt und zugedrückt hatte. Der beste

Sex seines Lebens, aber vor allem der härteste Ständer, an den er sich erinnerte. Thomas zu töten wäre zwar etwas anderes, trotzdem verspürte er Vorfreude. Er war ein Raubtier, das nach Blut lechzte. Danach würde er Sylvana einen Besuch abstatten und seine Gier an ihr befriedigen.

»Warum machst du nicht endlich das verdammte Licht an?« Sterns Stimme klang bereits sehr nah.

»Weil ich auf dich warte. Komm her!«

Jeden Moment würde Stern in die Scheune treten.

***

Genervt schüttelte Thomas Stern den Kopf. Ahnte Schwarzkopf, dass sie niemals übereinkommen würden? Wieso sonst zog er jetzt so eine Show ab? Oder war die Flutlichtanlage tatsächlich dermaßen beeindruckend? Was erwartete ihn in der Scheune? Wahrscheinlich eine technisch ausgefeilte Steuerungsanlage. Aber das sagte natürlich nichts über den Erfolg des ganzen Projekts aus.

Sterns Telefon klingelte.

Er zog es aus der Hosentasche. Der Name seines Vaters stand im Display. Für einen Moment überlegte er, ihn wegzudrücken. Doch um Marko zu ärgern, nahm er das Gespräch an. »Hi, Dad.«

»Hallo, mein Sohn. Hast du Zeit? Du hast mir noch gar nicht von deinem Urlaub erzählt. Kannst du die Dom Rep empfehlen?«

Stern wandte sich von der Scheune ab und ging ein paar Schritte zum Auto zurück. »Ist gerade schlecht. Ich bin mit einem Freund unterwegs. Wie lange bist du heute wach?«

»Kennst mich doch. Mindestens bis Mitternacht.«

»Okay. Das passt. Dann melde ich mich nachher. Oder spätestens morgen früh.«

***

Sterns Handy klingelte. Das durfte einfach nicht wahr sein! Automatisch zuckte Schwarzkopf zusammen. Was sollte er jetzt tun? Nach draußen stürmen und die Gesprächsannahme verhindern? Er rückte von der Wand ab.

»Hi, Dad!«

Die Stimme traf ihn wie ein Peitschenhieb. Erneut drückte er sich an die Wand und lauschte atemlos.

»Ist gerade schlecht. Ich bin mit einem Freund unterwegs. Wie lange bist du heute wach?«

Die Worte drangen weniger deutlich zu ihm herüber. Hatte sich Stern abgewandt?

Vorsichtig schaute Schwarzkopf um die Ecke. Tatsächlich!

»Okay. Das passt. Dann melde ich mich nachher. Oder spätestens morgen früh.«

Das klang so, als würde Stern den Ausflug beenden wollen. Er musste jetzt handeln. Im Auto könnte er ihn nicht überwältigen.

Schwarzkopf atmete tief ein und trat aus seinem Versteck. Stern schob das Handy zurück in die Hosentasche. Er kehrte ihm nach wie vor den Rücken zu.

Jetzt oder nie!

Mit schlagbereiter Hacke lief er auf ihn zu. Gleichzeitig drehte sich Stern um. Obwohl es in diesem Augenblick völlig unpassend war, bekam Schwarzkopf wieder seinen mächtigen, pulsierenden Ständer.

In einer verzweifelten Abwehraktion riss Stern die Arme hoch. Schwarzkopf schlug zu. Die Spitze des Werkzeugs drang in die Bauchseite seines Opfers ein. Der Mann schrie vor Schmerz und krümmte sich. Schwarzkopf zog die Hacke heraus und versetzte seinem Gegner einen zweiten Hieb. Diesmal bohrte sich die scharfe Spitze in den Hals. Blut schoss hervor und besudelte Schwarzkopf. Stern geriet ins Wanken und fiel zu Boden. Erneut holte Schwarzkopf aus. Statt schnell und unkontrolliert zuzuschlagen, zielte er diesmal sehr genau. Er traf perfekt das linke Auge des Erziehers. Die Hacke blieb stecken. Schwarzkopf ließ den Griff los und brüllte animalisch. Unterdessen kippte Stern tot nach hinten. Schwarzkopf verpasste ihm zwei Tritte. Wieder spürte er deutlich seine Erregung. Er musste den Druck abbauen und wandte sich von der Leiche ab. Er lief in die Scheune, riss dort eine Luke auf und stolperte die Stufen hinab. An der Verliestür entsperrte er das nächste Schloss. Mit weit aufgerissenen Augen sah die Gefangene ihn an. Das Kind schlief. Schwarzkopf trat zu ihr ans Bett und zog sie hoch. Bevor sie sich wehren konnte, hatte er sie aus dem Raum gezerrt. Trotz seiner Erregung vergaß er nicht, die Tür zu verschließen.

»Was haben Sie vor?«

Erbarmungslos versetzte er ihr mit dem Ellenbogen einen Schlag auf die Schläfe. Benommen wankte sie hinter ihm her.

Im Vergewaltigungsraum warf er sie aufs Bett und boxte ihr mit voller Wucht in den Magen. Sie krümmte sich vor Schmerz. Er packte ihre Hände und zwängte sie in die am Metallgitter befestigten Handschellen. Dann schlug er ihr in den Unterleib.

»Nicht!«, stöhnte die Frau.

Er riss ihr die Kleidung vom Leib. Ihr nackter Anblick war genau das, was er gerade brauchte. Er spuckte sich in die Hand und verrieb den Speichel auf ihrem Unterleib. Dann öffnete er seinen Hosenknopf, schlüpfte aus den Schuhen und den Kleidern. Noch einmal spuckte er sich in die Hand, um sich einzureiben. Hart drang er in sie ein. Seine Finger schlossen sich um ihren Hals. Mit jedem Stoß drückte er ihr erbarmungsloser die Atemluft ab. Er starrte auf ihr Gesicht und sah, wie sie verzweifelt versuchte, am Leben zu bleiben. Brutal stieß er zu. Der Orgasmus rollte wie ein Tsunami an.

Plötzlich spürte er zwei Hände an den Schultern.

»Nicht schon wieder!«, schrie eine herrische Frauenstimme.

Brüllend schlug er nach hinten aus, verfehlte die Frau jedoch.

»So tötest du sie nicht!«

»Lass mich!«, knurrte er.

Doch die Frau riss ihn von der Gefangenen fort. Er landete auf dem Hintern und brüllte erneut los – diesmal vor Frust.

»Beruhig dich!«

Schwarzkopf hyperventilierte fast, während er versuchte, einen klaren Gedanken zu fassen.

***

»Nicht schon wieder!«

Schwach vernahm Sylvana die weibliche Stimme. Sie war kurz davor, das Bewusstsein zu verlieren. Doch der Druck an ihrem Hals ließ leicht nach.

»So tötest du sie nicht!«

»Lass mich!«

Endlich glitten die Finger von ihrem Hals. Auch die schmerzhafte Penetration stoppte abrupt. Sylvana rang nach Atem. Ihr Blick klärte sich. Verschwommen sah sie eine Frau.

»Helfen Sie mir!«, flehte sie.

»Halt dein Maul, du Fotze!«, schrie die vermeintliche Retterin.

Hastig blinzelte Sylvana und erkannte die Frau. »Arabella! Oh mein Gott.« Obwohl sie gefesselt war, versuchte sie, von der Erzieherin wegzukommen. »Ich habe Ihnen doch nichts getan.«

»Schnauze!« Die Komplizin wandte sich dem am Boden hockenden Peiniger zu. »Sie ist noch lange nicht ausgemolken, du Penner. Oder glaubst du, es ist leicht, schnell eine neue Kandidatin zu finden?«

»Warum tun Sie mir das an?«, fragte Sylvana leise.

»Du bist ein verantwortungsloses Miststück! Chattest lieber mit fremden Männern, statt dich um Merle zu kümmern. Und so etwas nennt sich Mutter.«

»Das stimmt nicht.«

»Jetzt, wo die Masken gefallen sind, zeige ich Merle, was eine gute Mutter ausmacht.« Sie wandte sich wieder an ihren Komplizen. »Ab sofort läuft hier einiges anders. Zieh dich an, und bring sie in den Raum zurück. Morgen bringe ich Merle bei, was Mutterliebe wirklich heißt. Vergiss nicht, die Leiche zu verscharren.«

»Nein«, flehte Sylvana. Die Worte der Frau klangen bedrohlicher als alles, was der Kerl ihr angetan hatte. Doch das war längst nicht alles: Arabellas Stimme hatte eine Erinnerung in ihr geweckt. Im Kindergarten sprachen sie nur selten miteinander – und meist in der Lärmkulisse wuselnder Kinder. Fassungslos schaute sie die Frau an und versuchte, sie sich mit Mütze, Schal und breitem Brillengestell vorzustellen. »Mein Gott, das sind Sie gewesen! Die Frau im Auto. Sie haben Ihre Stimme verstellt. Ich dachte, Sie wären heiser. Aber Sie haben bloß extra leise gesprochen.«

Die Komplizin des Entführers lächelte gehässig. »Jetzt hast du es endlich kapiert!«

***

Um acht Uhr morgens trafen sich die KEG-Polizisten in der Wilhelmshavener Polizeiinspektion mit Oberkommissar Teckel, um sich gegenseitig auf den neuesten Stand zu bringen.

»Düssel ist nicht unser Mann«, sagte Drosten. »Er hat kein Alibi, hat sich aber lediglich als krankhafter Voyeur herausgestellt. Ein Stalker. Ich traue ihm keine Entführung zu.«

»Sind Sie sich sicher?«, fragte Teckel.

Drosten nickte. »Wir werten noch Spuren aus, aber das bringt uns hinsichtlich der Entführung nichts.«

»Brock können wir auch von der Liste der Verdächtigen streichen«, sagte Kraft. »Er hat wasserdichte Alibis.«

Sommer räusperte sich. »Der Erzieher, dessen Profilbild verwendet worden ist, kann ebenfalls nicht unser Täter sein. Er war während der zweiten Entführung im Urlaub. Ich kontaktiere ihn nachher noch einmal. Vielleicht ist ihm jemand eingefallen, der für den Identitätsdiebstahl infrage kommt. Manchmal kommen einem ja über Nacht die besten Ideen.«

»Bleibt noch Arabella Fuchs. Die Erzieherin«, sagte Teckel. »Ich werde dieses ungute Gefühl nicht los. Sie ist seit mehreren Wochen nicht mehr zu Hause gewesen.«

»Sie halten die Aussage der Nachbarin für glaubwürdig?«, vergewisserte sich Drosten.

»Definitiv. Die Frau ist der typische Hausdrache. Einmal den Flur nicht geputzt, und schon klingelt sie an.

Aber gleich mehrere Wochen? Das geht in den Augen der Nachbarin gar nicht.«

»Fuchs lebt vielleicht derzeit bei einem neuen Lebensgefährten«, gab Kraft zu bedenken.

Sommer schüttelte den Kopf. »Selbst frisch verliebt fährt man ab und zu nach Hause. Um sich neue Kleidung zu holen. Post aus dem Briefkasten zu nehmen. Was auch immer.«

»Wir wissen, wo sie sich tagsüber aufhält«, sagte Drosten. »Wenn wir ihr nach Feierabend unauffällig hinterherfahren, finden wir heraus, wohin es sie verschlägt. Mit vier Fahrzeugen können wir uns oft genug abwechseln, um ihr nicht aufzufallen.«

Diesmal nickte Sommer. »Klingt nach einem guten Plan. In der Zwischenzeit kümmere ich mich um Thomas Stern, und ihr könnt ja versuchen, Düssel weiter zu entlasten. Oder etwas Belastendes zu finden.«

24

»Geht's dir heute nicht gut?«, fragte Isabel.

Es dauerte einen Moment, bis die Worte zu Arabella Fuchs durchdrangen. Ihre Gedanken hatten um den getöteten Erzieher gekreist. Sie hätte Marko niemals für so brutal gehalten. In ihren Augen gab es zwischen einer Vergewaltigung – selbst wenn die ausuferte – und einem blutigen Gemetzel einen riesigen Unterschied. Der einiges über Markos Wesen aussagte.

»Was?«, fragte sie, um ein paar Sekunden zu gewinnen.

»Wirst du krank? Du siehst blass aus. Wie bei einem Migräneanfall.«

»Sieht man mir das so deutlich an? Mein Kopf dröhnt schon seit dem Aufstehen.«

»Warum bist du nicht zu Hause geblieben?«

Fuchs zuckte mit den Achseln. Die Wahrheit konnte sie nicht preisgeben. Heute hätte sie es kaum auf dem Bauernhof ausgehalten. Marko musste in den teils gefrorenen Boden ein weiteres Loch graben. Zum dritten Mal. Dabei hatte ihr Plan anfangs ganz anders ausgesehen. Sie wollten einer unwürdigen Mutter das Kind wegnehmen und die Frau bestrafen. Die Vergewaltigungen gehörten zum Erziehungsprogramm. Mit den Filmen ließ sich viel Geld verdienen. Doch dann war Marko im Blutrausch zu weit gegangen. Nachdem Clemens' Mutter gestorben war, hatte sie es nicht geschafft, in die Ersatzmutterrolle zu schlüpfen. Der Junge war nicht zu bändigen gewesen. Marko hatte sich um ihn kümmern müssen. Gestern Abend wäre um ein Haar fast dasselbe passiert. Dabei benötigten sie Sylvana, um zu Merle durchzudringen.

»Zum Glück ist bald Feierabend«, sagte sie und brachte irgendwie ein Lächeln zustande. »Wenn es morgen nicht besser ist, bleibe ich vielleicht zu Hause.«

»Dankt einem hier eh keiner, wenn man sich krank zur Arbeit schleppt.«

Eine Stunde später war endlich das letzte Kind aus der Gruppe abgeholt. Fuchs rückte die Stühle an den Basteltisch heran und nahm einige abgenutzte Papierbögen, um sie im Altpapier zu entsorgen. Ob Marko seinen Job erledigt hatte? Zumindest hatte er sich wie vereinbart tagsüber nicht gemeldet. Nur in absoluten Ausnahmefällen telefonierten sie miteinander.

Die Chefin der Tagesstätte steckte den Kopf in den Raum. »Du wirkst heute blass.«

»Hat Isabel auch schon gesagt. Hab Migräne. Ich leg mich gleich ins Bett. Morgen sieht die Welt bestimmt wieder anders aus.«

»Gute Besserung«, sagte ihre Chefin.

Fuchs setzte ein dankbares Lächeln auf und ging an ihr vorbei zum Ausgang.

***

Drosten hatte den Wagen rund dreihundert Meter vom Kindertagesstättenparkplatz entfernt geparkt. In der letzten Dreiviertelstunde waren viele Eltern vorgefahren und hatten ihre Kinder eingesammelt. Nun standen nur noch vier Autos auf der Parkfläche. Eines davon war auf Arabella Fuchs zugelassen.

Die Temperaturen waren den ganzen Tag nicht über den Gefrierpunkt gestiegen, daher konnte er sein Äußeres unauffällig mit einer Mütze und einem übers Kinn geschlungenen Schal verbergen.

Wenn es den Polizisten gelänge, Fuchs unbemerkt zu verfolgen, würden sie herausfinden, wo die Erzieherin momentan wohnte. Drosten hoffte, die Ermittlungen dadurch voranzutreiben.

Ihr Plan war einfach. Sie waren zu viert und würden sich regelmäßig abwechseln. Nach spätestens anderthalb Kilometern würde sich ein Verfolger zurückfallen lassen, um dem nächsten Vortritt zu gewähren. So sollte man es schaffen, Fuchs bis zu ihrer Ankunft unauffällig zu beschatten.

Drosten sah, wie die Verdächtige ins Freie trat. Er griff zu einem der Funkgeräte, die Teckel besorgt hatte, damit die Gruppe leicht in Kontakt bleiben konnte.

»Es geht los. Fuchs macht Feierabend.«

Drosten startete den Motor.

***

Schon seit Wochen schaute Fuchs auf dem Weg zum Hof regelmäßig in die Rückspiegel. Seit dem Tod der ersten beiden Probanden befürchtete sie, eines Tages die Konsequenzen tragen zu müssen. Deswegen fiel ihr der graue Mittelklassewagen bereits nach wenigen hundert Metern auf. Der Fahrer hielt gut vier Wagenlängen Abstand und bewegte sich mit der exakt gleichen Geschwindigkeit wie sie. Sie näherten sich einer großen Kreuzung mit roter Ampel. Fuchs bremste viel zu früh ab. Der Fahrer hinter ihr folgte ihrem Beispiel. Im letzten Moment zog Fuchs auf die rechte Abbiegerspur. Ein grüner Pfeil ermöglichte es ihr, ohne Wartezeit abzubiegen. Das folgende Fahrzeug blieb auf der Spur für den Geradeausverkehr.

Hatte sie sich geirrt?

Nach dem Abbiegen musste sie sich erst einmal zurechtfinden. Rasch erkannte sie die Gegend wieder. Hier war sie vor ein paar Monaten regelmäßig entlanggefahren, als die Hauptstrecke wegen Bauarbeiten gesperrt gewesen war.

***

Kraft aktivierte das auf dem Beifahrersitz liegende Funkgerät.

»Ich bin sechs Wagenlängen hinter ihr.«

»Alles klar«, ertönte Drostens Antwort. »Hoffentlich hat ihr plötzliches Abbiegen nichts zu bedeuten.«

Kraft befürchtete das Gegenteil. Sie hatte von ihrer Position hinter Drosten aus mitbekommen, wie Fuchs nach rechts gezogen hatte. Für eine Frau, die sehr defensiv fuhr, ein ungewöhnlich später Spurwechsel.

»Lukas, ich schätze, du solltest zügig übernehmen«, schlug sie per Funk vor. »Wenn sie das nächste Mal abbiegt?«

»Einverstanden.«

***

War sie paranoid? Kaum war Fuchs rechts abgebogen, fiel ihr der nächste Mittelklassewagen auf. Ein dunkelblaues Modell mit einer Frau am Steuer, die sich ebenfalls einen Schal um den Hals gebunden hatte. Klar war es draußen kalt, trotzdem stellte man doch eher im Auto die Heizung an, statt sich dick einzupacken.

Auch dieses Fahrzeug hielt kontinuierlich Abstand. Fuchs spielte ein bisschen mit der Geschwindigkeit und verlangsamte ihr Tempo auf vierzig Stundenkilometer.

***

»Leute, ich bin raus«, sagte Kraft. »Sie fährt viel zu langsam. Ich überhole sie und schüttle dabei den Kopf. Eventuell müsst ihr mich ganz rausnehmen, weil sie mein Kennzeichen sehen wird.«

»Ich bin dran«, erwiderte Sommer. »Halt dich erst mal im Hintergrund.«

Kraft erhöhte das Tempo, verkürzte die Distanz und nutzte den fehlenden Gegenverkehr, um auf der Gegenspur zu überholen. Kaum hatte sie gleichgezogen, bemerkte sie den prüfenden Blick der Verdächtigen. Um ihre Unzufriedenheit mit dem Fahrstil kundzutun, schüttelte sie theatralisch den Kopf.

Rasch gewann sie Vorsprung und bog schließlich links ab.

***

Langsam wurde Arabella wahnsinnig. Zweimal hatte sie geglaubt, verfolgt zu werden, doch die Fahrer hatten rasch eine andere Strecke gewählt. Und plötzlich fiel ihr auf der Landstraße zum dritten Mal ein Fahrzeug auf. Ein schwarzer Mittelklassewagen. Der hielt gut zweihundert Meter Abstand, hatte aber bei den letzten Kreisverkehren jeweils ihre Ausfahrt genommen. So etwas war ihr in den vergangenen Wochen nie aufgefallen. Das konnte kein Zufall sein.

Sie näherten sich dem nächsten Kreisel. Eigentlich müsste sie die erste Abfahrt nehmen. Stattdessen drehte sie eine komplette Runde und nahm die Ausfahrt, aus der sie hereingekommen war. Auf diese

Weise kam sie nun dem Verfolger entgegen. Der starrte geradeaus. Hatte sie ihn schon einmal gesehen?

Fuchs beschloss, die Fahrt zum Hof endgültig abzubrechen.

***

»Sie hat an einem Kreisel die Richtung gewechselt und fährt wieder zurück. Kein gutes Zeichen«, informierte Sommer die Kollegen.

»Sie kommt jetzt mir entgegen«, sagte Teckel. »Was machen wir?«

»Folgen Sie ihr unauffällig. Bis zum nächsten Kreisverkehr sind es bestimmt zwei Kilometer. Zeit genug, um zu ihr aufzuschließen.«

»Ich halte mich bereit, um mich wieder dranzuhängen«, sagte Drosten. »Mal schauen, wohin es sie jetzt verschlägt.«

***

Zwanzig Minuten später hatte Drosten die Antwort. Er folgte der Verdächtigen, die in die Straße zu ihrer Wohnung abbog. Die Frau reduzierte die Geschwindigkeit und suchte den Straßenrand nach einem freien Parkplatz ab.

Drosten bremste. »Sie ist nach Hause gefahren«, sprach er ins Funkgerät. »Hat einen verdammten Umweg in Kauf genommen.«

»An dem Tag, an dem sie offenbar bemerkt, dass wir sie verfolgen, fährt sie zum ersten Mal seit Wochen wieder nach Hause«, fasste Teckel die Situation zusammen. »Bei wem schrillen die Alarmglocken so laut wie bei mir? Was machen wir jetzt?«

»Warten und beobachten. Vorläufig bleibt uns nichts anderes übrig«, sagte Drosten.

***

In ihrer Wohnung schloss Fuchs die Tür hinter sich und lehnte sich mit zittrigen Beinen dagegen. Das war definitiv ein Notfall. Sie musste mit Marko telefonieren. Fuchs zückte ihr Telefon und wählte seine Nummer.

»Wo bleibst du?«

»Marko, wir stecken in der Scheiße.«

»Was ist passiert?«

»Ich war auf dem Heimweg, als mir verschiedene Verfolger aufgefallen sind. Die haben uns auf dem Schirm.«

»Die Bullen?«

»Wer sonst?«

»Bist du dir sicher?«

»Total. Was sollen wir jetzt tun? Hast du den Erzieher vergraben?«

»Nicht am Telefon!«, zischte er.

»Was?«

»Heute war ein aufregender Tag. Lass uns doch später weiter telefonieren. Oder wir schreiben uns Nachrichten.«

Hatte er womöglich recht? Überwachten die Bullen ihre Kommunikation? War das technisch überhaupt möglich?

»Ich mache es mir zu Hause bequem«, sagte sie zögerlich.

»Super Idee! Erhol dich von dem ganzen Stress und bleib daheim. Morgen früh fährst du dann normal zur Arbeit. Die Kinder freuen sich doch immer so über dich.«

»Was machst du?«

»Ich kümmere mich hier um dem Kram.«

Sie verstand die Andeutung sofort. Gestern hatte sie ihn noch davon abgehalten. Heute jedoch schien es keine Alternative zu geben. »Bist du sicher?«

»Das muss sein. Vertrau mir! Wir halten Funkstille. Bis morgen!«

Er beendete das Gespräch. Sie stierte ins Leere. Wenn er die Schlampe tötete, konnte Fuchs schon wieder nicht die Mutterrolle übernehmen. Doch ihr fiel kein besserer Weg ein. Wahrscheinlich war es unvermeidlich. Die Beweise mussten vernichtet werden.

***

Marko Schwarzkopf legte das Handy beiseite. Hätte Arabella ihn gestern die Sache zu Ende bringen lassen, hätte er Stern und ihre beiden Gäste in ein Grab ablegen können. Nun jedoch musste er spätestens morgen ein neues Loch schaufeln.

Wie sollte er es anstellen? Im fehlte der Antrieb, die Sache wieder so zu lösen wie am Vortag. Er ging in den Werkraum und sah sich nach Waffen um. Wieder die Spitzhacke? Sein Blick fiel auf den Vorschlaghammer. Wenn er sie ans Bett fesselte und ihr ein Tuch über den Kopf legte, bekäme sie es nicht einmal mit. Eine sehr humane Lösung. Oder könnte er sich in Stimmung bringen und vielleicht sogar einen letzten Film aufzeichnen? Nachdenklich griff er zum Hammer. Seine Gedanken schweiften zu Arabella ab. Sie hatte die Flucht ergriffen, weil sie Verfolger bemerkt hatte. Hatte sie sich die Sache nur eingebildet?

25

Schwarzkopf parkte gut einen Kilometer von Arabellas Haus entfernt. Je länger er darüber nachgedacht hatte, desto mehr Zweifel waren ihm an ihrer Version gekommen. Vielleicht hatte sie sich das nur eingebildet. Er musste sich Gewissheit verschaffen. Denn alle weiteren Schritte hingen davon ab, ob sie die Umstände richtig einschätzte. Sylvana und Merle konnten weiterleben, falls Arabella bloß die Nerven verloren hatte. Schwarzkopf würde es bedauern, Sylvana gehen zu lassen. Er fand sie bildhübsch, und ihm gefiel die Panik in ihren Augen, wenn er den Raum betrat. Er könnte noch so viele Dinge mit ihr anstellen. Sie quälen und ihre Widerstandskraft endgültig brechen. Mittlerweile war er froh, dass Arabella ihn gestern vor einer Riesendummheit bewahrt hatte.

Sollte sie die Situation allerdings richtig einschätzen, hatten die Bullen vermutlich rings um das Mietshaus Einsatzkräfte postiert. Davon war er überzeugt.

Deshalb wollte er in dem Wohnviertel unauffällig erkunden, ob ihm jemand auffiel. Danach könnte er entscheiden, wie es weiterging. Von den nächsten Minuten hing es ab, ob Sylvana den nächsten Morgen noch erlebte.

Um mit der Dunkelheit der Nacht zu verschmelzen, trug er einen dunklen, gefütterten Pullover und eine schwarze Jeans. Außerdem eine Mütze. So könnte er sich unbemerkt heranschleichen. Schwarzkopf stieg aus und verriegelte den Wagen. Er musterte die geparkten Autos in der Nähe. Allerdings war er noch zu weit von Arabellas Wohnung entfernt. Langsam lief er den Bürgersteig entlang. Er bog um eine Ecke und kam kurz darauf an einer Studentenkneipe vorbei, vor der einige Gäste rauchten. Im Inneren herrschte Gedränge. Ob für die meisten Studenten am Donnerstagabend bereits das Wochenende angefangen hatte?

An der nächsten Kreuzung verlangsamte er seinen Schritt. Von hier aus hätte ein Observationsteam freie Sicht auf das Wohnhaus.

***

Sommer schaute auf die Uhr des Fahrzeugs. Vor genau einer Stunde hatte er Stellung bezogen. Seitdem war nichts passiert. Er kannte solche Observationsschichten noch aus seinen Zeiten als verdeckter Ermittler. Ihm machte es nichts aus. Robert, der das Mietshaus rückwärtig im Auge behielt, hätte damit wahrscheinlich größere Probleme. Für ihn war das ein eher ungewohnter Job, der manchmal zu den Ermittlungen dazugehörte. Sommer dachte an die Jahre zurück, in denen er unter falscher Identität gelebt hatte. Dass ihn ausgerechnet Carla Holtzmann hierhergebracht hatte, erschien ihm wie eine Ironie des Schicksals. Nur ihretwegen war er überhaupt undercover im Untergrund gelandet. Nun zeichnete es sich immer deutlicher ab, dass Carlas Intuition sie nicht trügte.

Noch einmal warf er einen Blick auf die Uhr. Roberts und seine Schicht würde bis drei Uhr morgens dauern. Danach übernähmen Verena Kraft und Oberkommissar Teckel.

Sommer griff zum Handy, um Jennifer eine Nachricht zu schicken. Auch sie hatte Nachtschicht. Vielleicht käme sie im Laufe der nächsten Stunden dazu, ihm zu antworten.

***

Im Inneren eines Fahrzeugs leuchtete plötzlich das Licht eines Handydisplays auf. Abrupt blieb Schwarzkopf stehen. Drei Wagen vor ihm saß ein Mann hinter dem Steuer – bei ausgeschaltetem Motor. Allmählich nahmen die Zufälle überhand. Doch noch konnte Schwarzkopf kein endgültiges Urteil fällen. Vielleicht wartete der Mann auf jemanden und schrieb gerade eine Nachricht, dass er angekommen war. Oder er fragte bei einer Person, die er abholen wollte, nach, warum das alles so lange dauerte. Es gab Dutzende Möglichkeiten, die nichts mit Arabella zu tun hätten.

Schwarzkopf zog sich in den nächsten Hauseingang zurück. Eine unter dem Vordach angebrachte Lampe sprang an. Offenbar war der Eingang mit einem Bewegungsmelder versehen. Schwarzkopf drückte sich ganz nah an die Haustür, damit ihn der Fahrer nicht entdeckte.

***

Sommer sah im Außenspiegel, dass an einem Haus die Beleuchtung anging. Er schickte die Nachricht an Jennifer ab und legte das Handy auf die Beifahrerseite. Zuerst schaute er zu dem Mehrfamilienhaus, in dem die Erzieherin wohnte. Dort brannte hinter einigen Fenstern Licht, ansonsten war es ruhig. Um die Zeit totzuschlagen, konzentrierte er sich auf den Außenspiegel und schloss mit sich eine Wette ab. Er tippte darauf, dass ein Mann, der noch keine vierzig Jahre alt war, aus dem Gebäude treten würde. Die Quote, die er sich dabei gedanklich einräumte, lag im Erfolgsfall bei dem Vierfachen des imaginären Einsatzes.

Sein Blick schweifte hin und her, vom Außenspiegel zum erhellten Hauseingang und zurück. Es dauerte ungefähr eine Minute, bis das Licht wieder erlosch. In der Zeit trat jedoch niemand ins Freie. Hatte er den Heimkehrer verpasst? Sommer zweifelte daran, obwohl er mit der Nachricht an Jennifer beschäftigt gewesen war. Die Jahre als verdeckter Ermittler hatten ihn gelehrt, auf mehrere Dinge gleichzeitig zu achten. Seine Auffassungsgabe war schärfer als bei anderen Polizisten.

Sommer richtete sein Hauptaugenmerk auf das hinter ihm liegende Gebäude.

***

Schwarzkopf verharrte in seiner Position. War ihm ein folgenschwerer Fehler unterlaufen? Oder hatte ihn mittlerweile Arabellas Paranoia infiziert? Die Bullen konnten nicht wissen, wie er aussah. Stern hatte diesbezüglich nichts erzählt. Also war es doch egal, ob er aus einem Gebäude trat oder nicht.

Trotzdem fühlte er sich unwohl. Alles in ihm schrie danach, vorsichtig zu sein. Die Bullen sollten ihn nicht zu Gesicht bekommen, das würde ihnen nur Anhaltspunkte für ihre Fahndung liefern. Ihm fiel die Studentenkneipe ein. Wenn es ihm gelänge, sich unter die Anwesenden zu mischen, wäre seine Anonymität gesichert. Zum Glück trug er unter dem schwarzen Pullover ein weißes Kleidungsstück. Das würde ihm die Möglichkeit geben, sein Aussehen zu verändern. Er musste nur von dem verdammten Hauseingang verschwinden, ohne dabei gesehen zu werden.

Im Zeitlupentempo zückte er das Handy aus der Hosentasche. Dank der langsamen Bewegung reagierte der Bewegungsmelder nicht. Schwarzkopf rief die Liste der letzten Anrufer auf. Ganz oben stand Arabellas Name. Er berührte ihn und führte das Telefon vorsichtig ans Ohr. Noch immer blieb alles dunkel.

»Du wolltest heute nicht mehr telefonieren«, begrüßte sie ihn.

»Ich musste meine Pläne ändern«, flüsterte er.

»Wieso sprichst du so leise?«

Arabella würde nicht eher Ruhe geben, bis sie halbwegs informiert war. »Ich bin in deinem Wohnviertel, um die Umgebung nach Bullen abzusuchen.«

»Und?«

»Ich glaube, du hattest recht. Ein paar Meter vor mir sitzt jemand im Wagen, ohne sich zu rühren.«

»Scheiße!«

»Leider würde er mich bemerken, wenn ich jetzt kehrtmache und von meiner Beobachtungsposition verschwinde. Du musst ihn ablenken.«

»Was soll ich tun?«

»Schalte in deiner Wohnung alle Lampen an und geh kurz nach draußen. Zu deinem Auto und wieder zurück.«

»Wieso?«

»In der Zwischenzeit verschwinde ich ungesehen aus dem Viertel.«

»Okay. Ich brauche zwei Minuten.«

»Beeil dich! Bevor du rausgehst, schickst du mir eine Nachricht. Ich muss den genauen Zeitpunkt wissen.«

»Alles klar.«

***

Bislang hatte Arabella die Fäden gezogen und Marko Befehle erteilt. In ihrer Panik ließ sie es zu, dass er die Führungsrolle übernahm. Ob das ein Fehler war?

Sie rannte von einem Raum zum anderen und schaltete die Lampen an. Dann schlüpfte sie in ihre Schuhe.

***

Sommer registrierte die Lichter, die nacheinander in der Wohnung der Erzieherin angingen. Was hatte das zu bedeuten? Er griff zum Funkgerät.

»Robert! Hier geht irgendetwas vor. Jemand schaltet in Fuchs' Wohnung alle Lampen an.«

»Hab ich auch bemerkt. Du hast den Eingang im Blick?«

»Und du die Hinterseite?«

»Natürlich.«

***

Im Hausflur tippte sie rasch eine Nachricht ein.

Ich gehe jetzt zum Wagen. Verschwinde und melde dich, sobald die Luft rein ist.

***

Die Haustür öffnete sich, und Arabella Fuchs trat heraus.

»Sie ist rausgekommen und geht zu ihrem Auto«, informierte Sommer seinen Kollegen.

»Egal, wo sie hinfährt, wir dürfen sie nicht aus den Augen verlieren.«

»Wenn ich mich nicht irre, trägt sie keine Jacke. Ist das bei den Temperaturen nicht ungewöhnlich?« Sommer bemerkte aus dem Augenwinkel, dass in dem Haus hinter ihm wieder das Licht ansprang. Dennoch konzentrierte er sich primär auf die Erzieherin. »Sie öffnet die Beifahrerseite und beugt sich ins Auto hinein.«

Aus dem Gebäude hinter ihm trat eine schwarzgekleidete Gestalt. Sie senkte den Blick und lief in die entgegengesetzte Richtung davon. Gleichzeitig warf die Erzieherin die Autotür wieder zu und kehrte ins Haus zurück.

»Robert, hier stimmt etwas nicht. Fuchs geht in den Flur. Sie hat nur kurz in den Wagen geschaut, aber noch nicht einmal etwas herausgeholt.«

»Ist doch gut, wenn sie zurückkehrt.«

»Wirkt eher wie ein Ablenkungsmanöver.«

»Wofür?«

»Erkläre ich dir später. Ich muss meine Position verlassen. Das Haus hat keinen Hintereingang?«

»Nein.«

»Okay. Ich folge einer Person. Die hat uns vielleicht beobachtet. Wechsle du den Standort, um den Eingang im Auge zu behalten. Ende.«

Sommer legte das Funkgerät beiseite und griff stattdessen zum Handy, das er in die Hosentasche schob. Dann stieg er aus. Die schwarzgekleidete Gestalt war mittlerweile um eine Ecke gebogen und aus seinem Blickfeld verschwunden.

Sommer beschleunigte den Schritt. Sein Instinkt sagte ihm, dass er eine wichtige Spur verfolgte. Was konnte schon passieren, falls er sich irrte? Vorausgesetzt, Drosten behielt das Haus im Auge, in dem die Erzieherin lebte.

***

Die Tür zur Nachbarwohnung öffnete sich, und der Hausdrache schaute heraus. Genau das, was die entnervte Arabella jetzt brauchte!

»Guten Abend, Frau Fuchs. Wir haben uns ja schon ewig nicht gesehen.«

»Hallo, Frau Reck.« Sie lächelte knapp und wandte sich der Wohnungstür zu.

»Wo waren Sie in den letzten Wochen?«

Fuchs riss der Geduldsfaden. »Das geht Sie überhaupt nichts an!« Die neugierige Art der älteren Nachbarin empfand sie schon lange als störend.

»Das geht mich sehr wohl etwas an! Sie haben in den vergangenen Wochen fünfmal den Flurputzdienst verpasst und wären zweimal mit dem Kellerputz an der Reihe gewesen. Ihretwegen musste ich ...«

Fuchs drehte sich um und starrte die Frau an. »Mir ist das scheißegal! Nerven Sie mich nicht!«

»Unerhört.«

»Sind Sie die Putzstasi hier im Haus?« Es tat gut, Druck abzulassen.

»Kein Wunder, dass sich ein Herr von der Polizei nach Ihnen erkundigt hat.«

Ein unerwarteter Treffer am Kinn hätte sie nicht stärker aus der Bahn werfen können. »Was haben Sie gesagt?«

Fuchs trat einen Schritt vor, zugleich wich Reck zurück.

»Gute Nacht. Ich beschwere mich bei der Verwaltung über Sie! Ihr freches Verhalten hat Konsequenzen.«

Die Nachbarin schloss die Tür, ehe Fuchs sie weiter aushorchen konnte. Wieso hatten sich die Bullen nach ihr erkundigt? Es dauerte ein paar Sekunden, bis sie den Schock verdaut hatte. Dann kehrte sie in die eigenen vier Wände zurück und schickte Marko eine Nachricht.

Melde dich so schnell wie möglich!

26

Marko Schwarzkopf lief an den Rauchern vorbei und riss die Tür der Kneipe auf. Noch am Eingang zog er sich den Wollpullover über den Kopf und stopfte die Mütze in die Hosentasche. Hektisch schaute er sich um. Er sah einen freien Hocker am Tresen. Rasch nahm er den Platz in Beschlag und legte den Pullover auf den Boden. Der Barkeeper wandte sich ihm zu.

»Was darf's sein?«

»Ein Pils.«

»Flasche oder aus dem Fass?«

»Flasche!«

Der Barkeeper griff unter den Tisch und stellte ihm eine Bügelverschlussflasche hin. Gierig trank Schwarzkopf zwei Schluck. Nicht, weil er besonders durstig war, sondern weil ein halbleeres Getränk den Eindruck erwecken würde, er sei schon länger vor Ort. Über der Bar hing ein breiter Spiegel, durch den er den Eingang im Auge behalten konnte. Das Handy in seiner

Hosentasche vibrierte. Vermutlich eine Nachricht von Arabella, für die er momentan keine Zeit hatte. Er beobachtete den Eingangsbereich. Würde ihm jemand folgen, oder hatte er die Situation völlig falsch eingeschätzt?

»Alles gut bei dir?«, fragte der Barkeeper, der ungefähr in Markos Alter war.

»Ein bisschen Stress. Ärger wegen einer Frau.«

Der Barkeeper lachte. »Man kann nicht ohne sie, aber auch nicht mit ihnen. Sag Bescheid, wenn du Nachschub brauchst.«

»Mache ich!« Er setzte die Flasche wieder an den Mund.

***

Lukas Sommer näherte sich einer Kneipe. Davor standen zahlreiche junge Männer und eine Frau, die alle rauchten.

»Ist hier gerade jemand vorbeigelaufen?«, fragte er. »Schwarze Kleidung?«

Einige der Umstehenden grinsten, denn sie trugen zum überwiegenden Teil irgendetwas Schwarzes.

»Könnt ihr mir mal antworten?«, drängte Sommer ungeduldig.

Unterdessen schaute er an den Rauchern vorbei. Die Straße machte erst in mehreren hundert Metern wieder einen Knick. So viel Vorsprung hatte der Unbekannte nicht gehabt.

»Glaubst du wirklich, dass wir hier auf alle Leute achten, die vorbeilaufen?«

Sommer wandte sich an den kahlen Mann, der ihm geantwortet hatte. Er war höchstens einen Meter siebzig groß. Seine fehlende Körpergröße und Behaarung machte er durch zahlreiche Piercings und Ohrringe wieder wett.

»Ja, das glaube ich. Ihr habt ja gerade sonst nichts zu tun.«

Der Mann wich Sommers Blick aus. Eine vielsagende Reaktion. Offenbar ahnten die Kneipenbesucher, dass er Polizist war. Es war nicht unwahrscheinlich, dass tatsächlich erst vor wenigen Augenblicken jemand die Kneipe betreten hatte.

Sommer ging durch das Spalier der Raucher und betrat das Lokal. Auch im Inneren hielten sich viele Menschen in schwarzer Kleidung auf. Fast alle Anwesenden schienen Mitte zwanzig oder jünger zu sein. Leute, die etwas Weißes oder Helles trugen, waren eindeutig in der Minderheit.

Sommer musterte jeden einzelnen. Diejenigen, die ihn wahrnahmen, erwiderten seinen Blick eher feindselig. Dadurch, dass er im Vergleich zu den Anwesenden fast doppelt so alt war, wirkte er wie ein Fremdkörper. Bestimmt vermuteten sie in ihm einen Bullen, der wegen Drogendelikten ermittelte.

Um sich einen besseren Überblick zu verschaffen, ging er zur Theke, an der alle Hocker besetzt waren. Der Barkeeper musterte ihn kritisch und machte keine Anstalten, zu ihm zu kommen. Hatten die Gäste alle schlechte Erfahrungen mit Polizisten gemacht? Bei nächster Gelegenheit würde Sommer Oberkommissar Teckel nach der Kneipe befragen. Sein Blick schweifte umher. Wie zu erwarten, entdeckte er niemanden, der ihn besonders auffällig anstarrte.

Sommer winkte den Barkeeper zu sich. Der trocknete demonstrativ ein Glas ab, bevor er zu ihm kam.

»Was darf's sein?«

»Haben Sie darauf geachtet, welcher Gast zuletzt hereingekommen ist?«

Der Barkeeper deutete auf sein Ohr. Wegen der Musik und des Stimmengewirrs schien er nichts verstanden zu haben. Sommer wiederholte die Frage lauter.

»Wieso wollen Sie das wissen? Sind Sie Polizist?«

Sommer lachte. »Ich? Wie witzig. Ganz im Gegenteil!«

»Und warum quetschen Sie mich dann nach meinen Gästen aus?«

»So ein Idiot hat mir den Außenspiegel kaputt getreten. Ich habe das im letzten Moment mitbekommen und den Kerl hier reinflüchten sehen. Er trug schwarze Klamotten und eine dunkle Mütze.«

***

Schwarzkopf fiel es schwer, den Neuankömmling nicht die ganze Zeit anzustarren. Das wäre zu auffällig gewesen. Um beschäftigt zu wirken, zückte er sein Handy. Arabella hatte ihm eine Nachricht geschickt.

Melde dich so schnell wie möglich.

Unauffällig schaute er in den Spiegel, durch den er auch das Gespräch zwischen dem Bullen und dem Barkeeper beobachten konnte. Leider war die Musik zu laut, als dass er auch nur einen einzigen Satzfetzen verstehen konnte. Zumindest gefiel Schwarzkopf die ablehnende Körpersprache des Barkeepers.

Geht jetzt gerade nicht. Erzähle dir später, warum.

Er schickte die Nachricht an Arabella ab. Hoffentlich nervte sie ihn nicht mit weiteren Aufforderungen, sich endlich zu melden.

Wieder warf er einen Blick in den Spiegel. Der Bulle wirkte unzufrieden.

***

»Tut mir sehr leid«, behauptete der Barkeeper. »Ich habe nicht darauf geachtet, wer hier zuletzt reingekommen ist. Dafür ist es einfach zu voll.«

»Ich habe den Wagen erst seit acht Wochen«, fluchte Sommer, um bei seiner Geschichte zu bleiben.

»Wirklich ärgerlich.« Der Barkeeper zuckte mit den Achseln. »Ich muss weitermachen.«

Er ging zurück zur Mitte der Theke. Einer der sitzenden Gäste gab eine Bestellung auf.

Hier würde Sommer mangels Hilfsbereitschaft nicht weiterkommen. Wäre es besser gewesen, die Wahrheit zu sagen? Doch dafür war es nun zu spät.

Er suchte noch einmal die Kneipe ab. Niemand schien ihn sonderlich zu beachten. Frustriert steuerte er den Ausgang an. Wieder musterten die Raucher ihn. Einer rief ihm ein höhnisch klingendes »Tschüss« hinterher.

Sommer ging in Richtung seines Wagens, blieb aber an der Biegung stehen. Er zog das Telefon aus der Tasche und rief Drosten an.

»Gibt's Neuigkeiten?«, fragte der.

»Ich habe die Person, der ich gefolgt bin, aus dem Auge verloren. Wenn ich mich nicht irre, ist sie in eine Kneipe gegangen. Ich will das Lokal noch eine Weile observieren. Wie sieht's bei dir aus?«

»Hier ist alles ruhig. Allerdings fühle ich mich unwohl, weil ich die Rückseite nicht beobachten kann. Könntest du die Person identifizieren, wenn sie aus der Kneipe kommt? Dann würde ich Verena anrufen, damit sie uns unterstützt.«

»Bin mir leider nicht sicher.«

***

Bestimmt beobachtete der Bulle von draußen die Kneipe. Schwarzkopf musste noch rund einen halben Kilometer bis zu seinem Auto laufen. Es wäre zu auffällig, kurz nach dem Unbekannten das Lokal zu verlassen. Andererseits hielt er es hier drinnen nicht mehr lange aus. Was, wenn der Bulle mit Verstärkung zurückkäme, um von jedem Gast die Personalien zu erfassen? Dann wäre er registriert.

War es eine Alternative, den Pullover auszuziehen und einfach am Boden zu vergessen? Draußen war es zwar ziemlich kalt, aber die paar Minuten zum Auto würde er schon durchhalten.

Schwarzkopf griff nach dem Pullover und tastete die innen eingenähte Tasche ab, um sich zu vergewissern, dass darin nichts steckte, was ihn verriet. Dann winkte er den Barkeeper heran.

»Willst du noch eins?«

»Nein, ich muss zahlen.«

»Sorry, falls ich dir zu nahe trete, aber hast du vorhin einen Autospiegel weggekickt? Der Typ war deinetwegen hier, oder?«

»Hat er das behauptet? Jemand hätte ihm den Spiegel abgetreten?«

Der Barkeeper nickte.

»Verdammter Lügner. Nein! Die Sache ist viel persönlicher.«

»Du hast meine volle Aufmerksamkeit.«

Um Zeit zu gewinnen, zückte Schwarzkopf seine Geldklammer und legte einen Fünfer auf den Tresen. Im Gegensatz zum Vorabend im Restaurant hatte er diesmal nicht viel Geld mitgenommen. »Stimmt so.«

Der Barkeeper steckte das Geld ein und bedankte sich mit einem Nicken.

»Ich habe eine Affäre mit seiner Ehefrau. Es war vorhin wie in einem schlechten Film. Er kommt überraschend von einer Geschäftsreise nach Hause, und ich musste über den Balkon abhauen. Wenn der mich erwischt, bringt er mich um.«

»Wie alt ist seine Frau?«

»Nicht so alt wie er. Anfang dreißig.«

»Respekt!« Der Barkeeper hielt ihm die Faust entgegen.

Schwarzkopf stieß die seine dagegen. »Du kannst dir nicht vorstellen, wie mies er sie behandelt. Die Arme hat mir so viele Horrorstorys erzählt. Dabei ist sie eine total Süße. Die hat einen besseren Ehemann verdient.«

»Er weiß nicht, wie du aussiehst?«

»Nein. Mein Glück!«

»Bestimmt wartet er draußen auf dich.«

»Ich überlege, ob ich meinen warmen, schwarzen Pullover hierlasse und ihn mir morgen abhole. Geht das? Zu meinem Wagen sind's nur ein paar Minuten.«

»Ich habe einen besseren Vorschlag. Wir haben einen Hinterausgang. Wenn du willst, kannst du den nehmen. Ich bring dich hin.«

»Das wäre perfekt!«

»Komm mit!«

***

Eine Gruppe von vier jungen Männern und einer Frau verließ die Kneipe. Aufmerksam beobachtete Sommer sie. Hatte sich der Gesuchte unter sie gemischt? Doch sämtliche Mitglieder der Gruppe wirkten, als würden sie sich schon ewig kennen.

Sommer schaute auf die Uhr. Er hatte mit Drosten vereinbart, zehn Minuten vor Ort zu warten. Dieser Zeitraum war mittlerweile verstrichen. Da er keinen Anhaltspunkt hatte, wie er den Mann identifizieren könnte, trat er den Rückzug an. Die Beobachtung der Erzieherin hatte die höhere Priorität.

27

Auf dem Weg zum Auto schaute Schwarzkopf immer wieder über die Schulter. Doch ihm folgte niemand. Durch den Hinterausgang war er über eine Hofeinfahrt zu einer Parallelstraße gelangt. Von dort musste er einen kleinen Umweg in Kauf nehmen, um zu seinem Wagen zu gelangen. Als er ihn endlich erreichte, entsperrte er das Schloss und schaute noch einmal in beide Richtungen. Er entdeckte niemanden.

Schwarzkopf stieg ein. Er widerstand dem Impuls, Arabella sofort anzurufen. Stattdessen fuhr er davon. In der wenig befahrenen Wohngegend war es leicht, potenzielle Verfolger auszumachen. Er bog dreimal unnötig ab, bis er sich sicher fühlte, manövrierte den Wagen in die nächstgrößere Parklücke und griff zum Handy. Arabella erwiderte den Anruf nach wenigen Sekunden.

»Ist es ein Fehler, dass wir telefonieren?«, fragte sie. »Du hattest vorhin Angst, sie könnten uns abhören.«

»Würden sie das tun, wären sie nicht auf das Ablenkungsmanöver hereingefallen. Willst du zuerst erzählen oder soll ich?«

»Die Bullen haben sich bei dem Hausdrachen nach mir erkundigt.« Arabella klang erschüttert.

Er wusste sofort, welche Nachbarin sie meinte. »Wann?«

»Keine Ahnung. Ist auch egal! Die haben mich voll auf dem Schirm!«

»Heilige Scheiße!« Die Erkenntnis passte zu den Ereignissen der vergangenen Stunden.

»Da sagst du was. Wie ist es bei dir?«

Ausführlich berichtete er ihr, was passiert war. »Zum Glück hatte der Barkeeper Verständnis. Oder kann keine Bullen leiden. Trotzdem haben wir ein Riesenproblem. Wenn du das nächste Mal zum Hof fährst, folgen sie dir und finden alles heraus.«

»Das müssen wir verhindern. Aber hier in der Wohnung kann ich nicht ewig bleiben. Fühle mich gerade wie eine Gefangene.«

»Hast du eine Idee?«

»Wir müssen sie austricksen.«

»Das ist leider nicht so einfach.«

»Vielleicht ja doch.« Arabellas Tonfall zufolge hatte sie einen grandiosen Einfall.

»Was geht dir durch den Kopf?«

»Wir planen morgen früh einen Ausflug mit einem Teil unserer Gruppe. Zu einem Weihnachtspuppentheater. Wir nehmen die zwei Kleinbusse. Ich hatte angeboten, die angemeldeten Kinder aus meiner Gruppe dorthin zu fahren. Die Busse stehen auf einer Parkfläche, die von der Straßenseite nicht einsehbar ist.«

»Und du willst ...«

»Genau.«

»Wie viel Gören wären das?«

»In einen Bus passen maximal zehn. Ich könnte mit ihnen zum Gutshof fahren. Das bekommt niemand mit. Dort verstecken wir den Kleinbus in der Scheune und bringen die Blagen in den Keller.«

»Kannst du nicht irgendwie den Bus entwenden ohne die Kinder? Geh doch einfach zwischendurch aus der Vorstellung raus.«

»Du kapierst es nicht. Wir brauchen ein Druckmittel.«

»Wofür? Wir müssen dich bloß zum Hof schaffen und danach unter dem Radar bleiben.«

»Die Bullen werden uns aufspüren. Ich hatte mein Handy auf dem Gutshof eingeschaltet. Bestimmt kann ihnen die Telekom sagen, in welcher Basisstation ich oft eingebucht war.«

Da konnte Schwarzkopf nicht widersprechen. Im Gegenteil. Von solchen Sachen hatte er schon gelesen. Trotzdem behagte ihm die Vorstellung nicht, einen Haufen Kinder zu entführen. Das war etwas anderes, als ein einzelnes Kind zu verschleppen. »Dann müssen wir abhauen. Untertauchen. Unsere Handys wegwerfen. Du kommst mit dem Bus zum Hof. Dann verschwinden wir. Erst mal nach Dänemark und anschließend ...«

»Wovon wollen wir leben?«

»Uns wird schon etwas einfallen.«

»Das ist hirnrissig. Wir könnten Lösegeld erpressen.«

»Kannst du dich an eine einzige Lösegelderpressung erinnern, die geklappt hat?«

»Glaubst du, davon liest man in der Zeitung?«

»Arabella, das ergibt keinen Sinn. Vertrau mir. Wir müssen abhauen. Aber ohne Kinder. Komm morgen her. Wann beginnt die Vorstellung?«

»Um zwölf.«

»Wie lange dauert sie?«

»Eine Stunde.«

»Das gibt dir genug Zeit, um abzuhauen.«

»Glaubst du wirklich nicht, es wäre besser ...«

»Nein. Garantiert nicht.«

»Okay. Ich vertrau dir.«

»Ich fahre zum Hof zurück und kümmere mich um die beiden ...«

»Nein!«, widersprach Arabella energisch.

»Wieso nicht? Wir haben keine Verwendung mehr für sie.«

»Das wissen wir noch nicht.«

»Was sollen wir mit ihnen anfangen, wenn wir nach Dänemark abhauen?«

»Lass mich morgen erst sicher zum Hof kommen. Vielleicht brauchen wir doch ein Druckmittel. Falls mich jemand aufhält, könntest du sie gegen mich austauschen.«

»Dann verlieren wir morgen wertvolle Zeit.«

»Scheiß drauf! Lassen wir sie einfach verhungern. Aber du rührst sie heute nicht mehr an. Zur Sicherheit. Hast du mich verstanden?«

Er stöhnte genervt. »Meinetwegen.« *Wenn ich es mir anders überlege, kriegst du es gar nicht mit.*

»Fährst du jetzt zum Hof zurück?«

»Ich erwarte dich dort. Ein Uhr mittags?«

»So ungefähr. Ab neun Uhr schicken wir uns halbstündlich Nachrichten, damit wir beide wissen, dass alles nach Plan läuft.«

Schwarzkopf dachte nach. Bislang hatten sie während Arabellas Arbeitszeit den Kontakt über die Mobilfunkanschlüsse vermieden. In der aktuellen Ausnahmesituation erschien es ihm sinnvoll, davon abzuweichen. Falls Arabella sich nicht meldete, wäre das ein Hinweis darauf, dass die Bullen zu ihr in den Kindergarten gestürmt waren und sie verhaftet hatten. »Ab neun Uhr halbstündlich. Wenn wir vom anderen zwei Nachrichten hintereinander nicht bekommen, sind wir auf uns allein gestellt.«

»Beten wir, dass das nicht passiert. Bis morgen.«

Sie beendete das Gespräch. Nachdenklich schob Schwarzkopf das Handy in die Hosentasche. Ein Leben auf der Flucht. Konnte er sich damit arrangieren? Die Vorstellung fiel ihm schwer, doch sah er keine Alternative.

Er startete den Motor. Ob sie ihre Masche in Dänemark oder einem anderen Land fortsetzen könnten? Er würde es vermissen, sich nicht mehr an Frauen auszutoben. Und in Arabella schlummerte noch immer der Wunsch, endlich Mutter zu sein. Wie sollte sie diesen Drang dauerhaft unterdrücken? Ob sie deswegen mit dem Gedanken spielte, gleich eine ganze Schar Kinder zu verschleppen?

Zum ersten Mal zweifelte Schwarzkopf an der Zuverlässigkeit seiner Partnerin. Welche Hirngespinste würden ihr in einer vermutlich schlaflosen Nacht durch den Kopf schießen?

Er musste selbst aktiv werden. Die Bullen auf eine falsche Spur locken, die ihnen zusätzliche Zeit verschaffte. Wie sollte er das anstellen? Nachdenklich fuhr er los.

***

Als Oberkommissar Teckel um drei Uhr nachts Sommer ablöste, erzählte er ihm gleich davon, welch offene Feindseligkeit ihm in der Kneipe entgegengeschlagen war. Kaum hatte er den Namen des Lokals erwähnt, lachte Teckel laut auf. »Das hatte nichts mit Ihnen zu tun«, erklärte der ortsansässige Kommissar amüsiert. »Da gab es vor knapp zwei Monaten eine groß angelegte Drogenrazzia.«

Sommer klatschte in die Hände. »Ich hab's mir gedacht. Aber sieht man mir den Bullen so deutlich an?«

»Soweit ich weiß, haben die Kollegen in den Tagen vor der Razzia einen verdeckten Ermittler Ihres Alters dort eingesetzt. Jeder, der älter als dreißig ist, dürfte es dort in Zukunft ziemlich schwer haben. Selbst wenn er wie ein Hippie aussieht. Der Laden hat erst vor einer

Woche wieder aufgemacht. Wahrscheinlich hatten die Gäste Angst vor einer Wiederholung.«

Sommer ärgerte sich über sein Vorgehen. Hätte er bei dem Barkeeper oder den Gästen mehr erreicht, wenn er die Wahrheit gesagt hätte? Jetzt war es dafür zu spät.

28

In der beinahe schlaflosen Nacht dachte Schwarzkopf immer wieder an Thomas Stern. Dessen Leiche lag auf dem Hofgelände unter der Erde. Schwarzkopf hatte Sterns Handy nach dem Mord ausgeschaltet. Um dieses Telefon kreisten seine Überlegungen, während er sich im Bett herumwälzte und schließlich den Gedanken an Schlaf verwarf. Er schwang die Beine aus dem Bett und ging zu dem Schrank, in dem er das Telefon deponiert hatte.

Arabella würde zur Mittagszeit herkommen und mit ihm gemeinsam fliehen. Je mehr Vorsprung sie sich verschafften, indem sie die Polizei verwirrten, desto sicherer gelänge ihnen die Flucht.

Die Bullen hatten den Erzieher wegen des Profilbildes ausfindig gemacht und kontaktiert. Irgendwann im Laufe des Tages würden sie Arabella als Hauptverdächtige identifizieren. Konnte es ihm irgendwie gelingen, zwischen den beiden eine Verbindung herzustellen? Er musste seine eigene Identität schützen. Im schlimmsten Fall sogar Arabella opfern, denn er würde niemals in den Knast wandern. Er nahm Sterns Mobiltelefon aus dem Schrank und drehte es immer wieder in den Händen.

***

Jürgen Stern schaute auf sein Handy. Noch immer keine Nachricht von Thomas. Obwohl der ihm vorgestern Abend versprochen hatte, sich zu melden.

Da Thomas sehr zuverlässig war, machte sich Stern Sorgen. Oder war er bloß ein gelangweilter Frührentner, dem jede Ablenkung recht war, um die Stunden totzuschlagen?

Er wählte erneut die Nummer seines Sohns und landete direkt auf der Mailbox.

»Hey, Thomas. Falls du dich gerade mit einer neuen Eroberung amüsierst, solltest du dir besser was anziehen. Ich find's komisch, dass ich dich nicht erreiche. Ruf zurück! Ansonsten fahre ich gleich zu dir und bringe ein paar Brötchen vom Bäcker mit. Bis später!«

Er würde eine halbe Stunde warten und dann losfahren, um nach dem Rechten zu sehen.

***

»Sie ist in den Kindergarten gegangen«, informierte Verena Kraft ihre Kollegen über Funk.

Kraft war Fuchs von deren Wohnung aus gefolgt, ohne sich Mühe zu geben, die Observation zu verschleiern. Die Erzieherin war auf kürzestem Weg zur Kindertagesstätte gefahren, hatte ihren Wagen auf einem Mitarbeiterparkplatz abgestellt und das Gebäude betreten.

»Deine Schicht dauert jetzt schon fünf Stunden«, erklang Drostens Stimme. »Wenn du abgelöst werden willst, sag Bescheid.«

»Noch geht's. Bis zum Mittag halte ich durch.«

Kaum hatte sie das ausgesprochen, gähnte sie. Sie öffnete die Fahrertür und stieg aus. Die kalte Dezemberluft erfrischte sie zumindest kurzzeitig. Sie streckte sich. Ein weiteres Fahrzeug fuhr vor, darin saßen eine Mutter und ihr Kind. Kraft beobachtete das Gespann. Sie hatte sich nie in der Mutterrolle gesehen, zumal die mit ihrem Beruf schwer vereinbar wäre. Trotzdem erwischte sie sich nun dabei, an ihren neuen Nachbarn zu denken. Ob er enttäuscht war, weil sie sich seit Tagen nicht zufällig begegnet waren? Kraft lächelte über die eigenen Gedanken. Sie war gespannt, wie sich das Ganze entwickelte. Immerhin schaffte Lukas es auch, ein engagierter Vater zu sein.

»Verdammte biologische Uhr«, sagte sie schmunzelnd. Nach ein paar Sekunden an der frischen Luft setzte sie sich zurück ins Auto.

***

Schwarzkopf parkte trotz vieler Parklücken nicht direkt vor der Haustür, sondern am Ende der Straße. Kein Nachbar sollte sich an den auf ihn zugelassenen Wagen erinnern. Noch einmal durchdachte er sein Vorhaben. Er würde bei Stern Kleidungsstücke verstecken, die von den Waldners stammten, und ihm außerdem das Handy zurückbringen. Und darüber hinaus noch eine Kleinigkeit, die Arabella und Stern miteinander in Verbindung bringen würde: Ein Dessousfoto von Arabella, das sie Schwarzkopf am Anfang ihrer Beziehung geschenkt hatte. Aufgenommen in einem professionellen Fotostudio, von einer Fotografin, die ihren Job eindeutig beherrschte.

Die Bullen würden glauben, Arabella und Stern hätten zusammengearbeitet und wären gemeinsam verschwunden.

Eines Tages müsste er sie töten und in Dänemark oder anderswo verscharren. Die Bullen würden die Ermittlungen irgendwann ergebnislos einstellen, und er könnte in Ruhe weiterleben.

Mit den Sachen, die in seiner Plastiktüte steckten, verließ er den Wagen. In diesem Moment vibrierte sein Handy in der Hosentasche. Schwarzkopf zückte das Smartphone. Arabella hatte ihm eine weitere Nachricht geschickt.

Alles in Ordnung.

Während er auf den Hauseingang zulief, tippte er seine Antwort ein.

Hier auch.

***

Jürgen Stern fand einen Parkplatz direkt vor der Tür. Er besaß einen Schlüssel zur Wohnung seines Sohnes – und umgekehrt – sie hatten sie nach Thomas' Auszug ausgetauscht. Normalerweise schaute der frühpensionierte Sportlehrer nur in Urlaubszeiten nach dem Rechten, um die Pflanzen seines Sohns zu gießen und die Fische zu füttern. Dadurch, dass die versprochene Rückmeldung überfällig war, sorgte sich Stern um ihn. Man las in letzter Zeit immer wieder von Urlaubern, die krank aus der Karibik zurückkamen. Nicht, dass sich Thomas kaum noch bewegen konnte und dringend Hilfe brauchte.
Stern hatte vier Brötchen und zwei Croissants gekauft. Außerdem Käseaufschnitt, Marmelade und Butter. Alles haltbare Sachen, die Thomas für Wochen in den Kühlschrank legen konnte, falls er bereits selbst eingekauft hatte.
Er öffnete die Haustür und betrat den Flur.

***

Marko Schwarzkopf schaute sich um. Früher war er mehrfach bei Stern zu Besuch gewesen – seitdem hatte sich nichts verändert. Im Aquarium schwammen diverse Fische, an den Wänden hingen noch immer dieselben kunstvollen Aktfotografien. Die Zimmer wirkten ordentlich, von einem nicht weggeräumten, aber verschlossenen Koffer einmal abgesehen. Auch der Ständer mit der getrockneten Wäsche störte den Eindruck einer Musterwohnung kaum.

Schwarzkopf überlegte. Sollte er die sauberen Kleidungsstücke in den Koffer packen und auf der Farm deponieren? Keine schlechte Idee! Doch vorher müsste er die verräterischen Beweise unterbringen. Er ging ins Schlafzimmer. Dem Bett gegenüber hing ein großes Aktporträt einer attraktiven Frau. Das war der perfekte Ort für das Dessousfoto. Er zog es aus der Plastiktüte und steckte eine Ecke des DIN A5 Bildes zwischen Wand und Bilderrahmen.

»Tut mir leid. Aber du wirst hiervon hoffentlich nie erfahren. Fändest du wohl nicht witzig.«

Schwarzkopf schaute sich um. Stern hatte im Schlafzimmer einen breiten Kleiderschrank sowie ein Sideboard mit vier Schubladen untergebracht. Schwarzkopf öffnete die oberste davon, in der verschiedenfarbige Boxershorts, Badehosen und Socken steckten.

Über seinen Fund im zweiten Schubkasten grinste er, denn darin lagerte Stern Männerspielzeug – die Äquivalente zu Vibratoren. Außerdem Handschellen, Augenbinden und ein Analdildo. Schwarzkopf griff zu einem Gegenstand, der wie eine Taschenlampe aussah, dessen weiche Silikonspitze jedoch eine Vagina nachbildete. »Hast wohl doch nicht immer Glück bei den Weibern.« Er kicherte und steckte das Spielzeug zurück.

In der dritten und vierten Schublade lagen Bettwäsche und Handtücher.

Die Sachen von Laura Waldner und ihrem Sohn Clemens passten am besten ins zweite Schubfach. Die Bullen würden eine Verbindung von den Fesseln zu der entführten Frau ziehen. Schwarzkopf stopfte sie hinein. Als er die Schublade schloss, nahm er ein Geräusch wahr. Erschrocken zuckte er zusammen.

***

Jürgen Stern drehte den Schlüssel im Schloss herum. Es war nicht abgesperrt, obwohl Thomas bei Abwesenheit immer doppelt zusperrte.

»Thomas!«, rief er. »Dein alter Herr ist da. Letzte Chance, deiner Lady was zum Anziehen überzuwerfen, falls du nicht alleine bist.«

Stern wartete in der Diele. Niemand antwortete ihm oder warf überrumpelt eine Tür zu. Seine Sorge wuchs.

»Thomas?«

Jürgen Stern warf einen Blick in die Küche, in der sich niemand aufhielt. Er legte die Bäckertüte und die restlichen Einkäufe auf den Küchentisch. Nirgendwo stand dreckiges Geschirr herum. Er öffnete den Kühlschrank, der nicht völlig leergeräumt war.

Zurück in der Diele führte ihn sein Weg an dem Hauswirtschaftsraum mit der Waschmaschine vorbei.

»Thomas?«

Die ganze Wohnung war so merkwürdig still. Er ging ins Wohnzimmer. Auf dem Wäscheständer hing getrocknete Kleidung. Daneben stand der Koffer, den sein Sohn in die Karibik mitgenommen hatte. Stern hob das leichte Gepäckstück an.

Das Wohnzimmer wirkte so, als sei sein Sohn nur mal eben kurz weg gewesen.

»Thomas?«, wiederholte er.

***

Schwarzkopf ahnte, um wen es sich bei dem Besucher handelte. Thomas' Vater hatte die Wohnung betreten, offenbar auf der Suche nach seinem Sohn.

Die beiden hatten sich nie kennengelernt, trotzdem wusste Schwarzkopf einiges über ihn. Jürgen Stern war früher Sportlehrer gewesen, bis psychische Probleme nach einer langen Krankheitsphase zu seiner Frühpensionierung geführt hatten.

Sein Auftauchen ruinierte Schwarzkopfs Pläne. Es sei denn, der Vater würde nur einen kurzen Blick ins Schlafzimmer werfen und ihn übersehen.

Leider gab es zwischen dem Boxspringbett und dem Boden keine Lücke, in die er sich hätte zwängen können. Auch ansonsten bot das Schlafzimmer keine Versteckmöglichkeiten. Schwarzkopf nutzte die einzig verbleibende Gelegenheit. Er legte sich hin und zwängte sich ganz dicht ans Bett. Sollte der Mann ihn entdecken, müsste er sterben – trotz aller daraus resultierenden Probleme.

***

Jürgen Stern warf einen Blick ins leere Badezimmer. Seinen geschärften Sinnen fiel sofort auf, dass das Waschbecken trocken war. Hier hatte sich in letzter Zeit weder Thomas noch eine Besucherin die Hände gewaschen.

Die Tür zum Schlafzimmer war angelehnt. Er stieß sie auf. Im Bett lag sein Sohn ebenfalls nicht.

Er wollte sich bereits abwenden, als er einen Mann registrierte, der auf amateurhafte Weise versuchte, sich vor ihm zu verstecken.

»Wer sind Sie? Was wollen Sie hier?«, rief er aufgebracht.

Der Unbekannte regte sich und schaute ihn an.

»Hallo«, sagte er. »Sie sind Thomas' Vater, richtig?«

Der Mann erhob sich. Er war gut einen Meter fünfundachtzig groß, trug schwarze Kleidung und wirkte angespannt. Wie ein Schüler vor einer wichtigen Prüfung.

»Wo ist Thomas?«

»Herrje, das ist mir jetzt so peinlich. Deswegen habe ich mich versteckt. Sorry für dieses kindische Verhalten.« Er kam einen Schritt auf ihn zu.

»Was soll das heißen?«

»Sie wissen es wahrscheinlich nicht, oder?«

»Wovon sprechen Sie?«

***

Früher hatte Schwarzkopf sich mit Marco auch über ihre Eltern unterhalten. Deshalb erinnerte er sich daran, dass Stern seinen Vater als homophob bezeichnet hatte. Im Sportunterricht gab er Schülern, die er für schwul hielt, automatisch schlechtere Noten. Konnte Schwarzkopf dieses Wissen nutzen, um ihn kurz abzulenken?

»Wovon sprechen Sie?«

»Am besten setzen wir uns ins Wohnzimmer. Thomas müsste in einer Viertelstunde zurück sein.«

»Wo ist er?«

»Beim Arzt.«

Der Vater runzelte die Stirn. »Was fehlt ihm, und woher wissen Sie das?«

»Wie schon gesagt, es ist ein bisschen peinlich.« Er trat einen weiteren Schritt auf den Mann zu, der sich gleich in seiner Reichweite befände. »Er musste zum Urologen.«

»Weswegen?«

»Thomas hat sich gestern beim Sex mit mir verletzt. Tut mir leid, dass Sie mich auf diese Weise kennenlernen. Ich bin Marko.« Er streckte die Hand aus.

Dem Vater stand die Abscheu ins Gesicht geschrieben. Sobald der alte Mann die Hand ergriff, würde Schwarzkopf ihn packen und erledigen.

***

Neben dem Schulsport hatte Jürgen Stern in seiner aktiven Zeit auch Kampfsport unterrichtet. Die Aktionen eines Gegners vorauszuahnen, verschaffte einem Sportler ungeahnte Vorteile. Deswegen hatte er seinen Schülern beigebracht, die Mimik und Körpersprache des Gegenübers zu beobachten. Der Körper und die Gesichtszüge lieferten oft ungewollte Hinweise, wenn man in den Angriffsmodus überging.

Genau das beobachtete er jetzt bei dem Mann, der angeblich Sex mit seinem Sohn gehabt haben wollte. Schon allein die Vorstellung war absurd. Weitaus mehr beunruhigten ihn jedoch die verräterischen Hinweise. Die gestrafften Schultern, der konzentrierte Blick, außerdem die Art, wie der Unbekannte sein Körpergewicht nach vorn verlagerte.

»Sie und mein Sohn hatten Sex?«

Der Mann nickte. »Vielleicht etwas zu heftig, aber wir hatten uns wegen des Urlaubs lange nicht gesehen.«

Stern täuschte vor, die Hand zu ergreifen. In diesem Moment ging der Eindringling zum Angriff über. Er holte aus und versuchte, Sterns Kopf zu treffen. Doch es war ein Leichtes, die Attacke mit hochgerissenen Armen zu blocken. Sofort konterte Stern. Er trat dem Mann gegen das Knie. Der sackte zusammen und vergaß, sich seinerseits zu schützen. Stern versetzte ihm einen Handkantenschlag auf den Adamsapfel.

Gurgelnd brach der Mann zusammen.

»Mein Sohn ist ganz sicher kein Homo!«, schrie Stern aufgebracht. »Was haben Sie mit ihm gemacht?«

Er drehte den angeschlagenen Gegner auf den Bauch und setzte sich auf dessen Rücken.

»Was haben Sie gemacht?«

Stern packte den Fremden beim Haarschopf und riss den Kopf hoch.

»Nicht!«, stöhnte der Unterlegene.

Stern hatte seinen Schülern früher immer eines eindringlich eingebläut. Sollten sie im echten Leben je in eine lebensbedrohliche Kampfsituation geraten, musste der Gegner ausgeschaltet werden. Nichts war gefährlicher als ein angeschossenes Tier. Um den Rest konnte man sich kümmern, sobald der Feind bewusstlos war.

Er knallte den Kopf des Eindringlings auf den Boden. Der Mann stöhnte und verlor jede Körperspannung. Stern erhob sich und zückte sein Telefon. Sofort wählte er den Notruf der Polizei.

»Ein Mann ist in die Wohnung meines Sohnes eingebrochen. Ich habe ihn überwältigt. Kommen Sie schnell!«

29

Nach dem Anruf bei der Notrufzentrale dauerte es bloß zwanzig Minuten, bis Oberkommissar Teckel davon erfuhr. Thomas Stern war im System als eine Person von polizeilichem Interesse hinterlegt. Die Zentrale verband Teckel mit den Schutzpolizisten vor Ort, der sich kurz mit ihnen austauschte. Dann vereinbarte er mit Sommer und Drosten ein Treffen in der Wohnung des Erziehers. Kraft würde unterdessen an der Kindertagesstätte ausharren.

Teckel traf zuerst vor Ort ein. Er begrüßte seine Kollegen und den Mann, der den Einbrecher überwältigt hatte.

»Der Täter weigert sich, uns seinen Namen zu nennen. Personalausweis oder Führerschein führt er nicht bei sich.«

Teckel wandte sich dem Mann zu, der den Eindringling überwältigt hatte.

»Kennen Sie den Einbrecher?«

»Nein. Er hat behauptet, er wäre der schwule Sexpartner meines Sohns. Das ist absurd. Thomas bevorzugt Frauen. Ich habe vorgestern zuletzt mit ihm telefoniert, da war er unterwegs und hatte keine Zeit für mich. Er wollte sich spätestens gestern bei mir melden. Seitdem herrscht Funkstille. Ich mache mir Sorgen.«

»Wir haben in den Sachen des Tatverdächtigen zwei Handys gefunden«, erklärte einer der Schutzpolizisten.

»Eines gehört meinem Sohn«, sagte Jürgen Stern.

»Leider nennt uns der Einbrecher nicht seinen Entsperrcode. Er hat vor gut einer Viertelstunde eine Nachricht empfangen. Danach wirkte er ein bisschen unruhig.«

***

Arabella Fuchs trat zu ihrer Kollegin. »Ich bin kurz auf Toilette«, flüsterte sie.

»Du siehst blass aus«, sagte Isabel. »Noch immer Kopfweh?«

»Ein bisschen. Geht schon.«

»Wenn du krank bist, kann ich die Kinder zum Puppentheater fahren. Macht mir nichts aus.«

»Ich schaff das. Danke!«

Überrascht schaute Isabel sie an. Offenbar hatte Fuchs zu harsch auf das Hilfsangebot reagiert. Sie lächelte ihrer Kollegin zu und wandte sich ab. Rasch lief sie zu den Waschräumen und versperrte sich in einer der Kabinen.

Die letzte Nachricht an Marko war zehn Minuten her. Er hatte sie nicht einmal gelesen. Was hatte das zu bedeuten? Sie war versucht, ihm eine weitere Nachricht zu schicken. Doch ihre Vereinbarung war unmissverständlich gewesen. Jede halbe Stunde. Sobald zwei hintereinander ausblieben, war der andere auf sich allein gestellt.

Jetzt war es zehn Minuten nach zehn. Sie musste die nächsten zwanzig Minuten irgendwie herumkriegen. Wieso antwortete er nicht?

***

Sommer und Drosten fuhren vom Hotel zur Wohnung des verschwundenen Erziehers. Teckel begrüßte sie im Hausflur. Er fasste seine Erkenntnisse kurz zusammen. Dann stellte er sie dem Vater vor.

»Der Einbrecher schweigt. Er hat seit meinem Eintreffen kein Wort gesagt. Gegenüber den Kollegen behauptet er, mit seinem Wohnungsschlüssel hereingekommen zu sein. Herr Fuchs hat jedoch sowohl den Schlüsselbund als auch ein Handy identifiziert. Beide Gegenstände gehören seinem Sohn.«

Der Vater des Erziehers nickte bestätigend.

»Ist der Unbekannte derjenige, der Sterns Identität geklaut hat?«, fragte Sommer.

»Ich würde darauf wetten«, sagte Teckel.

»Aber was macht er dann hier? Und wo ist Thomas Stern?«

Eine böse Vorahnung lag unausgesprochen in der Luft. Teckel bedankte sich bei Jürgen Stern und versprach ihm schnell neue Informationen.

»Vielleicht spricht er ja mit uns«, sagte Drosten. Nacheinander betraten sie das Wohnzimmer. Als der Verdächtige Sommer erblickte, senkte er rasch den Kopf.

Das bemerkte Sommer sofort, und es dauerte nur einen Moment, bis er den Mann erkannte. »Sie sind das!«

»Du kennst ihn?«, fragte Drosten.

»Das wäre zu viel gesagt. Aber zum Glück habe ich ein gutes Gedächtnis für Gesichter. Das ist der Kerl, der gestern Abend vor mir abgehauen ist.«

Sommer übertrieb absichtlich. In Wahrheit war er sich nur sicher, den Fremden in der Kneipe gesehen zu haben. Er hatte allein am Tresen gesessen – eine Bierflasche vor sich. Daran erinnerte sich Sommer genau.

»Ich weiß nicht, wovon Sie reden«, brummte der Mann.

»Er kann sprechen«, wunderte sich Teckel.

Fast augenblicklich senkte der Einbrecher den Blick.

»Gestern treibt er sich in der Nähe von unserer Verdächtigen herum«, sagte Sommer. »Heute bricht er in die Wohnung eines Mannes ein, dessen Identität im Internet gestohlen worden ist. Seltsame Zufälle.«

»Er hatte eine Plastiktüte dabei«, erklärte ein Streifenbeamter. »Darin steckte ein Handy, das Herr Stern als das seines Sohnes identifiziert hat.«

»Wo haben Sie die Tüte gefunden?«, fragte Drosten.

»Im Schlafzimmer. Dort hatte er sich auch vor Herrn Stern versteckt, ehe er ihn angriff.«

»Ich habe überhaupt niemanden angegriffen«, widersprach der Unbekannte. »Dieser Wahnsinnige hat mich grundlos niedergeschlagen. Aber ich weiß von Thomas, dass sein Vater homophob ist. Deswegen hat er unsere Beziehung geheim gehalten.«

Sommer ging ins Schlafzimmer. »Wo genau haben Sie die Tüte gefunden?«

»Vor der Kommode.«

Sommer öffnete die Schubladen. In der zweiten lagen Gegenstände, die nicht zusammenpassten. »Robert!«

Drosten trat zu ihm. Sommer holte einen flauschigen Kinderschlafanzug heraus, auf dem ein roter Rennwagen abgebildet war.

»Ob der Clemens gehört?«, flüsterte er leise.

»Könnte sein.«

Sie begutachteten die anderen Kleidungsstücke, die einer erwachsenen Frau passen würden. Gemeinsam kehrten sie zu dem Festgenommenen zurück.

»Erklären Sie uns das!«, forderte Drosten.

»Was ist das?«, fragte der Unbekannte.

Richtig überzeugend klang er nicht.

***

Pünktlich um halb elf schlich sich Fuchs noch einmal zur Toilette.

Sie schickte die Nachricht ab und starrte auf ihr Handy. Markos Telefon empfing die Mitteilung.

»Lies sie«, flüsterte Fuchs leise. »Antworte mir!«

»Arabella. Bist du auf dem Klo?«

Ertappt steckte sie das Telefon ein und drückte die Spülung. Draußen wartete Isabel.

»Hast du Durchfall?«, fragte die Kollegin besorgt.

»Nein, alles gut.«

»Sicher? Nicht, dass du die Kleinen ansteckst.«

»Ganz sicher!«, maulte sie die Kollegin an. »Ich fahre auf jeden Fall zum Puppentheater. Brauchst nicht darauf zu spekulieren, dass du das übernimmst.«

»Spinnst du? Ich bin bloß besorgt um dich.« Beleidigt drehte Isabel ab und ging zur Gruppe zurück.

Fuchs schaute ihr verärgert nach. Sie hätte nicht die Nerven verlieren und schon gar nicht den geplanten Ausflug erwähnen dürfen. Das war dumm. Noch einmal linste sie aufs Handy. Marko hatte zwei Nachrichten in Folge nicht gelesen. Wahrscheinlich steckte er in Schwierigkeiten. Gestern Abend hatte sie sich von dem Gedanken abbringen lassen, die Kinder als Geisel einzusetzen. Nun hatte sich die Situation jedoch geändert.

Halb elf. Die Aufführung des Puppentheaters begann um zwölf. Normalerweise würde sie ihre Kinder eine Dreiviertelstunde vorher zusammentrommeln. Wäre es zu auffällig, wenn sie damit bereits um elf begänne?

***

»Wollen Sie nicht wissen, wer Ihnen geschrieben hat?«, fragte Drosten. »Vielleicht ist es wichtig.«

Der Unbekannte starrte zu Boden und verweigerte jede Aussage. Seine Haltung frustrierte Sommer. Verloren sie gerade wertvolle Zeit? Wieso mauerte der Mann?

»Ziehen wir uns zur Besprechung in den Hausflur zurück«, sagte er.

Sommer ging voran, Drosten und Teckel folgten ihm.

»Irre ich mich, oder will er mit seinem Schweigen Zeit gewinnen?«

Drosten nickte. Er teilte Sommers Einschätzung.

»Aber weswegen?«, fragte Teckel.

»Gehen wir davon aus, dass er Fuchs' Komplize ist. Dann wäre es logisch, dass er ihr Spielraum verschaffen will. Sie planen etwas!«

Teckel runzelte die Stirn. »Können wir die Erzieherin ins Präsidium bitten?«

»Frühestens nach Feierabend. Für ihre Festnahme ist die Beweislage zu dünn«, sagte Drosten.

»Aber wir können ihn ins Präsidium schaffen und unter Druck setzen«, entgegnete Sommer. »Wir werfen ihm Einbruch vor. Außerdem besteht der Verdacht, dass er die Kleidungsstücke in die Schublade gepackt hat. Das reicht!«

»Einverstanden. Ich informiere Verena und fahre dann zu ihr. Nicht, dass ihr aus Müdigkeit etwas Wichtiges entgeht.«

***

Arabella Fuchs schaute auf die Anmeldeliste. Zehn Kinder aus ihrer Gruppe hatten sich für das kostenpflichtige Puppentheater angemeldet. Zwei davon fehlten allerdings krankheitsbedingt.

Obwohl es viel zu früh war, hielt sie es um fünf vor elf nicht mehr aus. Marko hatte nach wie vor beide Nachrichten nicht gelesen. Sie würde sich die Kinder schnappen, sie in den Bus verfrachten und zum Gutshof fahren. Ohne zu wissen, wie es dort weiterging. Die Kinder wären wertvolle Geiseln. Sie konnte sich mit ihnen im Kellergewölbe der Scheune verbarrikadieren.

Fuchs klatschte in die Hände und rief die Namen der angemeldeten Kinder auf. »Geht alle noch einmal zur Toilette und zieht euch an. Wir fahren jetzt zum Puppentheater.«

Verwundert schaute Isabel zur Uhr. »Ist das nicht ein bisschen zeitig?«

»Entschuldige, dass ich dich eben so angefahren habe.«

Isabel lächelte. »Schon vergessen.«

»Ich bin lieber ein bisschen früher da. Wer weiß, wie viel Kinder aus anderen Tagesstätten kommen.«

»Aber Vanessa aus der Wattwurmgruppe fährt bestimmt erst in einer halben Stunde los.«

»Umso besser. Vielleicht sitzen wir dann weit auseinander.«

Fuchs zwinkerte und entlockte Isabel ein breites Grinsen. Die beiden hatten schon oft über die altkluge Erzieherin gelästert, die ihre pädagogischen Weisheiten gern ungefragt kundtat.

»Arabella?«, erklang Linas hohe Stimme. »Hilfst du mir bei meiner Jacke? Ich kriege den Reißverschluss nicht zu.«

»Natürlich, mein Schatz.« Das hübsche Mädchen gab eine ganz besonders wertvolle Geisel ab. Ihr langes, blondes Haar und ihre strahlend blauen Augen kamen bei einem Drohvideo bestimmt besonders gut zur Geltung.

***

Kraft erkannte Drostens Auto, das soeben in die Straße einbog. Zunächst blendete sie zur Begrüßung zweimal auf, dann hielt sie sich die Hand vor den Mund, damit er ihr Gähnen nicht bemerkte. Drosten parkte in ihrer Nähe, stieg aus und lief zu ihrem Wagen. Er öffnete die Beifahrerseite.

»Hier ist noch immer alles ruhig«, erklärte sie. »Erzähl mir Einzelheiten!«

Drosten fasste zusammen, was in den letzten Stunden passiert war.

»Und jetzt wollt ihr wirklich warten, bis Fuchs Feierabend hat?«, fragte Kraft. »Vielleicht verlieren wir wertvolle Zeit.«

»Die Beweislage ist zu dünn, um sie während der Arbeit ins Präsidium zu bitten. Noch haben wir keine

Beweise für ihre Schuld. Wir müssen leider an ihren Ruf unter den Kollegen denken.«

Missmutig verzog Kraft den Mund. Drosten lächelte amüsiert. Manchmal erinnerte Verena ihn an Lukas.

»Wir könnten einen Trick probieren«, sagte sie nachdenklich.

»Was schwebt dir vor?«

»Ich gehe in den Kindergarten und behaupte, ihrem Freund wäre etwas zugestoßen. Vielleicht nennt sie versehentlich den Namen des Mannes. Oder etwas anderes, das uns weiterhilft. Womöglich kommt sie sogar mit mir nach draußen.«

***

Schwarzkopf saß mit am Rücken gefesselten Händen auf der Rückbank eines Streifenwagens. Außerhalb des Fahrzeugs unterhielten sich die Bullen und sprachen ihr weiteres Vorgehen ab. Sie hatten ihn wegen Einbruchs vorläufig festgenommen. Offenbar spekulierten sie darauf, ihn im Präsidium weichzukochen. Doch da irrten sie sich. Er würde nicht eine Silbe sagen.

Gestern hatte er Arabellas Idee, Kinder als Geisel zu nehmen, abgelehnt. Inzwischen hoffte er, sie würde diesen Schachzug in die Tat umsetzen. Im Austausch gegen ein paar Kinder würden die Bullen ihn bestimmt freilassen. Er würde zum Hof zurückkehren, wo sie gemeinsam die Flucht planen könnten. Damit das klappte, musste Arabella die richtigen Schritte unternehmen.

Hoffentlich konnte er sich auf sie verlassen. Sie musste nur mit den Kindern vom Gelände wegkommen. Der Rest würde sich ergeben.

***

»Los, Justin! Schneller.«

Der Fünfjährige war der Letzte, der noch nicht im Bus saß. Fuchs schob ihn hinein und dirigierte ihn zu einem freien Sitzplatz.

»Ich hab überhaupt keine Lust. Das ist was für Babys.«

»Deine Mutter hat dafür acht Euro bezahlt. Setz dich hin.«

Es fiel ihr unglaublich schwer, ihm nicht wehzutun. Justin wäre der Erste, den sie sich auf der Farm vorknöpfen würde.

Verstohlen warf sie einen Blick aufs Handy. Schwarzkopf hatte die Nachrichten noch immer nicht gelesen.

***

Kraft klingelte am Eingang. Nach ein paar Sekunden tauchte eine erwachsene Frau auf und öffnete ihr.

»Wie kann ich Ihnen helfen?«

»Ich muss mit Arabella Fuchs sprechen. Es geht um ihren Freund.«

»Welchen Freund?« Die Frau wirkte überrascht. »Arabella fährt gerade mit einer Gruppe unserer Kinder zu einem Puppentheater in der Innenstadt.«

»Sie fährt?«, fragte Kraft überrumpelt. »Mir ist draußen niemand entgegengekommen.«

»Wir haben auf dem Hinterhof zwei Kleinbusse stehen.«

Unvermittelt ergab für Kraft alles Sinn. Robert hatte recht damit gehabt, dass der Verdächtige Zeit schindete.

»Wo ist der Hinterhof?«

»Da hinten«, sagte die Frau überrumpelt. Sie deutete in die entsprechende Richtung.

Kraft rannte los.

***

Fuchs warf die Schiebetür von außen zu. Endlich waren alle Kinder im Bus. Wenn sie es jetzt noch schaffte, unerkannt an den Bullen vorbeizukommen, die bestimmt irgendwo Position bezogen hatten, wäre alles gut.

Sie würde sich den Schal bis zur Nase hochziehen und die Sonnenblende herunterklappen.

»Stehen bleiben!«, schrie plötzlich jemand.

Fuchs' Kopf ruckte nach rechts. Eine Frau rannte vom Kindergarten auf sie zu. Fuchs könnte in den Wagen steigen und versuchen, mit den Kindern als Geiseln abzuhauen. Oder sie konnte davonrennen. Fuchs traf eine instinktive Wahl. Sie riss die Fahrertür auf, kletterte hinein und verriegelte die Tür. Hektisch stocherte sie mit dem Schlüssel nach dem Zündschloss.

***

Kraft sah die Frau in den Wagen einsteigen. Die Kinder darin wären ihrer Willkür ausgeliefert, falls sie es vom Gelände schaffte. Das durfte sie nicht zulassen.

Sie erhöhte ihr Tempo und erreichte das Fahrzeug, dessen Motor röhrend ansprang. Statt zur Fahrerseite zu rennen, konzentrierte sie sich auf die Schiebetür der Beifahrerseite. Sie berührte den Türgriff. Der Kleinbus fuhr langsam an.

Stöhnend drückte sie den Griff, und die Tür sprang auf. Einige Kinder schrien, andere lachten. Das Fahrzeug beschleunigte, dennoch gelang es Kraft, die Tür so weit aufzuschieben, dass sie ins Innere springen konnte.

»Abbremsen!«, schrie sie. Sie wollte vor den Kindern nicht ihre Pistole ziehen. »Sofort!«

Stattdessen beschleunigte die Frau jedoch.

»Zwingen Sie mich nicht zum Äußersten!«, warnte Kraft sie.

Der Kleinbus ruckelte über unebenen Boden. Kraft erblickte die Handbremse. Sie quetschte sich nach vorn und griff danach. Die Erzieherin versuchte, ihre Hand wegzuschlagen. Mittlerweile waren alle Kinder verängstigt. Sie schrien oder heulten.

Krafts Finger berührten die Handbremse, rutschten jedoch ab, weil Fuchs hart nach links steuerte. Das

Rumpeln verstärkte sich. Offenbar hatten sie den befestigten Weg verlassen. Dafür hatte sich das Tempo verlangsamt. Kraft beschloss, ein Risiko einzugehen. Sie boxte der Fahrerin leicht gegen die Schläfe und konnte nun ungehindert die Handbremse ziehen. Im nächsten Moment machte der Kleinbus einen Satz nach vorn und stand still. Bevor Kraft es verhindern konnte, öffnete Fuchs die Fahrertür und sprang aus dem Wagen. Umständlich kletterte Kraft über die Rückenlehne des Fahrersitzes und stieß sich dabei den Kopf am Dach. Mit einer akrobatischen Drehung brachte sie die Beine in Position und schwang sich aus dem Fahrzeug. Die Erzieherin hatte rund zehn Schritte Vorsprung.

»Stehen bleiben!«, ertönte eine herrische Stimme. »Hände hoch!«

Drosten kam mit gezogener Pistole auf sie zu, die Laufmündung der Waffe nach unten gerichtet. Kraft rannte der Erzieherin nach, ohne die Dienstwaffe zu ziehen. Es waren einfach zu viele Kinder in der Nähe. Abrupt wechselte Fuchs die Richtung. Genau darauf hatte Kraft spekuliert. Sie sprang und prallte im nächsten Moment gegen die Frau. Beide gingen zu Boden. Kraft schaffte es, sich auf ihren Rücken zu manövrieren und sie in Polizeigriff zu nehmen. Schmerzerfüllt schrie Fuchs auf.

»Sie sind verhaftet«, keuchte Kraft atemlos.

30

Während der Einbrecher eisern geschwiegen hatte, brachen bei Arabella Fuchs alle Dämme, als Drosten ihr das Dessousfoto präsentierte, das er in Sterns Wohnung sichergestellt hatte.

»Dieses Schwein«, flüsterte sie. »Das habe ich ihm geschenkt. Niemand anders hat das je zu Gesicht bekommen.«

»Sie haben es Ihrem Komplizen geschenkt?«

»Marko, ja.«

»Bislang kennen wir seinen Namen nicht. Er sagt keinen Ton.«

»Marko Schwarzkopf.«

In der anschließenden Vernehmung nannte sie ihnen schnell den Ort, zu dem sie die Frauen und Kinder verschleppt hatten.

»Leben Sylvana und Merle Rehl noch?«, fragte Drosten.

»Als ich das letzte Mal auf der Farm war, lebten sie definitiv. Aber Marko wollte sie töten. Ich hatte ihm das verboten, weil es dumm gewesen wäre. Keine Ahnung, ob er sich daran gehalten hat. Ich hoffe es.«

Sommer erhob sich und deutete an, mit Drosten allein sprechen zu wollen. Im Gang vor dem Vernehmungszimmer berieten sie sich. »Ich fahr dorthin und nehme Verena als weibliche Unterstützung mit. Du solltest versuchen, so viel wie möglich aus Frau Fuchs herauszubekommen, solange sie noch sauer auf ihren Partner ist.«

»Beeil dich! Vielleicht geht es um Leben und Tod.«

***

Sommer schob das Tor zur Scheune auf. Er fühlte sich an den Tag zurückversetzt, als er Carla Holtzmann und ihren Bruder befreit hatte. Nun plagte ihn dieselbe Ungewissheit. Lebten die Entführten noch?

Wenigstens hatte er diesmal Unterstützung. Kraft war diejenige, die die im Boden befestigte Luke entdeckte. Sommer hob die Klappe an. Dahinter verbargen sich Stufen, die unter die Erde führten. Kraft leuchtete ihm den Weg. Vorsichtig setzte er einen Fuß nach dem anderen auf die Holzstufen. Unten angekommen, fand er sofort einen Lichtschalter.

»Frau Rehl!«, rief er laut. »Hier spricht die Polizei. Wir kommen zu Ihrer Rettung.«

***

»Wie ist Schwarzkopf in die Wohnungen von Frau Waldner und Frau Rehl gelangt?«, fragte Drosten, nachdem Fuchs ihm den Ablauf der Entführungen dargelegt hatte.

»Dafür habe ich gesorgt. Clemens und Merle gehörten zu den Kindern, in deren Rucksack gelegentlich Schlüssel steckten. Das ist nicht unüblich für Kinder, die manchmal von anderen Bezugspersonen abgeholt werden. Ich habe an passenden Vormittagen die Schlüssel heimlich aus den Rucksäcken genommen und bin unter einem Vorwand zum nächsten Schlüsseldienst gegangen, wo ich sie habe nachfertigen lassen. Bevor die Kinder abgeholt wurden, lagen die Schlüssel wieder im Rucksack.«

»Sie haben die Kinder ausgewählt. Erst Clemens in Hamburg und dann Merle.«

Fuchs nickte verhalten. »Ich hatte Angst, einer von ihnen würde mich wiedererkennen.«

»Wann?«

»Kürzlich gelang Frau Rehl die Flucht. Ich habe sie auf offener Straße aufgelesen. Sie erkannte mich nicht. Ich trug Mütze, Schal und Brille. Es hätte mich nicht gewundert, wenn Merle mich trotz der Verkleidung erkannt hätte. Offenbar war sie zu verängstigt.«

»Wie ist ihr die Flucht gelungen?«

»Sie hat Marko niedergeschlagen, als er sie vergewaltigen wollte. Ich war zu dem Zeitpunkt nicht auf meinem Beobachtungsposten vor den Kameras. Die

Vergewaltigungen habe ich mir nie gerne angesehen. Dieser Wesenszug an Marko ... gefiel mir nicht.«

»Waren Sie anderweitig an den Entführungen beteiligt? Also direkt vor Ort an den Abenden, an denen Ihr Komplize die Opfer verschleppt hat?«

»Nein. Ich habe auf dem Gutshof gewartet. Marko hat den Frauen ein Video geschickt und sie aufgefordert, es sich mit Kopfhörern anzusehen, weil es angeblich lustige Toneffekte enthielt, die man nur über Kopfhörer richtig genießen könnte. Ich schätze, sie haben es beide getan. Waldner und Rehl waren unwürdige Mütter. Sie haben ihr Schicksal verdient.«

Drosten fiel es schwer, die Frau nicht anzufahren. Doch er fürchtete, dadurch ihren Kooperationswillen zu verlieren. Er dachte über ihre Worte nach.

»Hat Herr Schwarzkopf die Frauen oft vergewaltigt?«

»Natürlich. Das war sein Hauptinteresse.«

»Und Ihres? Wieso haben Sie das alles zugelassen?«

»Mir ging es um die Kinder. Ich wollte Ihnen eine liebevolle Mutter sein.«

Drosten schloss für einen kurzen Moment die Augen. »Sie waren an normalen Werktagen bei der Arbeit. Herr Schwarzkopf auch? Wenn ja, wo?«

»Nein. Er hat auf dem Hof aufgepasst.«

»Aufgepasst? Sie meinen, die Frauen waren ihm in der Zeit vollkommen ausgeliefert?«

»Nein, nein, von morgens bis nachmittags hat er sie in Ruhe gelassen. Nur beobachtet. Das gehörte zu unserem Erziehungsprogramm. Die Mütter sollten sich um ihre Kinder kümmern. Außerdem sollten sie glauben, er sei bei der Arbeit. Mich hat Waldner übrigens nie zu Gesicht bekommen. Bloß Rehl.«

»Wie ist Frau Waldner gestorben?«

»Marko hat bei einer Vergewaltigung die Kontrolle verloren und sie erwürgt. Ich konnte es nicht verhindern. Tut mir leid.«

»Und Clemens?«

»Der war nicht mehr zu bändigen, nachdem seine Mutter nicht zu ihm zurückkehrte. Marko hat sich um den Jungen gekümmert.«

»Was heißt das?«

»Erschossen.« Sie sprach das Wort so leise aus, dass es kaum zu verstehen war.

»Wo sind die Leichen?«

»Vergraben auf dem Gelände. Genau wie Thomas Stern.«

»Wem gehört der Gutshof?«

»Mir. Ich habe ihn vor ein paar Jahren geerbt. Meine Großeltern haben dort früher gelebt.«

Drosten schaute die Frau an. Selbst wenn sie die volle Wahrheit sagte und Schwarzkopf der Haupttäter war, würde sie wie ihr Komplize eine lebenslange Freiheitsstrafe erhalten. Allerdings käme sie unter günstigen Umständen um die anschließende Sicherheitsverwahrung herum, die für einen Menschen wie Schwarzkopf unerlässlich wäre. Das würden die weiteren Ermittlungen zeigen.

***

Sylvana schreckte aus dem Dämmerzustand auf. Hatte sie geträumt, eine Stimme zu hören?

»Frau Rehl! Hier spricht die Polizei. Hören Sie mich?«

»Ja!«, antwortete sie matt. Sie räusperte sich. »Ja!«, wiederholte sie lauter.

Sylvana sprang auf, wodurch ihre Tochter Merle erwachte. »Was ist los, Mama?«

»Draußen ist die Polizei«, erklärte ihre Mutter mit Tränen in den Augen.

»Polizei?«

»Sie befreien uns.« Sylvana trat an die Tür und klopfte dagegen. »Wir sind hier drin. Hilfe!«

»Alles klar«, ertönte die Stimme. »Meine Kollegin und ich kommen jetzt rein.«

Sylvana wich zwei Schritte zurück. Im nächsten Moment flog die Tür auf. Sie sah einen Mann und eine Frau, die beide ihre Dienstausweise hochhielten.

»Sie leben!«, sagte die Polizistin erleichtert.

»Ja«, antwortete Sylvana, halb lachend, halb weinend. Sie nahm ihre Tochter in den Arm und drückte sie fest an sich. »Wir leben!« Dann wandte sie sich hektisch den Polizisten zu. »Haben Sie beide Täter? Es waren ein Mann und eine Frau. Die Frau heißt Arabella Fuchs. Sie arbeitet als Erzieherin in Merles Kindergarten. Den Mann habe ich im Internet kennengelernt. Er hat behauptet, Thomas zu heißen. Ich weiß nicht, ob das stimmt.«

»Wir haben beide Täter verhaftet. Sie sind in Sicherheit.« Die Polizistin lächelte ihr beruhigend zu.

***

Am letzten Wochenende vor Heiligabend erwarteten die Sommers Besuch. Jennifer und Lukas bauten im Wohnzimmer alles für ein Racletteessen auf. Zehn Minuten, bevor der Gast erscheinen sollte, war der Tisch gedeckt.

»Sieht doch gemütlich aus«, sagte Jennifer zufrieden. »Hoffentlich mag sie es.«

»Soll ich Jeremias Bescheid geben?«, fragte Lukas.

»Lass ihm noch ein paar Minuten.«

»Weißt du, was dann alles passieren kann?«

Jennifer verdrehte die Augen. »Dann klopf meinetwegen bei ihm an. So kriegst wenigstens du den schwarzen Peter.«

»Damit komme ich klar.« Rasch ging Sommer zu der geschlossenen Zimmertür. Er klopfte dreimal fest an. »Hey, ihr beiden. Wollt ihr schon mal rauskommen?«

»Gleich«, antwortete Jeremias.

Ohne um Erlaubnis zu fragen, öffnete Sommer die Tür. Zu seiner Überraschung waren Jeremias und Annika in ein Computerspiel vertieft. Beide trugen Kopfhörer.

»Ich hab ›gleich‹ gesagt«, sagte Jeremias leicht entnervt. »Was soll das?«

»Ihr sollt nicht erst zu uns kommen, wenn der Besuch da ist«, erklärte Sommer. »Ab ins Wohnzimmer!«

»Noch zwei Minuten«, bettelte Annika. »Dann haben wir das Level geschafft.« Hektisch drückte sie auf die Tasten des Controllers.

Sommer ließ die Zimmertür offenstehen und kehrte zu seiner Frau zurück. »Die zocken«, sagte er ungläubig.

»Was hast du denn gedacht?«

Pünktlich klingelte es an der Wohnungstür. Lukas Sommer öffnete dem Gast. Das Licht im Flur ging an, kurz darauf sah er bereits Carla die Stufen hochkommen. In ihrer Hand hielt sie eine Weinflaschentasche. Sie lächelte, als sie den letzten Absatz erreicht hatte.

»Schön, dass du gekommen bist«, begrüßte er sie.

»Danke für die Einladung. Ich hoffe, Sie mögen Rotwein.«

»Sehr gerne sogar!« Er nahm ihr zuerst die Tasche und dann den Mantel ab. »Die anderen sind im Wohnzimmer. Komm mit!«

Sommer hängte ihren Mantel auf und führte sie in den Raum, in dem Jennifer, Jeremias und Annika warteten.

»Meine Frau und meinen Sohn kennst du ja. Das hübsche Mädchen daneben ist seine Freundin Annika.«

»Papa!«, zischte Jeremias. »Du bist so peinlich!«

Annika trat vor und streckte Carla die Hand entgegen. »Hi. Ich bin Annika.«

Carla schüttelte die Hand. »Freut mich.«

»Das mit der Homepage tut mir leid«, sagte Annika stockend. »Und dem Brief. Und dem Anruf. Ach, irgendwie alles. Verzeihst du mir?«

Carla grinste. »Na klar. Herr Sommer hat mir schon erzählt, du hast das nur gemacht, um Jeremias ...«

»Ey, Papa, was erzählst du alles!«, beschwerte sich Jeremias.

»Tut mir leid«, sagte Sommer schmunzelnd. »Und Carla, lass das mit diesem ›Herrn Sommer‹. Ich bin Lukas. Meine Frau heißt Jennifer. Setzen wir uns.«

Jeremias nahm zuerst Platz, Annika folgte ihm.

»Haben Sie ...«, begann Carla.

Jennifer sah sie mahnend an. »Wir sind Lukas und Jennifer. Bitte nicht siezen. Sonst fühlen wir uns so alt.«

»Habt ihr Stammplätze? Bei meiner Familie gibt es eine festgelegte Sitzordnung. Das ist meinen Eltern heilig.«

»Nein«, antwortete Sommer.

»Dann setze ich mich zu Annika. Einverstanden?«

Jeremias' Freundin lächelte stolz. Sommer musterte die Anwesenden. Er hatte den Eindruck, dass ein harmonischer Abend vor ihnen lag.

Nachwort

Liebe Leserinnen und Leser,

wenn Sie zu meinen Stammlesern gehören, kennen Sie Carla Holtzmann. Falls nicht, darf ich Sie auf den Roman *Sommers Tod* hinweisen. Dort geht es unter anderem um das Schicksal von Carla und ihrem Bruder Simon. Gleichzeitig ist es der erste Roman, in dem Lukas Sommer auftaucht – und auch beinahe stirbt. Nach Veröffentlichung des Thrillers habe ich einige Zuschriften erhalten, in denen Leser darum baten, in einem zukünftigen Roman mehr von Carlas weiterem Schicksal zu erfahren. Da ich ihr wegen ihres vorherigen Leidenswegs nichts Schlimmes mehr antun konnte, ich aber gleichzeitig gerne Anregungen meiner Leser aufgreife, hatte ich irgendwann die Idee, Carla zu einer wichtigen Nebenfigur eines neuen Thrillers zu machen. So entstand das vorliegende Buch.

Wenn Ihnen der Roman *Nesthäkchens Schrei* gefallen hat und Sie mich unterstützen wollen, nehmen Sie sich doch bitte ein paar Minuten Zeit und hinterlassen eine Bewertung auf der Produktseite meines Buches bei Amazon. Neben Rezensionen freue ich mich auch über persönliches Feedback von Ihnen, sei es per Mail oder per Facebook. Ich bemühe mich stets, darauf zu antworten. Das klappt meistens, aber leider nicht

immer. Sehen Sie mir das bitte nach. Auch wenn Sie weitere Anregungen oder Bitten haben, lese ich mir das stets sehr gerne durch. Erst kürzlich hatte ich einen wirklich netten E-Mail-Kontakt zu einem Leser, der sich dazu bekannte, namentlich in meinem Roman auftauchen zu wollen. In dem Buch, das ich gerade schreibe, spielt eine Figur mit seinem Namen nun eine zwielichtige Rolle. Solche Wünsche können Sie mir jederzeit zukommen lassen – auch außerhalb der Weihnachtszeit, in der es ja ohnehin viel um Wünsche geht.
Per E-Mail kontaktieren Sie mich unter:
marcushuennebeck@outlook.de

Per Facebook erreichen Sie mich wie folgt: www.facebook.com/MarcusHuennebeck

Wollen Sie immer zeitnah informiert werden, wenn es etwas Neues von mir gibt? Dann tragen Sie sich doch in meinen Newsletter ein:
www.huennebeck.eu/newsletter

Alle neuen Empfänger erhalten die Kurzgeschichte *Die Namen des Todes – Die Jagd beginnt* als Dankeschön geschenkt.

Falls Sie meinen Roman noch vor Weihnachten lesen, wünsche ich Ihnen ein wunderschönes Weihnachtsfest und ein tolles Jahr 2020. Wenn Sie erst nach Weihnachten oder vielleicht sogar erst im neuen Jahr zum Lesen kommen, hoffe ich, dass Ihre Wünsche für 2020 in Erfüllung gehen.

Vielen Dank und herzliche Grüße

Marcus Hünnebeck
(Leipzig, 1. Dezember 2019)

Lesetipps

Die Todestherapie

Gero Ruppert kennt sich aus mit Trauer und Verzweiflung. Der Psychologe betreut Eltern, die ihre Kinder auf schmerzliche Weise verloren haben. Als ein 17-jähriges Mädchen brutal missbraucht und ermordet wird, kontaktiert Ruppert die verwaiste Mutter und bietet ihr an, sie psychologisch zu behandeln.

Drei weitere junge Frauen sterben, und Ruppert kümmert sich um die trauernden Hinterbliebenen. Für die Soko rund um die Kommissare Drosten und Sommer steht trotz wasserdichter Alibis der Hauptverdächtige fest: Der Mörder kann nur Gero Ruppert selbst sein. Hat er einen Helfer? Spielt er ein falsches Spiel mit traumatisierten Eltern? Doch die Polizisten ahnen nicht, dass der Psychologe bedroht wird. Er muss den Anweisungen eines Erpressers folgen, um nicht seine eigene Tochter zu verlieren. Je näher die Soko den wahren Hintergründen kommt, desto stärker gefährdet sie das Leben des Mädchens – wogegen Ruppert mit allen Mitteln kämpft.

Der Wundennäher

Anonyme Anrufe, Blumen auf der Fußmatte, spätabends ein Klopfen an der Tür. Svenja hat Angst vor einem unheimlichen Verehrer und verkriecht sich. Trotzdem geschieht das Unvorstellbare, als sie eines Tages einem Nachbarn die Tür öffnet. Sie wird zur Gefangenen in ihrer eigenen Wohnung und erleidet grausame Qualen. Svenjas einzige Chance ist ihre Freundin Irina, der sie von den unheimlichen Vorkommnissen erzählt hat. Als Irina endlich versteht, warum sie ihre Freundin nicht mehr erreicht, hängt auch ihr Leben am seidenen Faden.

Robert Drosten und Lukas Sommer jagen den besonders brutalen Serienmörder, doch der scheint ihnen immer einen Schritt voraus zu sein. Es gelingt ihm sogar, die Polizei in eine tödliche Falle zu locken. Aber dann wendet sich das Blatt und der Mörder gerät unter Zugzwang. Den Polizisten bleibt nicht viel Zeit, um das Schlimmste zu verhindern.

Der Schädelbrecher

Vanessa kennt sich aus mit Gewalt. Ihre Mutter ist Kriminalkommissarin, ihr Vater war Profiler beim LKA. Die Studentin berichtet in den sozialen Medien über Schwerverbrechen und hat unzählige Fans. Als eine ehemalige Schulfreundin niedergemetzelt wird, erweckt dies großes Interesse auf Vanessas Kanälen. Kurz darauf bekommt sie einen blutverschmierten Würfel zugespielt und beschließt, auf eigene Faust zu recherchieren.

Weitere Morde geschehen. Lukas Sommer und Robert Drosten übernehmen die Ermittlungen, ahnen jedoch nicht, dass die junge Frau wichtige Hinweise zurückhält. Denn sie will endlich aus dem Schatten ihrer Eltern treten und den Schuldigen eigenmächtig überführen. Doch genau darauf hat der Mörder spekuliert.

Blut und Zorn

Marko denkt sich zunächst nichts dabei, als er eine Person aus seiner Vergangenheit zufällig wiedertrifft. Doch am nächsten Abend steht sie unerwartet vor seiner Tür. Sekunden später ist Marko tot. Niedergemetzelt in rasender Wut. Aber das ist erst der Beginn eines Strudels der Gewalt: Wochen später stirbt ein zweites Opfer auf die gleiche Weise.

Lukas Sommer und Robert Drosten finden heraus, dass die beiden Toten Jahre zuvor für dieselbe Firma gearbeitet haben. Was hat beim Täter den Wunsch nach Vergeltung ausgelöst? Ist ein ehemaliger Mitarbeiter der Mörder? Sommer und Drosten bleibt nicht viel Zeit, um die Hintergründe aufzuklären, denn der Rachedurst des Täters ist noch lange nicht gestillt.

Die TodesApp

Alexandra starrt fassungslos auf den Bildschirm ihres Laptops. Aus dem Lautsprecher erklingt eine Stimme, auf dem eingefrorenen Bildschirm erscheint ein Totenkopfsymbol. Alle Versuche, den Virus zu entfernen, scheitern. Der Hacker verlangt für die Freigabe des Computers kein Geld, sondern lediglich einen Gefallen. Zögerlich geht sie darauf ein.

Robert Drosten und Lukas Sommer stoßen auf eine bizarre Mordserie an drei jungen Frauen, die sich mit einem Unbekannten an verlassenen Orten getroffen haben. Aus ihrem Besitz fehlen jeweils Handy und Laptop. Als die Polizisten die Nachforschungen vorantreiben, nimmt der Täter das nächste Opfer ins Visier. Unterdessen finden Drosten und Sommer heraus, dass die Ermordeten das Programm einer kleinen Softwarefirma benutzt haben. Können sie den Wahnsinn stoppen, bevor weitere Morde geschehen?

Muttertränen

Melanie Drosten läuft besorgt übers Schulgelände und ruft Danas Namen. Doch sie entdeckt ihre Pflegetochter nirgendwo. Dabei hatte sie das Mädchen nur kurz unbeobachtet gelassen, um mit einer Lehrerin zu reden. Ihr Mann Robert stößt hinzu, aber auch nach einer intensiven Suche finden sie keine Spur. Niemand hat etwas gesehen. Ist Dana verschwunden, weil sie wegen des Lehrergesprächs Ärger befürchtet hat? Zu Hause erfahren die Drostens die grausame Wahrheit. Ein Mann hat das Mädchen verschleppt und stellt seine Forderungen. Sie werden zu Gefangenen im eigenen Haus. Der Entführer zwingt sie, neun Tage ohne Kontakt zur Außenwelt durchzuhalten. Danach verspricht er ihnen die wohlbehaltene Rückkehr des Kindes. Robert ahnt jedoch, dass der Unbekannte ein viel schrecklicheres Ziel verfolgt. Er sieht nur eine Chance, seine Familie zu retten. Dank einer List schickt er Lukas Sommer heimlich eine Nachricht. Während Sommer im Alleingang das Schlimmste verhindern will, spielt der Entführer die Ehepartner brutal gegeneinander aus. Und die Zeit, die für ihre Rettung bleibt, tickt erbarmungslos herunter

Todesschimmer

Lukas Sommer und Robert Drosten jagen einen Mörder, der seine Opfer erwürgt und ihre Haut mit einem Stern verziert. Als ein junges Paar dem Verbrecher zufällig in die Quere kommt, flieht der Mann Hals über Kopf. Die Polizisten identifizieren anhand der zurückgelassenen Beweise den berühmten Schauspieler Leander Hell als Verdächtigen. Bevor sie ihn verhaften können, verschwindet der Prominente spektakulär von der Bildfläche. Von nun an kennt er nur noch ein Ziel: Er will sich an seinen Verfolgern rächen. Während Hell ein Massaker vorbereitet, läuft den Polizisten die Zeit davon. Beobachtet von der Öffentlichkeit fragen sich Sommer und Drosten, wie man einen Mann fängt, den seine Fans bedingungslos unterstützen – selbst wenn das am Ende ihren eigenen Tod bedeutet.

Vaters Rache

Lautlos dringt der Mörder in die Wohnung ein und horcht. Schlafzimmer oder Kinderzimmer? Wo soll er zuerst zuschlagen? Er bringt den Tod über die friedlich schlafende Familie.
Robert Drosten und Lukas Sommer ermitteln in einer grausamen Mordserie und werden von ihrer neuen Kollegin Verena Kraft bei der Aufklärung unterstützt. Verena kämpft zur gleichen Zeit gegen Dämonen aus der Vergangenheit, denn ihr Ex-Partner akzeptiert die Trennung nicht. Mit allen Mitteln versucht er, sie zurückzugewinnen. Als sich die Ereignisse dramatisch zuspitzen, teilt sich das Team auf, um unterschiedlichen Spuren zu folgen. Jeder auf sich allein gestellt, schweben die Polizisten selbst in höchster Gefahr. Können sie die nächste Blutnacht noch rechtzeitig stoppen?

Rachekrieger

Wenige Tage nach seinem Gefängnisausbruch entführt ein Serienmörder die frisch verheiratete Frau des Leipziger Hauptkommissars Maik Keller. Er zerrt sie in seinem Unterschlupf vor eine Kamera, drückt ihr eine Pistole an den Kopf und schießt. Dann stoppt das Video abrupt.
Der im Internet veröffentlichte Film verbreitet sich rasend schnell. Währenddessen stellt sich der Polizei die quälende Frage: Wurde die Braut wirklich getötet, oder handelt es sich um einen raffinierten Trick?
Lukas Sommer und Robert Drosten versuchen mit ihren Leipziger Kollegen, das Versteck des Mörders aufzuspüren. Doch der greift auf ein Netzwerk an Helfern zurück und kann sich dem massiven Fahndungsdruck entziehen. Sein Rachedurst ist durch die Entführung noch lange nicht gestillt. Er will all jene Menschen bestrafen, die ihn hinter Gitter gebracht haben. Und er ist dafür bereit, erbarmungslos über Leichen zu gehen.

Der Geisterfahrer

Ohne Vorwarnung verwandelt sich das Leben einer Familie in einen Albtraum, als ein Maskierter in ihr Haus eindringt. Er überwältigt seine Opfer und quält sie erbarmungslos. Am Ende der Tortur stellt er den Vater vor die Wahl: Entweder tötet er sich selbst durch einen Geisterfahrerunfall, oder er sieht hilflos bei der Hinrichtung seiner Frau und seiner Kinder zu.
Lukas Sommer und Robert Drosten jagen den skrupellosen Serientäter. Ein überlebender Familienvater versorgt sie mit wichtigen Informationen. So stoßen die Polizisten auf eine Gemeinsamkeit bei den Opfern, die zwei Jahre zurückliegt. Unterdessen beobachtet der Täter die nächste Familie, um in der Nacht über sie herzufallen und eine tödliche Entscheidung zu verlangen. Schaffen es die Ermittler rechtzeitig, den Wahnsinn zu stoppen?

Printed in Poland
by Amazon Fulfillment
Poland Sp. z o.o., Wrocław

53696336R00190